書く、読む、生きる

古井由吉

草思社

書く、読む、生きる　目次

I

Ⅱ

Ⅲ

芥川龍之介賞選評

書く、読む、生きる

I

書く、生きる

2007

私はあと一週間で、七十歳ちょうどになります。早くもこの歳になったと驚いてますが、しかし、よく考えてみたら、それほど騒ぐことでもない。人間がもし野生動物のままであったなら、平均寿命は三十二、三歳ということになるでしょう。そうしますと、二十歳を過ぎたらもう老いの始まりです。二十歳前と後ではすでに違いますね。私の若い時にも思い当たる節がある。皆さんも胸に手をあてて考えれば思い当たるかもしれない。二十歳を過ぎると、それ以前の猛烈な体力にやや翳りが出てきて、いろいろなことで衰えを感じさせられます。しかし、やや下降にかかる時にこそ人は充実するものです。

一日で太陽が一番高いのは正午ですけれど、一番暖かいのは太陽が傾きかけてくる二時頃。また、これはスポーツ選手にもいえて、本当に強くなるのは二十歳過ぎでしょう。どこかで自分のそれまでの無際限のような体力の翳りを知って、身体および精力の使い方を工夫するようになる。すると、それにつれて身体も出来てくるし、アスリートとしての心も出来てくる。

スポーツ選手だとその時期は比較的早くにくるわけですが、一般の人間にとっては、三十代、四十代、五十代、それぞれに節目の年を迎えることになる。そのたびに天井につきあたるわけです。天井をついて、やがて傾き出す。その時、改まる力がある。この夏、私は手術を受けてしばらく入院していたということがあり、そんなことを考えていました。

年齢などというものは相対的なものです。七十歳となるとさすがにそう呑気なこともいっていられませんが、平均寿命から推して、あと何年などと考えてみても、自分のこととしてはどうも実感できない。先は見えないようにできている。私が作家専業の道に入ったのは一九七〇年で、三十七年前のことです。矛盾して聞こえるでしょうが、この三十七年の方が、生れてからの七十年よりも、長く感じてしまう。よくもまあ三十七年も物を書いて生きてきたものだ、という感慨は深いのです。

作家稼業というのは、人並みなものではあるけれど、変わったところもありまして、普通の職業ならば忙しいほどに家にいることが少なくなりますけれど、全く逆なのです。忙しいほど表に出られなくなり、家に閉じこもっています。しかし、毎日の散歩は欠かせません。

私は午前中は十時過ぎまで眠って、それからジュースか何かを飲んで、近くの馬事公苑を散歩します。一時間あまり歩いてきてから、飯を食ってコーヒーを飲んで、ああ、いやだなあ、と思いながら机に向かう。五時頃まで書き仕事をして、それからまた散歩へ出る。こんな仕事をしているのに、どうも生来活動的な体質らしくて、あまりじっとしていると身体がこわばって頭がおかしくなる。だからどうしても運動が欠かせないのです。この習慣は、ほぼ毎日同じで、それが四十年近く続いています。今では隠居サンに見えるだろうけれど、三十代四十代の時には、あの人はニートなんじゃないかと思われたに違いありません。昔はそんな言葉はありませんでしたけど。まあ、他人から見ればずいぶん呑気な顔をして歩いていることでしょう。しかし、午前の散歩は仕事にかかる前です。実際にくつろいで歩いていても、一方で妙に張りつめてくる。くつろぎながら張りつめる。これも作家稼業のひとつの特徴でしょうか。仕事というものはどのみち日々の地獄でございます。ですから、私にとっては地獄の前の散策というわけです。

六十歳にかかる頃、高校の同窓会がありました。ひとりひとりが立って話すということで、自分の順番が回ってきたもので、立ち上がってスピーチしました。

「私は三十歳を過ぎてからいわゆる世間から離れ、世間から見ればずいぶん気儘なことにもっぱら従って、世間とのひっかかりや人とのからみにも、がんじがらめでなかったものだから、おかげで世の中のことも他人のことも文学的にしか知りません。ただひとつよく知っているのは、暇についてです。皆さんもそろそろ停年で、一日中そして毎日毎日、暇を持て余すことになるかもしれません。ある意味では、暇より苦しいものはない。私は三十代以来の暇のベテランでございますから、その時にはどうぞご相談に来てください」

そんなことを話したものですよ。あの頃はまだ若かった。

作家がどのように社会に対して働きかけていくか、どんな責任および責務を果たしていくか、というような議論があります。さまざまな答えがあるわけですが、ぎりぎり絞って答えられることは、作家は世の中からだいぶ外れた閑居の中で物を考え、それを形にする苦労を負うということ。これ自体は世間に対して何の実績にもなりません。ただ、閑居の中の人間でも世の中とかかわりがないわけではなく、生活の上のみならず精神的にも時代と並行していくことからは免れられない。

私が成人した頃から、時代は経済成長に走りました。その前の貧乏は切ないものでしたから、皆が一所懸命になった。人それぞれ、自身の時間を仕事に捧げ、くるくると働き回っていました。しかし、忙しい人間にも自分を省みる時間は当然ありますね。暇もなく働き回っている人間の底に、意外と、孤独でやるせない、身の置き所のない何かがあるのです。物を書く人間が自分の閑居の中で苦闘して、一般にも通じる孤立感を絞り出せば、読んであゝこういうことかと、それなりに思う人もある。自分の内にもこういう身の置き所のなさがあると感じて、やや得心する。それがぎりぎりの、物を書く人間の世の中に対する働き、あるいは責務なのではないか。

まあ、小説なんて書いて何十年も生きているというのは、普通の人から見るとけったいなことだと思いますね。それなりの取り組みがあるのだろうと思ってくれてはいるだろうけど、奇っ怪なものでしょうね。どうして三十年もそんなことをして生きていられるのか。なんでよりによってこの道に入ったのか。よほど何かの事情か決断があったのだろう。そんなふうに思うでしょう。とりわけ、私などはごく若い頃から才能を見出されて若手のホープとしてずっと文壇に出張っていた作家ではなく、二十代から三十過ぎまではいわゆる勤め人の暮らしをしていて、それから作家の稼業に入ったわけですから。入ったというより迷い込んだという方がいい。

私がこの道に迷い込んだのは三十二歳の時でありまして、それまでの八年間は大学の教職に就いていました。世の人間を大雑把に二つに分ける方法があるといいます。どういうことかというと、給料をもらっている人間と、もらってない人間だそうです。私は三年間は国立で公務員として働き、続く五年間は私立大学でしたが、年金などは繋がるようにできているんです。あと二年で十年選手というところでなんで勤めを辞めたのか、当時の自分のことを考えるとそんなに強い動機はなく、格別に決心した覚えもない。こう言うと軽佻浮薄に聞こえるかもしれませんが、人間は自分のことがわからないものなのです。人に重大な転機について正直に話させると、たいがいこんなものですよ。せいぜい自分でも首を傾げて、これもなにかの運命だったのだろうと言う。まあ、若いからこそできたむこうみずでした。

といっても、その当時一九七〇年、三十二歳の人間というのは、すでにヤングではなかった。自分はヤングのつもりでも、周囲がそう見做すかどうかですからね。当時の人の感覚としては、三十過ぎは〝おじさん・おばさん〟なのです。子供があるともなれば、いよいよ中年です。私と同じ頃にデビューまたは再デビューした一群の作家がいまして、後に「内向の世代」と言われましたが、そういう人たちもだいぶ長いこと勤務生活をしてきて、子供もある。マスコミはそれを、「おじさん新人」、「子持ち新人」などと呼んだ。「遅れてきた新人」といえばまだ格好いいですけれど、「セコハン新人」なんて言ったりした。まだ三十代前半の人たちを摑まえてね。

私だって、子供が二人いましたし、月々の給料が入らないとわかって辞めたのだから、それなりの覚悟はしていたはずでした。ならば三月末日で勤めが終って作家稼業に入ったら、もう頑張って仕事をしますよね。ところが自由の身になってみたら、そこに至るまでの苦労でもう疲れてしまって、毎日毎日寝て過ごしていた。夜はもちろん寝る。昼にはさらに昼寝。そうして半月以上過ぎた頃、ある日昼寝の最中に、そういえばこうやって寝ている時間も無給なんだなぁ、と思った途端に目が覚めて、まもなく仕事に取り掛かりました。

そもそも私の育った環境は、いわゆる文化に従事するような雰囲気の家ではありません。その方面に出た人間は、親類中を見渡しても誰もいない。親兄弟をはじめほとんどが、昔風にいうところの実業への道をとり、考え方もどちらかというと現実主義的です。それは私の中にも深くしみこんでいる。

私が大学に入り、教養課程が終って文学部の独文科に行くと言ったら、「お前は何になるつもりだ」と、親があわてた。子供が文学とか芸術のことにかかわりを持つなどとは考えもしなかったのですね。また、そういう実業的な家のことですから、自分自身のことをとかく話すのは悪い癖だと忌み嫌われていた。論理に走ることはまして理屈が多いと嫌がられました。どこからどう見ても作家になる下地はなかった。

専門でドイツ文学を選んだのには、べつに考えがあったわけではありません。実は、中学三年の受験の時期に、盲腸をこじらせて腹膜炎を患い、四十日も入院してしまった。その間に高校の入試がほとんど終ってしまいました。わずかにいくつか第三次募集の学校があって、四月の初めに病院から試験に通い、そうして入学したのが獨協高校です。もともと米英仏にたいしてドイツの学を学ばせるという権力者たちの肝煎りで出来た学校ですが、戦後のドイツは敗戦国だから、当時はすっかり落ちぶれてしまっていた。一組から四組まであって、私のクラスは英語が第一外国語。ドイツ語は第二外国語でした。隣の四組はドイツ語が第一外国語の伝統的なクラスなのですが、ひとりガキ大将がいましてね。そのガキ大将とは、のちの故・古今亭志ん朝師匠。志ん生さんの息子です。彼はその頃落語家になる料簡はなく、外交官になろうとしてドイツ語を第一外国語に選んでいたのです。

そんなわけで、私が独文科を選んだのは、しょせん高校でドイツ語を多少かじったからというだけなのです。もうひとつ付け加えるならば、同じ敗戦国の文学ということがあり、戦勝国の方へなびく風潮にいささか背を向けていた。

しかし、いったん独文科なんかに入ってしまったら、就職先がまるっきりない。熱心に誘ってくれる会社がわずかながらあり、若い社員を説明会に寄越して仕事の内容をつぶさに話してくれました。テレビの番組も作るという。いろんなイベントの設営もするという。要するにそれは広告業なのです。聞いていて面白そうなのだけど、はてなぁと思いました。その当時の若者には広告業という観念があまりなかった。熱心に誘ってくれるけれど、訳のわからない商売だからやめておいた。もったいないことをしました。博報堂でした。

昔は青田買いなどなかったし、そもそも独文科の学生なんて買ってはくれない。それで四年生の夏休みになっても、山の麓の空家を借りて気儘な暮らしをしていました。九月になり大学に戻りましたが、本当に求人のひとつもない。要するに、就職先がない。それから、心を入れ替えた。だいたいそれまでは自分が学者になるタマとは思っていませんでした。細かい活字を長いことにらんでいると頭がくらくらしてくる方でしたから。それでも、大学院受験を目指してドイツ文学の勉強をしました。そうして修士というものになった。

当時は旧制高校の名残で、まだドイツ語教育が盛んだったのです。地方大学でも盛んにドイツ語が教えられていて、さいわいにもドイツ語教師の求人がありました。給料はたかだか一万ばかりと聞いていましたが、金沢大学に就職すると、時代は高度経済成長期にかかり、給料が一年ごとに増えていく。手取りで一万六千なんぼ貰った時には、罰当たりなことだなぁ、と思いました。

その頃は、他にやることもないので大学のドイツ語教師としてやっていくつもりでしたが、三十歳の手前で翻訳というものをすることになる。それがドイツ語としてもかなり過激に言葉の機能を駆使した文章で、とにかくワンセンテンスが長々と続くようなものばかり。ヨーロッパの言葉と日本語とは文章の構造がおのずと違いますからいよいよ以って訳しづらく、日本語になりにくい。でも、引き受けた以上はやらなくてはならない。朝から晩まで、終日、ドイツ語と日本語に取り組み、ずいぶんと分厚い本でしたが一年あまりで仕上げました。若かったから体力があったのでしょう。その時に、言葉への関心が強く目覚めた。といえば聞こえはいいのですけど、それよりも、自分はいかに言葉ができないかということがよくわかりました。

しばらくすると、前ほど長いものではないけれど、もっと難解なドイツ語の文章を翻訳することになりました。そこでまた一段と苦労を重ね、難しいドイツ語をけっして読みにくくはない日本語へどうにか移せたのですが、何かが残ってしまった。それは、日本語という言語に対する何かだったのです。これをどう受け止めて、展開させるかを考えることになり、それからずっと、いまだに往生しきれない。

そんなことが癖になったようで、気がついてみたら学者のキャリアから外れて、作家稼業、文壇の世界に入っていました。今どき文壇なんてものがあるのかどうか知りませんけど。ただ、何十年も文壇住まいが続き、私はその中ではずいぶん親しんでいただきましたけれど、しかし、しょせんは外国人選手のようなものなんです。十年経っても二十年経っても、どこの大学にお勤めですかと聞かれる。それだけでなく、私は日本の自然主義あるいは私小説の潮流から外れた発想と組み立てと、文体でもって、日本の文壇には馴染みのないようなものを書いてきました。よくそれで過ごさせてもらったと今では有難く思っています。

私の書くものは近代の伝統の私小説から遠い存在ですけれど、多くの小説で「私」という人称を使います。なぜ漢字の「私」を使うかというと、この私を客体化するためです。実生活で私が自分のことをイメージする時に、「私」という字は浮かびません。主人公ないし語り手の「私」を、書き手の私から離して遠ざけ、世間と私との中間に位置させるのです。世間と書き手であるこの私を仲介する、あるいは媒介するものとしての「私」を通して、社会を書き手の私のところに引き寄せる。また世間に向かってこの私を突き放していく。そんなことをやってきました。

私の小説は多くの場合、少し長い随想のような部分から始まります。そこからなんとか小説を浮かび上がらせようとする。短編の場合は、全部が随想に見えるかもしれません。長いものになると、小説の途中でまた随想的な文章を挟む。この随想風の部分は「渡り」や「渡し」というようなもので、そこで小説の中にいささかの展開の出るのをじっと待つのです。ここが作家としての私の粘りどころでもある。どんな行き方であれ、作品の出発点と着地点の間のどこかで境を越える。それが小説だ、と私は思っている。境を越えるというのは、差違を渡った、その跡を記す、ということになるでしょうか。小説的に境界を越えるのが小説だ、と言っては同義反復になります。小説らしくない道を取って、全体として小説になろうという、試みです。自分でもよくよく検証もします。なかなか思うようには行きません。小説を読み馴れた人からは、これは小説なのかと疑問に思われることもあるでしょう。エッセイや評論を書く人からは、これはしょせん小説だと言われる。けなしているのか、ほめているのか、わかりません。そんなところに道をとってきたわけです。

この三十七年間の生活を言えば、二、三年に一度くらいは外国旅行もします。だけど、私には三週間が限度ですね。この仕事はやっぱり言葉の仕事ですから、母国語の地を離れるのはきつい。母国語がしっかりしているならば、外国で長年暮らしても、それを踏まえて母国語に新しい何かを付け加えることもできるでしょう。しかし、戦後の経済成長の途上で、日本は言語がだいぶ緩んでしまいました。私の中でも緩んでいる。そこへもってきて、もしも長く外国で暮らしてそこでの言葉に馴染んだ時に、言語の上で、自分で揚げた凧の糸に自分が引っ張られてしまうような、そんなことになるのを恐れているのです。

普段の過ごし方で言うと、夕方の散歩まではさきほどお話しした通りです。散歩から帰ると夕飯になって、晩酌をやります。酒もまわって腹もいっぱいになると、眠くなる。そうすると一時間くらい宵寝をする。宵寝から覚めて、では書き仕事をするかというと、七時以降はやらないことにしています。夜に書き仕事をすると、私の場合は興奮して眠れなくなるのです。それに、夜に書いたものは、書いている時はたいそう高揚して感じられるけれど、昼間になって読み返すとロクなことはない。そういうことに何度かこりているわけです。だから夜はたいてい読んで過ごす。これこそ悠々自適の閑暇の時です。この時間は、何のためというものではないから、もう古今東西何でも読んでおります。そのあと寝つくのが、一時か二時ですね。時には街で飲んだくれていることもありますけれど、だいたいそんな生活を守ってきてます。

というのも、作家にとって体調を保つことはスポーツ選手にとってと同じくらい大事なのです。同じ文学でも詩と小説とは違って、詩人のやっていることは細き手の技だけど、小説はいわば土方仕事です。なにしろ手続きが多い。たとえたちまち読んで過ごしてしまわれるようなことでも、その経緯などを踏んでおかなくてはならない。物を積んだり、地面を掘ったりするのと、同じこと、つまり肉体の力が要るのです。道理で作家と呼ばれる人たちは、見かけはずいぶん繊細そうではありますが、そばに寄って見てみると、たいてい頑丈なからだをしています。故・吉行淳之介さんなども、とてもしっかりした骨格の人で、若い頃は卓球の選手だったと聞きます。

そんな生活をしてまいりましたが、それでも要所要所で私は病気をする。病気というよりは故障です。五十過ぎに一度、六十過ぎに一度、そしてこの夏に一度。いずれも手術しました。治療というよりは修繕です。それがそのつど休養にもなり、改まる節目ともなった。

人はつねに歳をとりますが、ただ老成すればいいというものではない。作家も同じです。みなが成熟すればいいというものではありません。若い人たちが出てこなければならない。高年者にも若い何かが出てこなければいけない。私はまもなく七十歳を過ぎますけれど、これからはなおさら、まず自身の内の若いものに心を配らなければならないと考えている次第です。

（平成十九年十一月十二日　早稲田大学教育学部国語国文学会／「すばる」平成二十年二月号）

読むこと、書くこと

2002

今日は六月の二十二日で、ちょうど来月の文芸誌の連載の分の校正刷り、ゲラの手入れを終えて、もう月曜から折り返し、再来月の連載にかかるという、憂鬱な時期であります。毎月、終わりますとき、これを来月につなげられるとはとても思えない、こんなもん展開できやしないってね、たったひとりで無責任宣言をするわけです。俺はもう責任持たんぞ、来月の展開については責任持たんぞって。無責任の高揚というのはあるもんですね。それで一週間くらいは気持ちよく過ごすんだけれど、だんだん、俺はとんでもない嘘つきじゃないか、空手形ばかり切ってるんじゃないかと憂鬱気味になって、そうこうするうちにもう始めなきゃならない。で、なんとか前回の最後を読み返して、また無責任なこと書きやがったなと舌打ちしながら、どうにかつなげて、毎日のように絶望しながら書きすすむうちに、絶望する暇もなくなってくる、そんな塩梅です。最後はもう破綻寸前、倒れこむようにゴールイン。で、そこでまた無責任宣言をたったひとりでやる。そういうことのくりかえしです。

先日知人に会ったら、おい、もう始めたのかい、と言われました。というのは、前に十二回の連作をやっていた。十二回のうち一回休んだだけ、十三ヵ月で走りぬけちゃったんですが、最後のほうでしきりに僕がこぼしていたそうです。もういやだ、これが終わったら当分なにもやらんぞとね。それが三ヵ月したらもう始めたんで、ああ、またやってるのかい、ってわけです。「小人閑居して不善を為す」、暇だとろくなことねぇからやってんだって答えておきましたが、打ち明けた話、ほんとうはもうちょっと深刻でね、ひと月、ふた月、み月と小説を書かないでいるうちに、いったい自分は小説書けるのかって思いはじめるんですよ。小説どころじゃない、随筆の一本も、いやいや、手紙一本も書けなくなる、ものを書くことができなくなるんじゃないかっていう強迫観念に襲われる。それで、ろくに構想もなにもないのにはじめると、その不安だけは消える。作家っていうものは、小説を書いているときにからだの調子がいちばんいいものかなんて、変なことに得心させられながらすすむわけなんです。人は、キャリアをつんだ作家は自在に書く、造作なく書くと思っているんでしょうけれど、逆なんですよね。書けば書くほど、自分はいまにも書けなくなるんじゃないか、その不安と絶望感から馬鹿力をそのつど絞りだして、なんとか倒れこむようにその場をしのぐ。どうも、そのなかから表現は生まれてくるようなんです。

「書くことと読むこと」、いずれも自分にそくして話しますが、書く側の話からいきましょうか。

まずね、小説のことを思い浮かべてください。本来小説は、書き手が熟知というか、ほんとうによく知っていることを書く、これがあるべき姿ですよね。それこそ筆も豊かになるし、展開も力強く、細部も満ちる。日本で、明治三十何年に自然主義が発生したときに、人はそういうふうに考えた。自分がよく知っていることを、偽りや虚飾なく書くと。そこからいつのまにか私小説というものが出てきて、日本の文学の主流みたいになる。自分がよくよく知っているのは「自分のこと」だから、自分のことをありのまま、虚飾なく書くことが文学のまことだ、そういう論理なんです。でも、この論理に落とし穴があることはわかるでしょう。自分のことが、いちばんわからないんですよね。

それでも仮に、自分のことは、ほかのことに比べればつぶさに知ってると、そういうところから出発しましょう。で、書きはじめますね。書いてるうちに、どうも自分が考えたことと文章が違う、そういう疑惑にとりつかれる。これが最初のつまづきです。ところが、これがまた逆転するんですよ。一所懸命書いてると、文章のほうに、文章としての現実味が出てくる。それに照らしあわせて、自分が思っていたこと、自分が自分について知っていたことは、はたしてそうなんだろうかと、逆に自分の知っていたつもりのことに疑問をいだきだす。思っていることは書いていることに、もちろん影響を与えるし、書いたことがまた跳ねかえって、思っていたことを揺するんですね。いままで思いこんでたものが、書いてみると違った光で見えてくる。これがゆらりゆらり揺れて、綱渡りみたいなものになる。で、この場合も最後には、転ぶ寸前にゴールに倒れこむ。

小説の終わりというものは、ある程度のキャリアを経れば、書いてるうちにおのずから興奮はあるでしょう……絶望の興奮ってやつかな、それに疲れもたまってくる。疲れと興奮のないまぜになったものに棹さして、わあっと駆けこむ。ぽとりと落とす。そういう呼吸はおのずから出てくるんだけれど、なにしろ結末をつけたってなんの解決にもなっていないわけです。

まあ、こういう心がけをそのうち覚えてくる。知ったことを書いていく。ところが、書くというのは知っていることを一度知らないところへ押し戻してしまうから、自分がそのことに対して無知のような状態になって、そこから言葉を絞りだしていく。自分が思っていたその場と、いま書いて表現する場は違う。その書いた場から出てくるものが、仮に自分が思っていたことと違いがあっても、その違いに必然があるんだね。書いたものから出てくるものを他人にゆだねる。それで十分じゃないか。とにかく、書いているうちに一度レアリティを失う、それからまたレアリティをつかみなおしていく、そういうのが「ものを書く」ことなのかな。

『ソクラテスの弁明』で、非常におかしなことを話してるんですよ。自分がどうしてこんなに市民たちに憎まれることになったか、そのゆえんを話す。弟子のひとりなんでしょう、ソクラテスに感服していた、熱中しやすく少々そそっかしい男がいて、デルポイといいましてお伺いをたてると巫女を通じてアポロンの神託がある聖所に駆けこんで、あろうことか「ソクラテスより賢い者がいるか」って尋ねたんです。神託では、ほんとうはそういう露骨な質問はしちゃいけないそうですが、「いない」という答えが返ってきた。で、この男はやっぱり粗忽でね、それっていうんでアテネの街に駆け戻ってきて、本人、つまりソクラテスの前でそれを言っちゃったんですよ。ソクラテスは頭をかかえこんでしまった。自分は、自分が知恵者ではないことをよく知っている、しかしそうとなると、アポロンは間違ってることを言われた、嘘を言われたことになるが、そう決めつけるのも恐れ多い。さてどうしたものか。

で、考えたことはこうです。アテネの街に高名な知恵者といわれる人が何人もいる。そういう人たちを訪ねてまわって意見をつぶさに聞けば、「ああ、自分よりもすぐれた知恵者がいる」とわかる。その上でなら、アポロンのところに行って「恐れながら、あなたさまのご神託は間違ってました」と言える、とね。まず政治家のところに行ったんです。高名な政治家です。ところが驚いた。話を聞いているうちに、この人なにもわかっていない。なんにもわかってないことは自分も同様だが、この人は自分がわかってないこともまるでわかっていない、その分だけ俺のほうがちょっと知恵者かなって、首をかしげながら帰ってくる。

それからがおかしいんですよ。次にいわゆる作家のところへ行くわけです、高名な。悲劇その他の詩をものした、偉い作家先生のところへ行く。あらかじめその先生が一所懸命お書きになった、念を入れてお書きになった代表作を、よくよく読んで行く。ソクラテスも感服するところがあったんでしょう。今度こそ、この先生に会ってつぶさにお話を聞けば、自分より勝る知恵者がいるとわかるぞと、そう思って行った。ところがまた、驚いた。この作家先生、自分の書いた作品について、そこらの人間に比べてみても、ちっともわかっていない。これはどうせ神がかりか、なにかの霊にうかされて書いたんだろう、本人は自分がわかんないこと書いたんだろうと。それはそれでいいんだけれど、自分の書いたことをなんにもわかってないくせに、世の万事についてわかってるような了見でいる。これも話にならん。

耳の痛いことです。本質的なところを衝いてもいるんですよね。作家は、これから書こうとしていることについて、ほとんど知らない。ようやく書いたことについても、それほど多くは知らない。だから、著者の自己解釈を重んじるのは愚の骨頂なんだよ。これから書くことをわかっているようでは、あるいは、すでに書いたことがわかっているようでは、その範囲のなかの、おもしろくもない小説になることでしょう。

私はワープロは使いません。それから、いわゆる万年筆も使えないんですよ。手が痛くなってきますので。水性のサインペンの0・2ミリ、これを使うんです。ペンをまっすぐ立てられないから、斜めにして書いている。三十枚の短篇で一本筆を潰します。百円くらいだから構わないんだけれど。紙をひっかくようにして書いている。

ところで「書く」という言葉は、英語で write っていうでしょう。古い英語では writen といってね、「かく」はかくでも「ひっかく」ほうの「搔く」なんですって。英語に scribe がありますけれど、ドイツ語ではそのままschreiben、これが「書く」です。いにしえにね、粘土かなにかに、硬いものでギッッギッッギッッと刻んでいった。そういう意味から来ているんだそうです。フランス語のecrireだって、語形を見るとおそらくscribeと同じ系統だと思います。もっと古い言葉をたどると、ギリシア語でグラッフォーっていうんですよね。これの名詞がグラマ、文法のグラマーですが、「書かれたもの」つまり「文章」という意味です。このグラッフォーも、もとは「ほじくる」の意味なんですよ。

それじゃあ漢字の「書」はどこから来るかというと、「筆」という文字から来るんだそうです。だから、筆で、書く。もし私が筆を使えたら、ずいぶんものを書く心も違って、文体も違ってくるんじゃないか。私がやっているのはwriteであり、scribeであり、ほじくることであり（笑）、いわゆるさらさらと書くものではない。筆は、言葉の流れをそのまま文字に写せるような、同じ流動が続いていくようなところがありますよね。だから、筆を使えたらずいぶん違うのだろうけれど、もう筆を自在に使える世代ではありません。したがって「ひっかく」ほうなんですよ。和紙と洋紙を較べると、おそらく和紙のほうが古くからよかった。いまは洋紙もずいぶんよくなっていますが、西のほうがよほど遅れていたんじゃないでしょうか。羊皮紙なんかに羽ペンで書くと、皮の肌触りから感じてもね、やっぱりひっかくようなところがあるでしょう。

われわれはものを読んだり書いたりするときに、漢字かなまじりのものを使っている。漢字は、もちろん日本語化したものですが、表意文字です。考えてみれば、ヨーロッパの言葉には表意文字がないんですよね。それとこれでは大違い。ある言説なり思想なりを展開させようと書きはじめると、漢字にはすでに意味があるでしょう、早めにそれに受けとめられてしまう。しかも視覚的だから、イメージ的なものなんですよね。もちろん、その意味にはうんと広い範囲があって、そのなかから選ぶんですけれどね。そこにいくと、たとえば英語、フランス語、どっちをみても、もとは単なるアルファベットでしょ。アルファベットには意味もなにもないわけです。それを組み立てて単語にして、文章にする。するとね、最初にあったイメージから、いわゆる言説、言論までの距離は、われわれが考えているよりもっと長くて、緊張を要する道のり、のはずなんです。

本来われわれは、もっと漢字の意味に抱きとられ、抱きとられながら展開していくというような、幸せな位置にあったんだけれど、漢字に対する感覚も弱っていったし、漢籍その他に対する教養も少なくなった。一方では横文字を学ぼうと学ぶまいと、西洋由来の考え方が、考えるパターンが入ってきた。そっちで考えることがある。これを、意味に抱きとられるようにして展開するのは非常に難しいっていうんで、かなり半端なことになっているかもしれない。

で、私がいま考えるのは、その半端には半端のゆたかさがあるだろうってね。両方踏まえちゃってね、苦しいことは苦しいし、矛盾は多いけど、そこでじっくり堪えたほうがいいんじゃないかと。そのうちに西洋式の言語が行き詰まってきて、日本の、極端にいえば象形文字の要素がある、こういう文章、こういうものの考え方に、興味をしめしだすかもしれない。そのとき、諸外国から言語上の諮問、アドヴァイスを求められたとき、こっちがすっからかんになってたらそれまでですね。

書くということはなにかと言うと、もう、ぎりぎり、記すということだ、記録することである、っていうぐらいに受けとめます。伝える、ってことはもちろんある。しかし、伝えるという役割の主要な担い手であるのだろうか、書くということは。やっぱり主戦投手は、口で話し、耳で聞くことでしょ。書くのは補助的な手段ですよ。記憶にとどめるとか、確認するとかね、証拠にするとか、本来そうなんですね。ところが、近代の過程で、声の行ったり来たりで了解しあえる範囲を、社会や文明が広く超えていった。それで、書くことの役割が重くなってきたんですよね。伝達のエースになりかかってしまった。これにはこれで、ほんとうは無理があるんですよ。あまりの重い役を担わされたんで、だんだん自在ではなくなってきた。

こういう考え方もあるんですよ。ヘラクレイトスという古代ギリシアの哲学者が、アポロンの神託に関してね、アポロンの神託は語りもしなければ隠しもしない、ただセーマイノーするだけだ、と。「sign を送る」、です。語るのでもないし隠すのでもない、ただ信号を送る。その辺に、すくなくとも文学や哲学の上では、書くことの意味があるのではないか。「ある」ってはっきり言っちゃうと大変な責任を負うことになりますが、そのようなものを感じながら自分はものを書いている、そんな気がしています。

今度は読むほうにいきましょう。僕はね、ほんとうの読書家になるには、目が弱いんですよね。近視とか遠視とかじゃなくて、目が疲れやすい。眼精が弱いって言いますよね。今月の書き仕事は終わったってんで、よろこびいさんで本を読んでるんですけどね、楽しいもんですわ、無責任で（笑）。それが一週間くらい続くと、なんか頭がぎらぎらしてくる。行がまっすぐ読めないような、そんなふうに目が疲れてくる。いわゆる大学の教職というものから、三十年前にそれてしまった、ひとつの大きな理由です。そうはたくさん読めない。

それともうひとつ、記憶力があまりよろしくない。ものを読んで感銘を受けるでしょう。感銘を受けても、あるいは感銘を受ければ受けるほど、読み終わったあとでさあっと忘れるんです。ひどい場合、本を閉じたときにもう「ん？」って首かしげてるぐらい。もし学問の道を行くとしたら、いろいろなことをしっかり記憶して、箱のなかに分類してね、カテゴリーにしたがって収めておくことが必要でしょう。それが僕にはとてもできそうにもないんでね。ただし、すぐに忘れるおかげでね、なんべん読んでも感銘する。ありがたいことです、これは。そんなことを話していたら、さる映画好きの男が言ったなあ、自分も忘れるって、映画の内容を。感銘すればするほど、筋を忘れるってね。五年くらい経ってもう一度見ると、途中でね、この筋がどうなっているかわからない。わからないだけならいいけれど、ぜんぜん違った結末になることがあって驚くってね。忘れるのも大事なんですね。

私はドイツ文学科のドイツ文学崩れでして。ドイツ語で「読む」っていうのは lesen、あの言葉が好きでしてね。lesen ってのはね、本来、散らばったものを集めるっていう意味があるんですよ。拾う、集める。だから、ほらワインで「シュペーテレーゼ」ってあるでしょ。シュペーテは「遅く」ですね。遅摘みのブドウから醸造した豊醇な白ワインのことです。ブドウを摘む。これも、「読む」と同じ言葉を使うんです。それじゃあ英語の read はなにか。古い英語では「レーダン」っていって、助言の意味なんですってねえ。そこから「読む」にどうつながっていくのかはよくわかりません。フランス語は lire って言いますよね。ラテン語のレゲーレから出ている。レゲーレってのは「読む」って意味ですけど、われわれが「読む」ような読み方じゃないんです。私がいま話してるでしょ、こういうことなんです。人の前で読む。ドイツ語では、講義も朗読もね、同じ言葉を使うんです。どうも、個人的ないとなみを想定してないようなんですよ。はて、ギリシア語ではなんて言うのかと。僕がもっているかぎりの辞書で引くと、「読む」という言葉は、ない……っていうと、ずいぶん暴論に聞こえてしまうけれど、英語やドイツ語やフランス語のような「読む」という単語はないんですよ。「アナ　ギグノスコー」って言葉を使うんです。ギグノスコーは「知る」って意味です。英語の know にそのスペルのなごりが残ってるでしょ。それにアナっていう副詞的なものが前に付く。これは、英語で言えば up なんですね。dress up ってあるでしょう。それにしたがって直訳するとknow upですよ。つまり、「すっかり知る」ってこと。再認する、という意味なんです。ということは、もっと厳密に知る、確認する、それが「読む」ことの意味になる。さてさて、ってなもんですよね。

書いたものを読んで、ある事柄を確認する――これは個人のいとなみになりますよね。でも、「アナ　ギグノスコー」は個人のいとなみではないらしい。会議とか裁判なんかで、ある事柄を文章に書いたものを読みあげて、一同、再確認する。ということは、伝統からすると、「読む」は黙読じゃあないんですね。そういうことにやや詳しい人に聞いたら、ヨーロッパで黙読の習慣が一般的になったのは、たかだか一九世紀の後半だというんです。ずいぶん新しいことなんです。じゃあ、日本人が使う漢字の「読」はどういう意味かというと、これもまさにそこ、「声に出して読む」なんです。暗誦の「誦」という字があるでしょう、あれと同じなんですってね。声に出して読む。

こうなると、いまのわれわれの「読む」って行為は、ずいぶん不利なところにあるわけですよね。私が子供の頃はまだ、老人たちは、新聞をね、声に出して読んでました。ひとりで声に出して読んでる場合もあるし、おばあさんがおじいさんに聞かせてるときもある。あれ、節をつけるんですよね。そんな時代を、まだ目撃してます。だけど、いまねえ、電車のなかで声出して読んだら、みんな振りかえりますよね。家のなかで声出して読んだら、家族が気が狂ったんじゃないかって飛んでくる(笑)。だから、あくまでも黙読なんです。

だけど文章は、論理をただ視覚的に表しているだけのものではないですよね。ある種の韻律や旋律に乗せて、論理を展開していくものなんです。たとえば西洋哲学の翻訳は、とても読みにくい。それは自分の頭が悪いのではなく、翻訳が悪いんです。翻訳するのは難しいから、誤訳もまじるし、不適切な訳もまじる。けどね、それ以上に、韻律に運ばれていないんですよ。カントでもヘーゲルでも、結構な文章家なんですよ。入りくんだ思想を立体的に表すために、長めの文章を書きますよね。きれぎれにしていると、まとまりがなくなるもんでね。

長めの文章で典型的なのは、上昇と下降の放物線を描くんです。上昇から下降にかかるところはずいぶん複雑なこともあるし、上昇も単純に昇っていくわけじゃないけれど、それに乗って読むと、翻訳で読むほど晦渋なものじゃない。だいたい哲学書を翻訳で読む、まあ、一所懸命理解しとったとしても、はたしてそれは言語体験かどうか。硬直した概念として頭のなかへ入ってるんで、言語の生命と一緒に入ってるわけじゃないんですよ。僕もそうやってしのいできたけれど、このことはよく心得ておいたほうがよい。これは外国語の場合ですが、日本語の音律が乏しくなってきたときにどうするか。とくに、長めの言説がね。かならずしも文章が長いということじゃなくて、あるまとまった思想を語るとき、一息とは言わないけれど、まあだいたい一息のうちに言う。そのなかに、おのずから韻律、旋律がある。人はそれに運ばれて論理を展開するし、読むほうも韻律にしたがって意味をとろうとする。これが、言葉の息が、射程が短くなってきれぎれになってしまったらどうするか、こういう問題があるんですよね。たんに文学書を読むかどうかっていうね、もう、そこにとどまってないんですよ。

いわゆるＩＴの時代、インターネットの時代って言われるでしょう。情報を収集する、画面をもって伝えられる。これがね、飛行機や汽車の時間だったらいいですよ。どこそこのレストランはいつ休みだとか、今日は満席かどうか、それくらいの情報ならば、よい。数字やグラフでくる場合も、まだいいですよね。だけど、たとえば、ある企業が非常に困難な状況にあって、まず自分たちをめぐる状況を把握しなきゃなんないっていうんで、たとえばシンクタンクに行く。状況についてのインフォメーションを求める。この答えは単純であるわけがないですね。記号や数字だけでは送れない。グラフだけでも送れない。言葉になるんですよね。しかも、複雑なだけに長めの言葉になる。文章の構造も、重構造になる。それを読みとれるかどうか、この辺で日本語の現在高が、試される。世界の共通語はいちおう英語となっているから、英語で入るわけですが、その英語をきちんと読みとれるかどうか。これは語学というんじゃなくて、やはり文章力なんですよね。

日本語は、複雑な文章、あるいはさまざまなものを総合された内容を担う力を失っているんではないだろうか、そういう疑いがあるんです。いちばん悪い場合を想定すると、世界との音信不通になっている。のべつ情報が入って、こっちからも情報を出しているようだけれど、ほんとうのところ、通じていない。現に、外国で起こった事件に関する外国人の意見を大新聞が伝えているときに、どうも捉え方に間違いがあるんじゃないかと疑われることはよくあります。もとはこう言ってたっていうのと、大幅にちがっている。テレビで伝えたことを、新聞が右へならえで書いちゃう。外国の政治家のレトリックを、まったく理解しないで、自分に都合のいい部分だけを取りだしてきちゃう。そういう行きちがいがあって、しかも気がつけばいいんだけれど気がつかないで進んでるときがあって、怖い。

やはりね、「読む」ことのトレーニングを積まざるをえないんではないか。ある国の人間が母国語のトレーニングを積むとき、古来から行われているのは、母国語の古いものについて、そこで訓練を積む。あるいは、外国語との距離を考えながら、訓練を積む。だいたいそういうことになってるんですね。それをどう実現していくか、非常に難しい。

おそらくいま、あちこちで行われている会議の席上で、出席者たちはずいぶん絶望しているんじゃないかしら。それぞれ一所懸命に話して、一所懸命に聞いていて、いちおうの了解には達したけれど、なにか言葉と言葉が絡みあっていない。自分たちに迫ってくる事柄に対処するにしては、それぞれの認識を語る、あるいは意見を語る言葉が、絡みあってない。あっち跳んだりこっち跳んだり、ね。

こんなノイローゼがあるんだそうですね。会議なんかで話しているうちに、自分の言ってることが自分でピンとこなくなる。それで絶句、立往生してしまえば悲惨ですけれど、ドクターストップは入るでしょう。ところが、自分で自分の声を聞いていると、変なことも、間違ったようなことも言ってない。ただ、なにか遠く感じられる。それで、せめて最後まで、いちおう辻褄のあったことを話して、一所懸命に走って、ようやく終わる。終わったあと、やっぱり自分はなにかズレたことを話してたんじゃないかと思う。そんなときにかぎってね、人にポンと肩たたかれて、「やあやあ、今日、君が言ったことは正しかったよ」なんて言われて。そういうのも、何かの兆候でしょう。言語の問題というと、すぐに文学だとか政治、外交交渉などのほうにもっていく人がいるけれど、もっと根底からの、世のいとなみに関する危機ではないかな。じゃあ、どういうふうに言語を取りもどすか。音読と黙読っていってもね、いまさら「音読せよ」、本を読むとき声を出せなんて、勧められませんよ。僕もようやらんわ。声が出ない。でも、あたかも音読するがごとく、自分で声を出してるのを聞きながら読む。そういう読み方が求められているんじゃないかと思うんですよね。

たとえばテープとかレコードでね、バッハやなんとかの曲だって、それをじっと見て「鑑賞してる」とは言わないでしょう。やっぱり音に再生する。それを考えると、黙読というのも、ほんとはグロテスクなことかもしれないね。いま、私が家で夜中に声を出して読んでいたら、女房が飛びこんできますよ。頭、狂ったんですかって。もともとおかしいとは思ってたけれど、とうとう狂ったかって。中世くらいまではね、ひとりで読むときも声に出して読んだそうです。古い書斎に入ってみると、天井が高いんですよね。ドームになっている。この音響効果って、あるんですよ。教会とか聖堂のドームには、もちろん宗教的な意味もあるけれど、あそこで音楽をやるとね、非常に響くんです。読書も、もしああいう高い寒々としたドームの下で声に出して読んだら、声が天井にはね返ってきてやや和音するんだよね。ひとりで読んでいながら、なにか大勢の友がいる、大勢で読んでいる。大勢の僧が一緒に読経するような感覚があってのことじゃないか。音律、旋律あるいは和音に従って、意味の展開をたどっていった。音楽でも、同じ曲を演奏するんでも毎度その感じがちがう。同じように「読む」ことも、さまざまな解釈の仕方以前に、さまざまな演奏の仕方という面があったのではないか。そういう音や声の要素を消してしまった読書は、昔の人からみりゃあ、むしろグロテスクなんじゃないか。そんなふうに思われる。

「黙」という言葉が出てきましたから、ついでに「ものを書く」という不可思議をかすめて話したいんですが、聖書に「黙示録」というのがありますね、ヨハネ黙示録。日本語では「沈黙」の「黙」を頭につける。ヘブライ語のことは私は知りませんが、ギリシア語を見たって英語を見たって、フランス語やドイツ語を見ても、「黙」なんて字は標題にないんですよ。むしろ「ひらく」っていう意味です。「啓示」です。それを、明治の頃の日本の宗教家たちが読んで、「黙示」とした。その感覚は、かなり的確だと思う。非常に神秘で、危険なことを啓示している。ローマ帝国や教徒の弾圧もあって、いろんな暗示、比喩を使って言っている。そういう意味で「黙」、黙して言う、ってことなんですね。

あるいはそれ以上に、これはひょっとして仏教の伝統の感覚かもしれないけれど、ほんとうの啓示はすべて黙示であるっていう感覚が、そこにあったんじゃないか。ギリシア語ではアポカリュプシスってね、舌を嚙みそうです。カリュプトーとは、「覆う」という意味なんですよ。cover ね。それを、反対に転ずるアポが前にきている。要するに、discover なんです。発見という意味ですが、もとをたどると「フタをひらく」。原語を知ると、なんともあっけらかんとした意味でがっかりするけれど、これを「黙示」と日本語に訳すのは正しいと思います。ふさがってたものをひらく……その中身は非常に深いことであり、危険なことであり、人の運命を大きく左右することである。ひらくというのも、パッとすぐ誰にでもわかるようなひらき方じゃなくて、わかるものにはわかるというひらき方ね。さらには、そういう事柄はどう語ろうと黙示なんだ、そういう考え方がギリシア人にもあったようなんですね。「フタをひらく」のは「隠す」の反対だけど、「あらわす」のは「隠す」と通じるところがあるんです。仏教も、あからさまにあらわすのと、隠しながらあらわすのを、使いわけるでしょう。「顕」「密」ってね。それを訳しわける能力を、明治の日本人は持っていた。

こと文学になると、哲学もそうですが、この「黙」という要素が入ってくるんです。書く側も読む側もね。つまり、すぐにはわからない。わかるまでに時間がかかる。わかるってプロセスを分解すると、まず、感受する。それから考える、それを経て認識する。感受しないで考える人間って、よくいますけれど、もうほんとうに始末に悪いですよね。

「考える」って言葉は、英語では think でしょう、フランス語では penser、ドイツ語では denken。ヨーロッパ人はほんとに軽い場合にも使いますね。I think とかね。そういう場合ですら、われわれが考えているよりは、認識しようとして働きかける、かなり積極的な行為であるそうなんです。われわれの「考える」っていうのは、もうちょっと受け身です。「感じとる」に近い。われわれの「考える」の大部分は、「感受」のほうに入るわけです。英語でいうと passive ですが、これが古代ギリシア語でもそうなんですってね。近代語の think とか penser と、ぴったり重なる言葉はないっていうんですよ。あるとしたらレゴーだと。これ、「言う」って意味なんです。やっぱり言説、弁論の国だったんでしょう、声に出して、耳で聞く。レゴーには「言う」という意味と「思う」という意味があるんです。英語で、なにか言っておいて最後にI sayをつけると、留保になりますよね。ギリシア語で最後にレゴーをつけると、むしろ保証なんです。

日本語の習慣は、古来のやり方とすると、感受の期間が長いんですよね。それから短い思考を経て、認識にいたる。「認識する」なんて言い方は、あんまりしっくり身につかないでしょう。「悟った」って言われると、なるほどと思う。「悟り」ってのは、感受です。なんともまだ判断せずに、感じ受ける。感受をずうっと耐えている。で、できるだけその感受を透明に、無私に、私の夾雑物を除いてじいっと感じているうちに、短い思考を経て、悟りにいたる……そういうやり方なんですよね。

ところが、なにぶんわれわれは、まわりが騒々しすぎる。それに劣らず、内面も騒々しい。で、その感受がね、短くなっちゃった。長く感じる、感受したものを保持する力が、薄くなった。かといって、考える思考のほうが強靱になったかって、そうでもないから、そこでずいぶん半端なことになってる。どれだけ粘り強く感受しつづけるか、そこからひとつの思考がおのずから生まれてくる。言葉ってのは、この部分での戦いがあるわけですよね。人にどう感受させるか、読むほうとしてもどう感受するか。もちろん、どう考えるかの戦いもある。さしあたっては、まず感受を取りもどす、受信の器として強くなることが、書く側も読む側も、大切なんではないだろうか、そんなふうに思っております。

ここに出てきた以上はね、作家の秘訣でも話せりゃいいんだけれど、なに言っても作家本人がいちばんわかってないんだから(笑)。ほんと、あてになんないもんですよ、自分のことを語るとね。わかってることだけ書けたらどんなに幸せかと思うことはあるし、だったら味気ないかなと思うこともあるけれど、僕だったら情熱を失うでしょう、きっとね。まだ少し時間があるようですけれど、まあ、話は尽きました。長いこと、ありがとうございました。

（平成十四年六月二十二日　早稲田大学第一文学部文芸専修課外講演会／「早稲田文学」平成十四年九月号）

作家渡世三十余年

2002

……僕が大学を辞めたのは、一九七〇年、三十三歳の時です。あの頃は田中角栄が男盛りでね。ある時TVを見ていたら、瀬戸内寂聴さんがもう一人の女性と一緒に出ていて、角さんを少女のように恥らいながら見詰めていましたよ。明らかに、〝あら、いい男〟という感じ（笑）。もちろん、角さんだって満更ではない。あれから、いい男やいい女が少なくなりました。作家にとっては不利な時代です。

大学には一九六二年から八年間勤めました。気質としてしっかり働いてしまう方でしたね。体質はスポーツマンタイプでしょう。しかし、根はどこか怠惰な人間ですから、教員を辞めてすぐに日課を立てました。そうしないと、毎日がずるずるべったりになってしまう。

まずは、朝起きる時間を定めるのが大事ですね。夜はなかなか眠れませんから。最初の頃は、起床は朝十時でした。少しぼんやりして、小さかった娘たちを連れて馬事公苑に行く。十二時頃帰ってきて昼食。コーヒーを呑んで、仕事を始めるのが一時です。昔は、五時頃まで続けられましたね。まだ若かったから。終わると今度は一人で散歩して、夕食を摂る。娘たちを風呂に入れ、歌を歌って寝かしつけて、それからまた仕事にかかったりしていました。よく働いたものですよ（笑）。

そのうち子供が大きくなり、もう一人で風呂に入って寝るようになる。そこで、自分が一時間ほど宵寝するようになりました。そのまま四十代に入って気付いたのは、手前が本を書いて暮らしているのに、本を読む時間がえらく少ないということ。これじゃあ紺屋の白袴だ、というんで、夜は絶対に物を書かないことにしました。物を読む時間は必須です。この日課の通りで、だいたい現在まで至っていますよ。

最近は起きるのが三十分遅くなって十時半。散歩は一人でして、身体が固くなってきましたから、割合にハードな体操をします。仕事を始めるのは一時で、これは変わらないけれど、まあ四時頃に切り上げるのが穏当な所になりましたね。それ以上続けると、頭が濁ってくる。書き損じもありますから、仕上がるのは一日二枚ですか。手順としては、まず鉛筆で反故の裏に下書きして、それから原稿用紙に清書する。紙を大事にしろと言われて育ったから、反故を捨てられなくてね。その紙の裏表に鉛筆で書きつけますから、簡単に捨てる気にはならない。たくさん集まった反故の束一年分を、年末にまとめて捨てます。

十年前に頸椎ヘルニアを患いまして、後遺症が出たんです。これで、腰が曲がって、足元の覚束ないような状態でやっていけないわけでもない。しかし、まだ若すぎる。そう考えて、ジョギングを始めました。まず四時半から体操を三十分。この歳ですから、なかなか身体が動きません。そして、一マイルある馬事公苑の回りを四周して六・四㎞走る。疲れで身体がゴワゴワになりますから、整理体操も必要ですね。家に帰って夕食を摂り、酒を呑んで一と寝入りする。

……最初のうちは、日本の古典や漢文を読んでいたんです。でも、十年前に病気した後は、妙なものでね、横文字を読み出した。散文ではなく詩です。得意なのはドイツ語ですが、フランスの詩も読みたくなって文法をさらったりしました。僕は外国文学の出身でしょう。若い頃外国語の洗礼を受けて、広く言えば、インド・ヨーロッパ語族の構造に呪縛されている。それと和文脈、漢文脈の折り合いに長年苦しんできました。すると歳を経てまた、西洋の言葉の本質を知りたくなってくる。知る方法は、より前のものに溯ることしかない。というわけで、今は古典語、主にギリシア語を読んでいます。

近代語ならば、知らない言葉でも、じっと読んでいればだいたいの意味はとれます。しかし古典語だと、調子のいい時も稀にありますが、大抵、初見じゃ何一つ分からないですよ。そこで、すぐ辞書を引いたら駄目なんです。じっと眺めていると、忘れた言葉をだんだん思い出して、構造が自然に浮かび上がってくる。記号のなかから、言葉が湧き起こってくる感じですよ。それが三年くらい前からの習慣ですか。まあ、中等野球の時に叩きこまれた基礎を、〝なぜ基礎なのか?〟と再確認しているようなものです。

毎日、だいたいこんな風に暮らしています。日課というものは、意外に細かい手順の集積から成るものでしょう。歳取ってくたびれると、手順が狂うことも多いんですね。その狂いから出てくるものにも興味があります。極端に言うと、ボケてしまって飯を食ったのも分からなくなるような(笑)。それも時間なんですよ。

……先日、養老孟司さんと話したことですが、論理的言語は、前から後ろへ直列的に処理されるものです。ところが、人間の頭の中には、事柄は並列的・同時的に入って来るでしょう。それを表現したいのだけれども、我慢して直列に従っている。当然色々なものを切り捨てていますね。ところが、これだけ直列的論理が強いのは近代語だけなんですよ。古典語でも時は直列に流れることに違いはないですが、ずいぶん流れが緩い。あえて緩くしているから、澱んで溢れるぐらいに、同時的なものが一杯入ってくるんです。

ホメロスを読んだことがありますか? どんないい日本語で翻訳しても、なるほどと思いながら、乗れないでしょう。直列の戒めが強いからです。本来は、言葉がたゆたいながら進んでゆくから、長大な形容詞も楽々乗るんです。ああいう同時的な流れのあり方を生かさなくては駄目だと思うことが多いですね。すると、むしろ若い新人の書き方のほうが参考になる場合があります。直列の正しさでは往生できない、というもどかしさで書いていることが多いですからね。

呉茂一さんが、ホメロスを訳しておられますね。この前読み返してみました。古い人ですし、なかなか立派な日本語ですけれど、どうしても長い形容詞に付いていけないんですよ。この先生にしても言葉が早いんだな、と思いました。それこそ『平家物語』の言葉で訳せば、付いていけるんでしょうけど。

若い人が、形容詞や形容句を多用すると、悪文だとくさされるでしょう。あれは時間の流れが止まるからです。文章に瘤や血栓が出来てしまう。ところが、僕にも同じような傾きはあるんですよ(笑)。時間を止めて、横に広がりたいという欲求。でも、日本語とはいえ所詮は近代語ですからね。流れが早い。話していても書いていても流れ下ってしまい、途中で止めることができないんです。

ギリシア語には音調があります。近代ヨーロッパ語のアクセントは、ほとんど強弱だけですね。詩も、強・弱・強・弱と進んでゆきます。ところが、ギリシア語の詩の場合は、長短・長短、タータンタン・タータンタンと行く。悠長なんだ。だからいろいろなものが入る。強弱だけだと切迫してしまうんですね。

今の日本語も、本来は抑揚があるはずなのに、強弱のアクセントだけになっています。僕は二十四歳の時金沢に行ったでしょう。その頃、東京はもう高度成長のまっ盛り。ところが、向こうに行くと、喋り方がもう悠長で悠長で（笑）。いろんな挿入句がどんどん、ゆるりと入ってくる。でも、そのスタイルでないと話せないことがあるんですね。それが文章に影響しているかもしれません。でも、金沢の言葉のテンポで行こうとしている作品は「雪の下の蟹」です。もう、唄うように喋っている。

もちろん、金沢の言葉を喋れるわけではありません。でも、聞いているとなぜか懐かしさが出てくる。日本人の古層に沈んでいる何かでしょうか。ああ、句読点というのは、本来ないものなんだ、とかね。また東京に帰ってきて翻訳を始めて、長い文章を訳さなくてはいけない時、ははあ、と思い当ることがある。論理に頼ると絶対に乗らないことはあるもので、これは音に頼らなくてはいけない、という感触を、金沢で教わりましたね。

昔は知らず知らずのうちにその悠長さが出ていたんですけど、最近は少し意識して出せるようになってきましたよ。今度の『忿翁』の連作でも、いくらかは表現できたのではないかと。もっと悠長な声が出せるといいんですけどね。

……三島（由紀夫）さんは、僕が教員を辞めた年に自決されました。ほぼ昭和の始めと同じ生まれですから、終戦の時二十歳で、今生きていれば七十七歳ですね。敗戦という大きな屈辱を味わっていますから、若い時の「忿」が片付いていないはずです。その「忿」を色々に掠め取られて生きてきたような世の中でしょう。

まず、アメリカの占領政策はかなり巧妙でしたから、それでそらされた。後は、経済成長で、怒っている暇がなかったんですね（笑）。その拘束が緩んだ時にどうなるか。たとえば、三島さんの年回りだと、バブルが弾けた時にまだ七十歳前です。あれから十年ほど。今になって来る「忿」があるように思うんですね。だけど、戦を叫ぶわけにもいかない。この「忿」をどうするのか。散歩しながら手当たり次第にいちゃもんを付けている年寄がよくいるでしょう。ずいぶん険悪な表情をして。これはある世代に限られた問題でなくて、社会全体の問題なんですよ。この「忿」は、曲がったり、卑しくなったりするだけで、いい事のないものです。

三島さんの自決は、「忿」を押し出そうとしたのに、パフォーマンスの極致と受け取られてしまいましたね。「忿」の頂点の表現であるにもかかわらず、世間は真に受けなかった。実際に腹を切るということを、形だけ見て目を背けましたね。たとえば、会社や政治家を辞職する、という程度の受け止め方でしょう。その内実まで、想像力を及ぼさないようにしていた。なにしろ、三島さんが生きていたらまだ八十歳にもなっていない。これは大変なことですよ。

日本と同じくらいの力がある国で、「忿」の力が原動力になっていない国はないです。でも、高度成長は「忿」の力で成し遂げたわけではないでしょう。貧乏に対する恨みはあっただろうけれど、憤懣はない。インフラが破壊されても、極端な貧困に陥るような風土ではないんですね。苦しかったけれども、今のアフガンのような状況まで行くわけではない。

〝芋を食った〟とよくいうでしょう。でも、芋はあったんですよ（笑）。あれだけ食べていたんですから、かなりふんだんに獲れた。芋なんて、ちょっと北の方に行ったら簡単にできないですよ。ですから、我々の体験したのは飢餓ではないね。真の飢餓は、絶対的に食べる物がない状況でしょう。日本では、草でもその辺に食べられるのがいくらでも生えているし、家の狭い庭でも畑を作ると、作物が獲れます。

……僕は今の池上線沿線で空襲を受けて、疎開した大垣で二度目の空襲を受けました。また、来た(笑)。大垣は古い城下町で、狭いところに建物が密集していて、一斉爆撃されると、まかり間違えば逃げられない。しかし、東京で僕が住んでいたのは郊外なので、一走りすれば広い場所に出られた。だから、心持がぜんぜん違うんです。

一つ、おかしなことがありまして、僕は、東京で空襲をつぶさに経験しているでしょう。人は悪いことでも予言したがるものだけれども、大人たちがどんな噂話していて、情報がどう口コミで伝わってくるのか、観察しているうちに身につく。そして、大垣に行くと、子供ながらもう、ちょっとした予言者なんですよ。〝ここもやられる〟と言い張ってしまう。

東京の住まいは、まあ京浜工業地帯に少し近いかな、というぐらいで、工場なんか何もありません。司修さんが前橋で大空襲を受けた時の凄惨な有様を書いていますけれど、もう戦争も押し詰まった頃で、あんな何もない場所を焼いても仕方ないでしょう。東京で受けた空襲もそれと同じで、あんな所をきれいに焼き払ったんだから、子供なりに推理すれば、大垣だって空襲が来るのはもう決まっている。大人より子供の方が素直だから見えるんですね。ところが、地元の人は何も感じない。しかも、逃げる場所がない城下町でしょう。むしろ、来る前が怖かった(笑)。来てしまえばもう、走り出すだけですから。

地方で空襲を受けると、住んでいる人間がやられると思っていないから、逃げ出すのが遅いんですよ。大人は、こんなところが焼かれるなんて、あるわけないと思っていますから。でも、僕には焼かれた後までありありと見える。しかし、僕らが逃げ出した時にはもう着弾が見える状況なのに、廻りの家の人たちはまだグズグズしているんですね。怖い話ですよ。それが七つ、八つの時のことでした。

この経験が、僕自身の精神的外傷になっているのは間違いありません。しかし、自分自身の傷ならば対処のしようもあるけれど、その傷は社会全体が共有しているはずなんですよ。両親にしても、一切合財喪ってしまい、戦後になって取り返しはつきませんでした。目の前で生まれた家を焼かれていますからね。厳しいですよ。同じような経験をした方々はたくさんおられるはずです。そういう社会全体の傷が、今でも、とんちんかんな表われ方をしているように思いますね。

一回り上だったら、戦争に行っていたでしょう。敗色が濃くなった頃、近所のおにいさん達が招集されますね。そのお宅に、出征前日の夕刻から親族が集まって酒盛りしている。家の門前には、今でいうと開店祝いのように、花輪や日章旗、軍旗が飾られていました。次の日に近所の人が集まってきて、旗を持って駅まで見送りに行く。今の駅みたいに華やかではないですよ。郊外の淋しい私鉄の駅です。最後には、ご両親だけが汽車の扉の前で見送るんですが、扉の閉じる前に見える近所のおにいさんの顔が青白くて若いこと。目に焼き付いています。

見送りというのは、汽車が時間通りに来てくれるとタイミングが合うんですよ。ところが、あの時代だから汽車が不都合で、どうかすると一時間、二時間来ない（笑）。あれは大垣の町だったかな、五十がらみの戦闘帽被って国民服を着ている男が、皆の退屈を紛らわすために、日章旗か軍旗を振り回しながらノーエ節を歌うんです。〝富士の白雪や朝日に解ける／解けて流れてノーエ／解けて流れてノーエ／解けてサイサイ／流れて三島に注ぐ／三島女郎衆はノーエ／三島女郎衆はノーエ〟という歌。あの頃は、宴会ではよく歌われていました。どんな心持だったんでしょうかね。ちょっと分かるような気もするんだけど。もう、やけのやんぱちの歌。今度は、あの声が自分のなかでどう響いているか、書いてみようと思っています。

……僕は、何かが反復して顕れる予兆を数え上げているようなものですね。これから、社会は経済的に行き詰まってゆき、失業率が六%を越えるでしょう。これはよその国の失業率とは違って、もうチャンスがないような失業です。それが七%八%になった時、社会の雰囲気ががらりと変わってしまうと思うんです。その時何が起こるのか。

内乱、シビル・ウオーが少なかった国でしょう。緊張がはなはだ緩い。関ヶ原の合戦は一応内戦だけれども、全ての層が参加した戦さではないですね。江戸時代は平和だったし、明治維新も底から起こったものではない。この前の戦争も、よその国にやられたという意識だけですからね。内側の意識まで及んでいない。

しかし、失業率十%まで行ったら、内乱ではないでしょうけど、争乱が起こりますよ。六〇年安保、七〇年安保の比じゃないと思います。もう、理念もへったくれもないんですから。治安がある臨界点まで達して破れるという事態が遠からずある。その時にはもう、組織から排除された日本人はもう外国人のようになっているんですね。

今、破綻を前にして、組織に残った者のためだけに策を講じています。しかし、外部に出た者にとっては、いよいよチャンスがなくなるだけのことでしょう。日本が荒れて、その時に「忿」の形がもう一度出てくるのではないか。親父の恨み、祖父の恨みだって残っているものです。政治家は「普通の国」だなんて簡単に言うけれど、とても楽天的ですね。〝普通〟というのは、大変なことなんです。

……『仮往生伝試文』は、バブルの時期に書きました。波から外れたところで暮らしてはいたものの、廻りのバブルには影響されて、僕なりの感じ方で、非常に危険なところに入ったような気がしたんですね。いい景気だから、人は元気なように思える。ところが、衰弱が目立ったんですよ。これは不況の一つの形ではないかと一人考えながら、空を摑むようで、僕なんかには書きようがない。その時、断片的に時代の兆候を拾ってゆくやり方はないものか、と。

ストーリーを立ててしまうと、理屈を作らなければならないし、これはこうだと断じなければならない。そういう方法では、とても摑めないことがあるんですね。世の中の出来事に断片的に触れて、ただ一人の人間の中でどういう波風が立つか。その時に、中世の往生伝に書かれている、次第に行き詰まって、飢饉や疫病に悩まされる人間の心情に寄り添うのが一番書き易かったんです。

古代末から中世に入って、集団幻想が起きやすい時代だったんです。ちょっとしたことですぐに「奇蹟」が信じられてしまう。これも養老さんから聞いたんですが、疫病と集団幻想が流行る時代が重なるのは当然なんだそうですね。人の体質気質に差異がないから起こることだと。人間に多様性がある時は、なかなか広がらないんですね。ＡＩＤＳなども同じ現象ですよ。だから、往生伝に出てくる説話が、現在と重なるように思えて、興味深かった。

断片に応じるためには、「私」はどんどん多様になってゆかなければいけませんよね。ますます、小説らしい小説は断念する傾きになってきました。やっぱり、長い伝統からすると「小説」はやはりストーリーだと思うんです。未定だとか所詮相対的だとか多様な意味がある、なんて書いていたら、小説の文章にならないでしょう（笑）。

だから、今本当に小説らしい文体で書いているのは、ルポライターだと思いますよ。きちんとした過去形を使っています。小説家の方は、やたらと現在形で止めて、だからどうなんだと言いたくなる。僕も最近は心がけて過去形を使うようにしていますけれど、本心は擬似過去形としか言えないですね。

バブルが弾けた頃、僕の首が壊れたんですね（笑）。当時は『楽天記』を書き継いでいました。雇用の変な形や、オウムがかったものなど、色々な兆候を拾っていると思います。今は、後バブル期、後々バブル期とでも呼ぶのでしょうか。破綻が怖くて、先送りをしようとしていますが、経済的な矛盾で、もう先への勢いが生まれない。

我々の畑の関心から言うと、言葉が残るかどうかの瀬戸際に来ていると思います。複雑な事態を認識するような長い文章はもう、誰も見向きもしない。小泉さんの断言調が、今の文体なんですかね。しかし、今の銀行の不良債権などもう、リアルという領域を越えているでしょう。俺の文章を難解だと言うけれど、新聞の経済記事の方がよほど難解ですよ（笑）。もはやリアルとアンリアルの境界が定かでない時代です。そこで、自分の言葉が不能に陥っていないか。歳を取ってエネルギーを無くすことより、そちらの方が心配です。よほど「言葉」に腰を据え直してかからないといけないですね。本当の勝負所にかかる前に、「文学」がなくなってしまうかもしれませんから。

（平成十四年三月十三日　聞き手・編集部／「新潮」平成十四年五月号）

ドイツ文学から作家へ

2000

昔々と、私自体も年寄りだから、どうしても昔々の話になってしまう。私がこの立教を去ったのは今から三〇年も前です。一九七〇年、昭和四五年のことでした。

当時前年からいわゆる大学紛争というのがおこっていて、その前年五月から年末くらいまで授業がなかった。それが授業再開となって、何とかして日程の辻褄をあわせないと困る。進学も卒業もできない。それで、春休みの時期まで授業がありました。試験になる。試験の後に追試験、そして再試験。再試験の採点のために学校に出て来たのが、たしか三月三一日でした。採点を終えて、それを事務に届けて、その足で会計にまわって、最後の退職の手続きをして、やれやれとその足で池袋の駅まで、トコトコ歩きながら、俺はいったいどうなっちまうんだろうって考えてました。まだ三〇代でしたから度胸もあるし、分別もなかったから、教職をすべて断ってしまったんですね。じゃあ作家としての実績がどれだけあるかというと、まだ何本も小説を書いてないんです。本なんか一冊もない。

どうなってしまうのかなあって考えながら家に帰って、さて今日から失業者だ、せっせとものを書いて妻子のために稼がなければ、と思うものの、どうも紛争の後始末とか、自分の退職のことなんかで疲れて、毎日毎日昼寝していました。昼寝しながら、この時間、無給だよって自分にいいきかせているんです。ほんとうに二週間から三週間ぐらいね、職もないくせに、のらくらのらくらしていました。

それから、がばっと目を覚まして、以来三〇年働いています。

ちょうど一九六九年、昭和の四四年の頃、この大学でも紛争が盛んで、追及集会がありました。教師たちが壇上に立たされ、ずらりと椅子をならべてね、学生がガンガンやる。教師の方は歳もいっているし、頭もまわらないし、舌もまわらないしで、たじたじとなる。それが午後の三時頃からはじまって夜の八時頃まで、どうかすると九時頃まで続く。

で、そのころ一般教養にいまして、私も壇上に立たされた。全部で五〇人くらいでしたか。いろいろやられるなら、こっちもおおいにやりかえしてやれ、まずくなったらやめればいいやと腹を据えていたのに、はじめからおわりまで、とうとうお呼びがかからない。

そのとき、私の同僚に、今の東大総長の蓮實重彥が、立教にいたんですよ。これが口八丁、手はだしませんでしたけど、とにかく口達者なんですね。学生とガンガンやりあう、一歩もひけをとらずに。最後に学生が引き下がっちまう。まさしく獅子奮迅の活躍でした。

それで追及集会が九時ちかくにおわって、やすんでるときに、蓮實重彥に「あんた猛獣つかいみたいだね」って言ったら、蓮實が言うには「あんたこそ、猛獣と同じ檻にはいっていても、ちっとも食らいつかれない」ってそんなことを言われました。まあよっぽど頼りなかったんでしょう。食うに値しなかったわけで。

その蓮實重彥もすっかり温厚になって、今度は東大総長としていじめられる立場にある。まさに隔世の感。まあ、三〇年も前ですから、あたりまえです。

私もそれっきり教職というものから縁が切れています。もはや三〇年。ものを書く人間としても年寄りの部類にはいってきている。

近頃よく、夜になって床へはいって、歳をとるととかく昔のことを悔やむ。ああすればよかった、こうすればよかったと。その中のひとつに、教師をやっていた頃に、随分懇切に教えたつもりなんだけど、もうちょっと言語の骨というものを、プラクティカルな面から離れて、若い人にわかりやすいように自分の体験から掘りおこして話せばよかったな、と。

随分やったつもりではいるんだけど、いわゆる文法というものは非常に味気ないものではあるし、もう私が教師をやっていた頃から、だから三〇年以上前から、高校でそんなに文法が重んじられなかったらしい。学生に文法の意識は高くなかった。教えるほうも、あまり苦しめるのもどうかと思って、ほどほどのところで控えた。

今になってみると、自国語のうえに他国語を積んでゆくには、その外国語の骨を学ぶってことが大事じゃないか。特にこれからインターネットの時代にはいってゆく。インターネットの言語はほとんど英語になる可能性がある。個人的なことでも、ビジネスのことでも、大事な情報を手にいれなくてはならないというときに、それが数式でくる場合があるかもしれないが、たいていは言葉でくる。大事な情報っていうのは、たいてい込み入っている。文章もやや複雑になる。ドイツ語でいう重文構造が多くなる。また、情報は現実性ばかりでなく可能性もふくむので、ドイツ語でいう接続法、フランス語でいう条件法、英語でいう仮定法、つまり可能性の話法が、おのずとおりこまれる。可能性と現実性とを読みわけなければならない。もしそういうことについてゆけなかったらどうなるか……。

現在大企業の中堅どころの人間は、もと秀才だった。英語はできる。英語を話すことも達者である。ところがどうも読めない。やや錯綜した英語が読めない。そういう嘆きが企業の中からきこえてくる。更には、理科系の学者たちは、論文をたいてい英語でお書きになる。ところがこのごろの中年以下は、英語がよく書けない。そのような現実があるそうです。

一方で、もっと大きなレベルでいうと、先ほど、インターネットの時代は英語がグローバルな言語になるだろう、そういうふうに言いましたけれども、実はこの英語もたいそう変質している。イギリス人がアメリカの英語を聞いて、あんなのは英語じゃない、とそういう話はよく聞きますよね。ところがそのアメリカ人が国際会議などでアジア、アフリカ、その他の代表がつかう英語を聞いて、こんなのは英語じゃない、我々が聞いてもわからん、と言うくらい英語も変質している。

グローバル・スタンダードという。グローバルはよろしい。だけどスタンダードの方が崩れてしまった。そういうふうに世界的に言語が危機なんです。日本だけではないでしょう。そういうときにまた言語の骨、骨子を意識しないといけない。文法的な構造、文章論的な構造を意識しないといけない。

私自身が教師の頃、三〇年前にもうちょっとしっかりやっていればよかったのに、という後悔の念です。

私自身は、ドイツ語教師を八年しかやっていないんですよ。大学を出てね、今思えば罰当たりな話だけど、二四の若さで教壇に立った。立教じゃありません。金沢大学です。金沢に三年間いました。

その下宿っていうのが大学まで歩くと五分くらい。若いと足が速いから三分ほどなんです。若いから朝はぎりぎりまで寝ている。下宿の朝飯をかきこんでから駆けて、そこそこの時間に教壇に立つ。教壇に立つ以上はちょっと威儀を正すでしょう。すると学生たちがゲラゲラ笑いだす。何事かと思って、授業を終えて、トイレにいって鏡を見ると、髪が乱れてモジャモジャで。

少年の頃、えらい縮れ毛だったんです。人はベティーさんと呼んでいた。青年期から、中年期になるにつれてその髪も少しずつかたくなってきた。昔は、朝起きて髪もとかさないで五分くらいで教壇に立つと、すごい感じになるわけです。そんなことがありました。

ちょうど、それが一九六二年の頃で、日本がようやく、いわゆる経済成長というものにはいった時期でした。私は東京育ちですけど、東京の街もどんどん変わっていった。人の暮らしも変わっていった。人の時間、人の生きる時間の速度も。

そんな時期にいきなり、金沢という古い町に放りこまれた。そこはもう東京とはまったく違う時間なんです。その当時、あるいは私もドイツに行っていたかもしれない。でもおそらくドイツに行ったのとほとんど変わらないような、ゆるやかに流れる時間でした。あまりのどかなので、若いから頭に来ちゃったのね。魚は美味いんだけど……。だいたい東京だと料亭で食べたら随分金を取られるようなものが、下宿のお菜にでてくるんです。まあ、毎日美食しているようなものだけど、若いからたまにはハンバーグ喰いてぇとか、そんなことを思ってました。

その当時、下宿から歩いて五分のところが職場で、そこで丸一日はたらくわけじゃない。で、授業が終われば下宿に帰ってもしょうがないから研究室にいるわけです。都会と違って別に遊ぶところもない。まったくの暇でしてね。おかげさまで随分本を読ませて貰いました。

そのときからして、自分はもう、ちょっと時代離れした生き方をしている、時代錯誤みたいな生き方をしていると感じておりました。まだ二四、五の青年でしたけれども。自分の同級生たちで企業につとめた人たちの生き方とはほんとうにかけ離れていました。別にたいそう貧乏したわけではない。しかし一種のドロップアウトですね。こうやって俺は世間から、時代から取り残されていくのかなあ、そんなふうに思った。若い人間って意地っ張りでね、それならいっそ堂々と時代離れになってやれっていうんで、あの時代の青年としては珍しいほど、文学でも何でも古いものを追っかけていた。

三年経って、一九六五年に立教大学に来た。私は東京生まれの東京育ちだけれども、六二年から六五年まで東京を留守にして、それでまた東京の生活をはじめると、ほんとうに田舎者、まだ若いけど浦島太郎みたいな感じでした。

まあ、いちおう学者の端くれでしょう。で、そんなに給料も高くないから、住まいとしては一間くらいのところで我慢しないといけないいんだけど、やっぱり本を読んだり物を書いたりしないといけないから、これは「お店」と思って、一間はよけいな部屋を借りる。なるべく立教に近いところと思って、東長崎から江古田にかけて探すけど、高くて住めやしない。どんどん遠くなって、それでもようやく保谷に見つけた。家賃がたしか二万円でしたよ。当時立教のお給料が手取りで四万円足らず。

そんなもんだから、東京に出てきてもまだ時代離れがつづいてね、お金はないからなんにもできないけど、本を読むことはできるわけですよ。一時は新聞も、取っていませんでした。こうなったら意地だからテレビも買わない。更に意地になってラジオも買わない。集金の人を説得するのが大変でしたわ。なにしろテレビもラジオもほんとうにないんですから……。

そうこうするうちに、若いのに翻訳の仕事がまわってきた。それも、並大抵のものではないんですよ、その難しさが。当時の僕のドイツ語の力からするとほんとうはお断りしないといけなかった。

ヘルマン・ブロッホの『誘惑者』という題名の小説でした。長さも長しでね、一五〇〇枚くらいあったでしょう。しかも、まあ、文章が相当に過激で。ドイツ語の重文構造の特質をぎりぎりまで駆使してます。ロングセンテンスというけど、これに超がつく。いやもうひとつ超がつく、三つくらい超がつく。ワンセンテンスで一ページとかね。最初の一ページに三日くらいかかりましてね、絶望しました。

私がもっとドイツ語の言語力をもっていたら、日本語の方ももうすこし歳をとって表現力が豊かであれば、そして、原文がもうすこしやさしければ、もうちょっとゆとりをもって、たっぷりと、無理をしないで訳したんだろうけど、あらゆるむずかしい条件が私にかかって、大変な取っ組みあいになってしまった。

ドイツ語のある特性をぎりぎりまで駆使した、ちょっと駆使しすぎたような文章を日本語に訳す。これを受け止める日本語の方の能力も相当無理に拡張しないといけない。しかも、翻訳している本人がたどたどしい日本語しか書けない。随分追いこまれました。最後はコケの一念、ねばりにねばって、丸一年、大学の授業のほかは朝昼へばりついていた。

人間っていうのは、書いたり読んだりする仕事でも、あまり同じ場所にへばりついていると疲れるものでね。気分転換に場所を変える。机のほかに、卓袱台を用意する。机の上でする仕事はこれこれと決めて、その材料をおいておく。卓袱台でやる仕事はこれこれと、やはりその材料をおいておく。机で仕事していて、疲れたら卓袱台の前にいく。また疲れると卓袱台をかかえて、部屋のあっち行ったり、こっち行ったり、陽のあたるところに行ったり、日陰に行ったり。そんなことをしながら約一年間で翻訳は完成しました。

一年間よく頑張ったと自分では思ったけど、そんなことばかりやっていたら、ドイツ文学者としての修行がおろそかになる。もっとドイツ語でも古いものを読みたい。中世ドイツ語ももうすこしましにやらなきゃならない。更に西洋文学をやる上ではラテン語ギリシア語まできちんとおさらいしなければならない。そう思っていました。しおらしくも思っていたんですよ。現代文学をやっていましたけれど、中世ドイツ文学もやろうか、と。

そうしたら、また翻訳の仕事が飛びこんできた。今度は、ロベルト・ムージルという人の中篇小説。といっても一〇〇枚くらいあるでしょう。それがふたつ一組の作品です。

それが先に訳したもの以上に七面倒くさいドイツ語でして。先ほどヘルマン・ブロッホがドイツ語の特性を過剰に駆使したと言いましたが、これには更にもうひとつ超がつく。象徴というものを大胆に、ある意味では野放図につかう。これはドイツ文学の特徴のひとつではあります。「不定詞」という言葉がありますけど、定まらない、不定の表現、これが象徴にひろがりをあたえる。ドイツ語では見事な表現になるんです。しかし他の言語には移しにくい。限定しないと日本語にならないんです。だから、日本語で仕上げてゆくときに、ほとんど自分の中から絞り出してくるようなところがある。日本語によって限定して、更に原典のリズムを活かすには、相当自分の言語力にも無理をさせないといけない。

またしても、随分苦しみました。まず私のドイツ語の読解力の貧しさに苦しんだ。こんなに読めないのか、ドイツ語に関してこんなにも音痴なのか。物を読むとき、意味を拾ってゆく、意味を組み立ててゆく。しかし意味というのはかならず音、音韻、音楽性と一緒に展開される。かならず音楽的な形があるんです。それを踏みはずすとなかなか読めない。とかく、間違えやすい。

その日の体調かなんかで、えらく音感が鈍くなるときがある。ほんとうに読めない。音感が良いときはかなり軽快にやっていた。音感に見すてられるとほんとうに読めない。

この音楽性が二重になるのですよね、翻訳の場合。原典の音楽性と、日本語の音楽性。これが完全に対応するっていうことは無理なんですよ。だけど、それぞれが生き生きとはたらいていないといけない。読む時にも訳す時にも。そんなことは滅多にないわけでね。

だけど、翻訳をやっているうちは、まだドイツ文学をつづける了見でいたんですよ。しかし自分の内の言語にこだわりだしていたようでね。よく人に聞かれてます、「どうしてドイツ文学から離れたのか」と。翻訳という泥沼で一所懸命泳いでいた。どうにか泳ぎきって岸についたんで、その岸にあがって、さてドイツ文学の研究へもどろうとしたんだけど、どうやら上陸地点を間違えたようです。うん、岸にあがって道をあるいているうちに、作家になってしまった。翻訳のときに身についてしまった自分の日本語へのこだわりと執着、これにひっぱられてしまったのでしょう。

それが三〇年前の話だから、随分古い話ではあるんだけど……。

近頃、いろいろと若い頃読んだものを読みかえしたり、若い頃中途半端に終わったことのおさらいをしたりすると、若い頃よりは読める。読み取るにも瞬発力が必要で、それはたしかに衰えているけれど、読書百遍、意おのずから通ず、ということは心得ている。ところが意が自ずから通じて、なるほどと思って本を閉じたとたんに、忘れちまう。困ったことです。

歳を取るとね、よせばいいのに、年寄りの冷や水っていうんですけど、ちょっと思い立って、ギリシア語のおさらいをはじめたんですよ。これも三〇年前にやっていたことです。当時の若いドイツ語の教師が何人か集まって、月に一度どこかの先生のお宅で、ギリシア語のお稽古をしていた。そんなこともあったんで、この歳になったって覚えきれるものではないんだけど、何とか読めるようになったってまもなく耄碌しちまったら無駄みたいなものだけど、ずっとこだわっていたみたいでね。始めたわけです。

何にしても、把握力とか理解力とかは、若い頃よりは格段に上です。しかし記憶力がねえ……。

若い頃ドイツ文法のおぼえが悪いって学生たちをしかったその報いでしょう。毎日自分のこと怒鳴りつけてます。

それにつけても、若い頃、何をしていたんだろうと思います。時間はたっぷりあった、何をしていたんだろう。

考えてみたら、一九六五年、昭和四〇年に東京にもどってきて立教大学の職について、まだ三〇歳の手前だったけど、一息つく前にもう翻訳の仕事に追いたてられている。で、それをようやく振りきったかと思ったら大学紛争が始まって、まもなく、大学をやめてしまう。よく考えたら暇がないんですよね。

さて、それでは作家になってからはどうだろう。一九七〇年に作家になったんですけどね、まだ三〇ちょっとすぎでしたけれど、それから四〇の手前まで来たときに、ある日ふと思った。「紺屋の白袴」という言葉がある。染物屋に限って白い袴をはいている。同じことじゃないか、と自分のことを思いました。

物を書くのに日夜苦労する。これはもう読書っていうのと違うんですよ。文章を相手に、一種のしのぎになっちゃうんですよね。結局はかなうわけないんだけど。他人の物を読んでいても、自分ならどう書くか、こういうところは自分が逆立ちしても一生かなわないとか、この言いまわしはすごいけれど自分がやったら嫌味だろうなとか、そういった秘訣を盗むような、商売根性がでるんですよ。勿論読む醍醐味は、楽しんではいるんですけど、でもちょっとふつうの読書のくつろぎというものはないんですよね。まあ、盗人が宝の山に踏みこんだときのように、目つきが相当悪かったんじゃないかしら。ろくに盗めもしないくせに。

小説家というものになってしばらくは、いつも自分の文章とつきあわせ、照らしあわせる、そんな読書ばかりでした。まるでこれじゃあ、無筆者じゃないかと、そんなことを思ったのが四〇の手前でした。もうドイツ語を読むのは無理じゃないか。日本語を書くのに精力を使いすぎてしまった。欧文の構造を自分の中で組み立てながら読み解くということなど、とてもじゃないけどできない。あきらめかけていたんですよ。で、もっぱら日本の古典と漢文を読んでました。

そのうち、地獄の呼び声っていったら大げさだけど、変な声がかかったんです。聞いてちょっとおびえましたね。三〇の頃にやった翻訳、苦心惨憺して何とかまとめたムージルの翻訳を、文庫にしないかという話です。

最初はさすがにしりごみしました。でも、あれは自分の作品ではないのでね。自分が出し惜しみしたら故人に、ムージルに悪いのではないかと思って……。出すことにしようかという話になって、しかしドイツ文学から離れてもう長いんで、いまさら手の入れようもないと編集者にいちおう断ってから、翻訳を読みかえしてみた。そうしたら、これをこのまま通すわけにはいかない、と自分で思った。

そのころでもう二〇年ちかい作家のキャリアがあった。二〇年来の作家としてあの文章は通せない。悪いけど、ちょっと手をいれさせてください、と編集者に言って原文にてらしあわせて検討していったら、これまた大変長い作業になった。まず、翻訳の本を二冊ばらして、一ページずつ原稿用紙にはりつけてこれを原稿とする。朱筆で書きこんで出版社に渡して、校正刷りが来る。これも真っ赤になる。再校まで真っ赤になる。もはやここまで、と断念して渡しました。もう二度とはご勘弁、という気持ちでした。

だって、それを訳した自分はもう二〇も年下なわけだ。それから、それを書いた頃の原作者もそのときの訳者と同じくらいの年だったわけですよね、なんだか若い人と取っくみあいをしているようで埒があかないやと思った。

もうこれでおしまい、と思ったら、もう一度ね、もう六〇ちかくなって、大病もわずらって、翻訳などはもうできないと思っていた頃、京都の小さな出版社がロベルト・ムージルの著作集をだすという。その中に私の翻訳をおさめるというんですね。意気に感じましたよ。小さな出版社がムージルの著作集をだすのですから。今時なかなか売れないだろうに。ふたつ返事で収録を承知して、念のために校正刷りを送ってくれ、と言って取り寄せたら、また朱筆で真っ赤になったのを送り返すまでに、ふた月かかった。結局は三〇年来の始末になりました。

ここにおられる若い方も、ドイツ文学科あるいはその出身者になるわけですが、たいていまもなくドイツ文学から逸れて行くのでしょう。二〇歳代に訣別して、三〇代ではすっかり忘れる。四〇代に入ればいよいよ忘れるけれど、ある時ふっと、それがもどってくるということはあるんです。

私の職業の場合、物を書くことと、物を読むことは、あんがい折り合いがよくない。物を書くには精神力と体力の使い方が、読む時と違うんですね。物を書くには肉体労働の何かがあるんです。これは体力が充実していないとダメなんです。掘りだすとか、絞りだすとか、圧縮するとかね、そういう乱暴なことをしないとならない。それは昼間の体力があるときにふさわしい。それに対して物を読むというのは感受性のひろがりが大事でしょう。感受性が充分にひろがって、充分に繊細でないと、読み切れないところがある。

あの感受性をね、物を書くのに持ちこんだら、たちまちボロボロになるんです。これは小説の特徴かもしれない。たとえば詩人は感受性がいちばん尖鋭になったときに書く。作家というのはそれではダメなんです。作家と詩人、並べてみればわかるんですけど、作家の方が身体がごついんです。乱暴なことなんですよ、小説を書くということは。

すくなくとも私にとっては、物を書くというのはどうしても昼間の仕事になる。意外に思うでしょう。私の書いている物を考えると。読書のほうは私にとって夜の仕事、というよりも楽しみになります。で、ドイツ文学のことにもどりますが、もう五〇近くになって、ドイツ語もほとんど読まなくなっていた頃のこと、ある晩、机からふと立ちあがって、書棚にあるはずのロベルト・ムージルの作品集を探しはじめました。ほかの本を読んでいるうちに、ムージルがこんなこと書いてなかったかしらと、ある箇所が気にかかったのです。本を探し当てて、埃をかぶっているのを払ったら咳きこんでしまった。それを机の上において、ページをたどたどしくめくって、ようやくその箇所を見つけた。そして用も済んだので本を書棚へ返そうとして、作品の冒頭に気を惹かれて、数行読み出したのが、運の尽きだった。長い小説を最後まで読むことになりました。ただし半年もかかって。変なものですよね。

こういう作品がある、あるということは知っているけれど、俺は読んだことがないよと、日頃、そう思っている。ところがある晩、書棚を見回していたら、あるんですよ、その本が。へえ、買うだけ買いやがったな、と笑って開いてみると書きこみがある。どうせ最初だけだろうと思ったら、最後まで読んだ形跡が見える。昔読んだ理解の形跡はまるでない。おどろくべきことです。

あきれもするけれど、忘れるということも、なかなかおもしろいもので、これだけきれいに忘れているということは、かえって今でも心の底にしまわれているということではないのか。なまじ忘れていなかったら、時間に侵蝕されてボロボロになっていたんじゃないか。読み返すと、たしかに忘れてはいるけど、はじめて読むという感じでもない。なにか懐かしいところもある。そんなこんなで、昔の本に再会することもあります。

そんなふうに今になってドイツ語のものを読んでますと、小説で日本語に長年苦労してきた、その甲斐といいますか、その悪弊といいますか、やっぱり自分の日本語とひきくらべながら読んでいる。あたりまえの話だけど、表現の仕方が違うもんだなあ、と感じさせられる。ということは、物の考え方が、思考の組み立て方が違うんだ。思考を展開する順序がこんなにも違うものなんだ。おどろいているうちに、少しずつ、関心が散文から詩へ、新しいものから古いものへ移って来ました。自分にとって本質的に遠いものが、おもしろい。あんまりおもしろいと自分で小説を書かなくなりますから、自分に愛想をつかさない限りの読書になりますけど。

何かを読んでいるときに、自分の仕事の役に立つ、なんてことは考えてはいけない。あるいは役に立つことになるかもしれない。しかし、あてにしちゃいけない。長年たって影響は出るでしょう。でも私もこの歳ですからね、あの世で影響が出てもしょうがない。だから、ほとんど無償の行為ですよね。学を積んでこれからどうなるものでもなし。あの世に持っていけるわけじゃなし。それにしてはこんな悠長なものをよく読んでいるなと自分で呆れるけれど、そういう心境も悪くはない。いそがしいのにそれをやるんだから、ちょっと不思議なものですけれど……。

さて、ここにおられる若い方は世間に出て、「大学で何をやりましたか」と聞かれる。「独文です」というと、人は妙な顔をする。僕の学生の時代からそうだったんですよ。ある女性なんかね、「独文科です、ドイツ文学科です」と僕が答えたら、「あらこわい」っておっしゃった。なにか、ヒトラーを連想したらしいんですけど。

それから、経済や法学や社会学部の同級生から、独文を出て、いったいどうするつもり、と聞かれました。金持ちの倅じゃあるまいし、いったいどうするんだ、と。

たしかにそのころ、ドイツは奇蹟の復興を成し遂げて、ドイツの社会経済に対する日本人の畏敬は強かった。「ドイツ関係のビジネスにつきたい」という学生もいた。しかし何もドイツ文学をやる必要はないんですよね。ゲーテやシラーのドイツ語とは違うんですから。だから、ましてやそれから二〇年も、三〇年もたつと、ドイツ文学をやる人の顔を見てしまう。たいがいドイツ文学関係の仕事には就けませんよね。そうすると卒業してからドイツ文学科時代の体験が深く深く埋没してしまう。果たして甦ることがあるのか。

これだけは言えるかな。たしかに英語がグローバルな言語となる。我々も中学の時代から英語をやってきた。英語を学ぶことによって、欧文の言語構造に対する意識ができた。しかし第二外国語によってはじめて、その意識が明確になる。特にドイツ語というものは固苦しい。古い語形変化を、英語やフランス語よりは、よほどのこしている。これを学ぶ外国人はどうしても、構造から接することになる。この体験がドイツ語を学習した者におのずから残って、言語を構造から見る習性をぎりぎり保つと思われる。

日本の文化は世界的に見ればかなりローカルな文化だった。しかしつねに、いわゆる世界文化というものを意識してきた。日本にとって世界文化とは、かつては中国でした。それと言語的にわたりあったその方式が漢文です。漢文は日本語で読み下す限り、日本語です。明治維新のときにも、そういう漢文的なものの上に西洋文化を受け止めた。

現在私たちの使っているのは口語文ですよね。文語文じゃない。口語文による文学の初めと通常見なされるのは、島崎藤村の『破戒』と田山花袋の『蒲団』です。自然主義の勃興と言われる。それが二〇世紀の始めなんです。このあいだ皇太后さまが亡くなられた。あの方は日露戦争勃発の前年のお生まれです。あの方が生まれた頃なんですよ、日本近代文学が始まったのは。

漱石の『吾輩は猫である』の舞台は、日露戦争の時代です。国が外国で熾烈な戦争をたたかっている間、苦沙彌先生の家では、迷亭君や寒月君たちが集まってばか話をしている。

自然主義の文学のひとつの代表とされている徳田秋聲の『黴《かび》』の舞台も日露戦争の時代です。あのころに日本の近代文学は、生まれた。始まったと同時に確立したのです。

その骨っていうのはおそらく、日本のそれまでの文語文、特に漢文でしょう。その骨があるうちは、日本の作家は随分しっかりした文章を書いていた。

大正期の芥川龍之介の『羅生門』は二〇歳すぎの人の文章とは思えないでしょう。中学時代にまだ漢文で作文をするような時代の人だったのです。その御利益が、昭和まで、何とか続いた。しかし、その遺産がだんだん食い尽くされた。かなり素寒貧になったところで登場してきたのが、僕のような作家だった。だから、言語能力の衰弱の中から、どうやってまた言語の力をふりしぼるか、というのが課題になるわけです。

世代がさらにさがると、若い人はさらに自由になったように見える。

言葉にこだわらないで書いている。世間の欲求に楽々と答える。しかしそれにはそれの苦しさがあって、軽快に書けば書くほど、表現の土台が弱くなってくる。やがて沈黙に直面する。そんなふうにして日本人は古来の言語的な骨を消費してきて、いよいよ底をついたという感じがします。しかし底をつくときにおもしろいことがいろいろおこる。意外な復活もあり得る。

危機においてこそ、あるいは貧しさにおいてこそ、活力が生まれるのかもしれない。今はそんな時代ではないか。経済的な上昇を続けてきて、とかく向上を欺く時代の中で、精神も言葉も貧しくなった。しかしその貧しさが、あるいは本来の力を復活させるかもしれない。

特に独文学という、流行らない、見栄えのしないところで学んで、みなさんは、あんなことがひょんなところで力になったという体験をこれから追々していくことになるかもしれません。皮肉な気持ちになることもあるでしょう。三年も四年もたつと忘れる。一度は忘れます。だけど頭の片隅にはかかっている。それをあんまり邪慳にしないで大切にしてやってください。

（平成十二年六月二十四日／「立教大学ドイツ文学科論集 ASPEKT」三十四号）

翻訳と創作と

2012

本日は、お集まりいただきありがとうございます。

私も昔、みなさんと同じようにその辺で講義を聞いていては、よく居眠りしておりました。しかし、後年になって考えてみると、居眠りをしていたときのほうが、講義内容がどうも心の奥に入っているようです。これは声と口調を聞いているんでしょう。なまじ内容を理解しようなどと抵抗しないから、すっと頭に入ってくるのだと思います。

私は昭和三十七年（一九六二年）に東京大学の大学院の修士課程を修了しています。ですから、五十年ぶりにこの大学の内に足を踏み入れたことになります。

その後、金沢大学で三年、立教大学で五年教鞭をとり、そして昭和四十五年（一九七〇年）に作家の道に入りました。作家となってからでも四十二年経ちました。

しかし、その間、この大学にはしばしば訪れております。今から十三、四年前になるでしょうか。何度も何度も。大学は大学でも、大学附属病院のほうです（笑）。目の網膜の底に穴があいてしまったのです。節穴の底にまた穴があくというのはこのことです。

手術四回。通院は限りない。通院の帰りに、表玄関から出て道路を横切って、御殿下グラウンドのわきを抜けて、三四郎池を見おろす丘の上で一服して、赤門を出て、本郷三丁目の駅に向かうわけですが、時々、途中のおそば屋さんでおそばを食べていく。そこのおかみさんがあるとき、「病院の先生ですか」と聞きました。

「いいえ、患者です」。そう答えておきました。

話は一気に飛びますが、シェイクスピアの『真夏の夜の夢』の中に、シーシュース公爵の婚礼に際して、城下町の職人たちが芝居をひとつ献上する場面があります。そこで公爵の饗宴係のフィロストレートが職人たちのところに、事前にどういう芝居を打つのかを聞きに行きます。帰ってきて、公爵に「さあ、どんな仮面劇が、どんな踊りが、夜食を終えた今からベッドにつくまでの三時間という長い歳月を埋めてくれるのだ？」と聞かれ、饗宴係は余興の一覧表を渡します。その中のひとつに「若きピラマスとその恋人シスビーの冗漫にして簡潔な一場、悲劇的滑稽劇」とある。公爵が「滑稽で悲劇！　冗漫で簡潔！　これはつまり火を吐く氷、燃える雪、というようなものだ。この不調和をどう調和させるというのだろう？」と聞くと、饗宴係は「台詞が十ばかりの長さで、私の知るかぎりこれほど簡潔な芝居はありません、ところがその十ばかりの台詞でもあまりに長すぎて冗漫な芝居になっております」と答える。つまり、冗漫冗長とは余計なことばかりであり、簡潔とは余計なところを取れば、なにもかもなくなってしまう。実は、これは作家にとって笑い事ではすまないことであります。

私には書き直し癖があります。なかなか執拗なまでにやります。小説を執筆するにあたって、原稿用紙に直接書きつけることはめったにありません。ありあわせの、捨てるばかりの紙の裏に一節ずつ書きつける。４Bの鉛筆で、ほかの誰にも読めないような字でなぐり書きます。それを何度も書きなおしたあげく、どうにか文章として体をなしてきたと思われたところで、一節ずつ原稿用紙に写します。未だに、そんなことをやっております。

ところで、推敲という言葉があります。推すか敲くかそれに迷うことです。これは唐の詩人の賈島の「鳥は宿る　池辺の樹　僧は敲く　月下の門」との故事からきています。最終的に「敲く」となった部分は、最初「推す」だったのです。賈島が二つの言葉のどちらにすべきか大いに迷い、韓愈に問うて「敲く」に改めたという話です。

千年以上前に完成されたこの詩を我々が今読むと、ここは「敲く」がいいに決まっている。冴えた月光のもと、門を敲く声が冴々と響く。しかし、例えば、草庵の小さな扉を思い浮かべたら、「推す」というのもなかなか捨てがたい。ギーッと軋む音が聞こえる。特に日本語の古語の「枢《とぼそ》」という言葉をあてれば、「推す」のほうがいいのではないか、そんなふうに思われるかもしれません。

私の場合、書き直しは削る方向へ行きます。そのあげくには、白紙の決定稿を思うことがあります。これこそ決定稿だ、我ながらよくやったと、白紙をつくづくと眺める自分を思い浮かべる。しかし、実際はそうはいきません。先へ進めるよりほかにない。

推敲ということが、今の世の中で今の言葉によって物を書く私にとって、そもそも成り立つものであるかどうかという疑念が常に去来します。推敲するには、踏まえどころがなくてはならない。文典という言葉がありますが、文章の規範を私は欠いているも同然です。規範といっても、文法あるいは文体のことばかりではありません。情感とその形容にもおのずから典拠、踏まえどころがあらまほしい。そうでないと推敲が果てしなくなる。あげくは取りとめもなくなってしまう。そして白紙の決定稿を思うわけです。

例えば鷗外、漱石の文章から、多くのことを私は学びます。学ぶことはできる。でも、踏まえることは難しい。踏まえるには堅固ではないとは申しません。踏まえる足のほうが悪いのです。

もう一つ、文体とよく言われますが、文体というのは果たして個人のものなのか。むしろ個人を超えて、伝統につながるものを文体というのではないか。個人の特性あるいは性癖というものではなかろう。しかも、現代の文章は、大なり小なり分析的、そして解体的になります。文体と解体は本来、正反対のものなのです。

私の書き直し癖がいつ頃ついたかというと、三十歳前後、翻訳の仕事をしていた頃に溯ります。翻訳という仕事の後遺症かと思っています。昭和四十一年（一九六六年）から、四十二年にかけて、ヘルマン・ブロッホの長編小説の『誘惑者』、ロベルト・ムージルの一対の中編『愛の完成』と『静かなベロニカの誘惑』を訳しました。ムージルの二編の短編は、ドイツ語でフェライニグンゲンといいますが、なまかたに訳せば「合一」です。中世のユニオ・ミスティカ、神との神秘なる合一からくる言葉でしょう。

ブロッホとムージルの文章は、どちらも長いセンテンスを特徴としています。どうかすると、ピリオドからピリオドまで、半ページから一ページにまでわたる。ヨーロッパの言語は、重文構造あるいは複文構造によって、文章（センテンス）を長く構えることができるのはご存じのとおりと思います。関係詞あるいは名詞の同格（アポジション）をつなぎとして、副文（クローズ）を、随分長く連ねることができる。しかも、この二人の作家は、その特性を極度まで駆使しているんです。二十世紀のヨーロッパの文学は文章が切り詰まって簡潔になる方向と異常に長くなる方向と、二通りあるようですが、根は一つのことと私には思われます。

両人の文章は、正直言えば日本語へ移せたものではありません。しかし、考えてみれば、日本語の古文には本来、句読点はありません。読む便宜に丸や点を振ったとしても、それはフルストップやハーフストップと同じではない。文を長々と、粘着しながら流れを送り越して、移っていく特性がある。連用形の、いってみれば、しなやかさもそれに役に立つ。だから、古来ロングセンテンスと言えば、日本語であると言えなくもない。しかし、それが翻訳者にとって何の助けになるのでしょう。

さらに難儀なことがもう一つあります。ブロッホ、ムージルの長いセンテンスの場合、そのセンテンスの内に、とりわけ音律の頂点を回るあたりに、展開というよりも変移といったほうがいいでしょうか、あるいは変調がある。そして、しばしば超越を含ませる。なにか異なった次元へ抜けそうな気配をのぞかせる。これこそ日本語に受けとめにくいものです。訳するのに苦しんでいるうちに、読めていたはずの原文の文脈が、かえってつかめなくなって、日本語もあやしくなってしまうことがよくありました。そういうときは、ひそかに声に出して原文を読むようにしました。

やがて気がついたことに、まことに遅まきながら、フルストップは、英語ではピリオドです。ドイツ語では単に「点」、プンクトと言いますが、ドイツ語のペリオーデという名詞は、周期という意味を含みます。英語のピリオドも同様です。この周期というのは、例えば天文学なら、惑星の公転の周期、電波ならサイクル、言語学だと双体文となります。双曲線の「双」です。左右の均整がとれた文章のことをいいます。美文という意味にもなるのだそうです。もちろん、ブロッホやムージルは、いわゆる美文ではありません。しかし、どこかで美文の伝統を踏んでいることは確かなのです。

後に知ったことになりますが、このピリオド（ペリオーデ）というのは、ギリシャ語のペリオドスという言葉からくるものです。ペリというのは、副詞かつ前置詞で、英語で言えばラウンドです。

オドスは、単独の名詞で使われると、語頭に息音が入って、ホドスとなりますが、道という意味です。モーゼのエクス・オドスは脱出です。このペリオドスも周期という意味を持つ。例えば月や年のめぐりです。恐らく演劇や弁論、弁舌の用語にもなるかと思われます。朗誦の起伏、あるいは干満の、周期でしょうか。

これを文章に即しますと、上昇して、頂点を回って、下降する。アセンドとディセンド、この周期になるようです。上昇して頂点を回る、そのあたりに得心点がある。つまり、読むものに得心の心をいわば点すところです。論文ならば、論理的な説得点になります。詩文では情感の上のことでもある。つまり、なるほどと感じさせるところです。

ついでながら、この得心点とはドイツ語のプラウシィベル、「納得のいきそうな」という言葉を踏まえたものですが、同じ言葉が英語では「もっともらしい」とだいぶ悪い方へ振れるようで、なかなかアイロニーぶくみのことにもなりそうだけれど、翻訳もまた眉に唾しながらのことでもあります。

さて、ブロッホやムージルの場合、この頂点で異なった境へ抜ける気配をあらわすこともある。それから下降する。現実の層へ着地する。言うならば、なだらかに腑に落ちるということでしょうか。

特に象徴主義、神秘主義の傾向のある文章では、その頂点にいわく言いがたい境、黙示的な境があります。そこで読者はしばし宙に迷う。予感と理解のはざまと言ったらいいでしょうか。まして翻訳者は言語の宙に迷うのです。原語と母国語のはざまと言ってもいい。グレーゾーンに放り出されるんです。つまり、宙に浮く。しばし言葉を失うということです。

さて、どうしたらいいものか。やることといったら、ただ一つです。文章の音律へ耳を傾ける。文章の起伏を音律としてつかむ。このときほど、私は自分が音痴だなと思うことはありません。なかなか音律をつかめない。この耐えがたい宙空にどれだけ辛抱してとどまっていられるか。そこに翻訳者として、原文の周期に寄り添う勘どころがあると思います。

しかし、そうはいっても、辛抱したからといって、その宙空に長いことといとどまっていられるものではありません。頭がおかしくなる。しばらくとどまったとしても、大した知恵が浮かぶわけではない。適切な訳が見つかるわけでもない。そのつど、間に合わせの言葉をいわば放り込んで、先へ進むことになる。先送りすることになるんです。

そんなふうにして、二つの翻訳とも書き直しに書き直したあげく、力尽きたところで、どうにか脱稿へこぎつけたわけですが、なまじ翻訳をやったばっかりに、原文がしっかり読めなくなり、あまつさえ自分の日本語もあやしくなってしまっている、そんな心を残しました。

その後、殊勝に学究の生活に戻ろうとして、ニーチェやノヴァーリスなどを読みましたが、結局、翻訳へのこだわりが祟りまして、学究の道からそれてしまいました。自分の日本語を納得したいという気持からでした。

私が作家になって間もなくのころ、ある人が私に向かって、「あなたは翻訳するみたいに書くね」と言いました。それを聞いたとき、もしそうであったらどんなにか安らかなことだろうと思いました。なぜなら翻訳は、どんなに苦しくても、原文、原典が手元から逃げてはいきませんから。それにもかかわらず、その後二十年近く、私はドイツ語を読むことをおおむね自分に禁じました。読んで引き込まれて、あの翻訳のときの宙吊りにまた入ったら、たまったものじゃない、と思ったのです。せっかく支えてきた自分のガタピシの日本語が一気に崩れて、一行も書けなくなるのではないかと恐れました。

作家が苦しむものは恣意感と昏迷感であります。恣意感というのは、何を書いてもこれは自分の恣意であって、必然とかみ合ってないのではないかという疑惑です。それに伴って昏迷も生まれます。作家とは、生涯この恣意感と昏迷感との闘いといっていいでしょう。

四十代に入って、さすがに自分の文章の詰屈に苦しんで、日本の古典をもう一度しっかり読み返すようになりました。不思議なのは、小説家だから物語を読むはずだと思われるかもしれませんが、物語ではなく、広い意味での「詩」を多く読みました。芭蕉の俳諧に始まって、和歌の八代集にさかのぼり、また少しもどって玉葉・風雅集、さらに室町期の心敬や宗祇の連歌までたどりました。さらに漢文も読み耽りました。漢文を読み下している分には日本の文章ですから。

私には生来行き過ぎる傾向があって、唐代にさかのぼり、おおよそ漢代から南北六朝時代の詩を集めたアンソロジー、「古詩源」と言います。清の時代の沈徳潜が集めたものですが、これを随分熱心に読みました。ついでに、詩経や楚辞、さらに易経まで読んだのだから、我ながらご精進のことです。

どれを読んでも一騎当千という感じで、随所に感嘆、驚嘆、畏れ入りましたの連続です。自分なぞが今さら物を書いていることはないや、と思われるぐらいでした。しかし、さしあたり、自分へじかにつながってくることとも感じられませんでしたが、おいおい言葉が聞こえるようになってきた。『山躁賦』を書いていたころです。

昭和六十一年（一九八六年）、私が訳したムージルの一対の翻訳が文庫本に納まることになったのを機に、改めてかなり細かく手を入れました。長年の作家のメンツがかかっていたと言ってもいいでしょう。以前に訳した文章を読んで、こんな日本語を通すわけにいかないと思ったのです。

翌年には、ムージルの『特性のない男』について、連続の講演をしております。またドイツ語を読み始めたのです。中世の神秘主義者まで読み出すと、近世ドイツ語の訳とはいいながら、これは苦しいものです。しかし、読むのが苦しいその分だけ、書くことが楽になった気がしました。同じ中世でも、日本の仏教説話を踏まえた、『仮往生伝試文』を書いていた時期に当たります。

平成三年（一九九一年）、これはバブルがはじけた年にあたりますが、私の首が壊れました。頸椎と頸椎の間のクッションが崩れて、内側へ飛び出して脊椎を圧迫し、両手両足に麻痺がおきました。歩行不能寸前まで行ったのです。結局手術をすることになり、その後四十九日入院しました。

さて、退院した後、書き続けられるかどうか、心がかりでした。家に帰ってきて初めに読み返したのが、奇妙なことに連歌でした。宗祇、肖柏、宗長の水無瀬三吟、湯山三吟、宗祇の独吟、思わず引き込まれました。しかし、引き込まれながらも、大もとのところがつかめない。自分の心得ていない呼吸というものがあるのだと思いました。以来、連歌というものが、見え隠れに私にとっての課題となってます。

歩けなくなる直前まで行きましたから、退院すればリハビリが必要です。身体のリハビリもさることながら、私にとっての大事は、まず書くことへのリハビリでした。それには、物をしっかりと、前のめりにならず、早呑み込みせずに、読むことだと思いました。長年作家を続けていると、書き癖のようなものが出てきて、文章に崩れが出てくるんです。まずはそこを矯正しなければなりません。

書き癖があれば、読み癖もあります。まことに迂遠ながら、この読み癖から矯正しなければいけない、と思いました。音楽と引き比べるのもおそれ多いことですが、ピアノやチェンバロの演奏者も長年やっていると、やはり弾き癖が出てくる。その癖をたわめるために、バッハの平均律をおさらいするといいます。平均律とは、よく調律されたという意味です。

それならば、日本語の散文をしっかり読み込むべきですよね。しかし、日本語だと長年読んできましたから、どうしても馴れ合いが出る。くらべて外国語の文章は、一たんつかみ損ねると、もろに突き放されて、しばしは一行も読めないということがある。ならば、外国語でお稽古させてもらったほうがいいんだろう。そう思い、ドイツ語の作品を読み始めました。

しかし、気がついてみれば、またしても詩の方向に道をとっていました。ホフマンスタール、リルケ、トラークル、さかのぼってヘルダーリン。そしてドイツ語訳になりますが、ダンテとギリシャ悲劇。また中世の神秘主義者の手記に幾らか深入りしてしまいました。ヨハネス・タウラーとハインリッヒ・ゾイゼ。女流では、メヒティルト・フォン・マクデブルク、あるいはマルガリータ・エナーです。この二人の女流の手記は、信仰も過激であれば、表現もなかなか過激なものです。

そのうちにいつか、フランス語を読み出してました。ボードレール、マラルメ、ヴァレリー。還暦近くになってからは、マラルメにこだわりました。私に読めるわけがない。読むというより解読でした。結構な長逗留をしました。難解ですが、難解なくせに、澄明の感じのある詩人です。クラルテとは一体何なのか。あるいは意味の解体と紙一重のところで生ずるものではないか。あるいは、混沌からもう一度光明が差してくるように、言葉の再生を願うものではないか。そんなこだわりからつい長逗留してしまったようです。

それでもやがては放棄することになり、ヘルダーリンにもどった。あるとき旅行先でヘルダーリンを読んでいるうちに、ギリシャ語のおさらいをしなければならないと思いました。すでに還暦過ぎです。長続きしないだろうと思っていたら、思いのほかのご熱心で、文法書から始めて、アイスキュロスやソフォクレス、さらにピンダロス、毒を喰らわば皿までのこころで、ソクラテス以前の哲学者たち、さらにホメロスまでギリシャ語で読んだものです。

読んで別に賢くなったわけではありません。ただ、音律と意味、あるいは音律と論理というものの非常に微妙なかかわりに、しばしば触れる思いがしました。

そして晩年です。本人が晩年を語るのは妙なものですね。でも、私が自分で壮年と思っていたころに刊行した単行本の帯で「畢生の大作」とうたわれたことがあります。考えてみれば、明日もわからない人生ですから、まあいいんだろう、そう思いました(笑)。

晩年、まさに今も書き続けております。つまり、埒が明かないということです。六十代に入ってから長編は一編ありますが、あとはすべて短編の連作です。一月に一度あるいは二月に一度のペースで書き綴っている。夜は相変わらず本を読んでおります。なにが関心かといえば、自分に付いて、しかもどう自分から離れるか、であります。そういう関心をまだ引きずっております。

小説には人物があり、語り手(ナレーター)というものがある。考えてみると、ナレーターと著者は同一と思われるけれども、実はそこはなかなか一筋縄ではいかない。必ずしもイコールではないのです。往々にして違っている。だから、人物と語り手と書き手つまり著者との三者になる。この三者が相通じ合っているのがあらまほしきことでしょう。三位一体とまでは申し上げません。しかし、そこにずれがあったり、喰い違いがあったりするのもまた小説のおもしろみではないかとも思います。

私の願望は、その三者のうち、著者が、できる限り後ろへ退くことです。やがては見えなくなるまでに。そうすると、変なことになります。一体誰が書いているのかと。でも私には、その淵まで行ってみたい気持がある。どこまで行けるのかはわかりません。

書くという行為は、やがて耳を澄ますという行為になる。それも、聞こえないものに耳を澄ます。作品はどうも性能のよろしくない受信機みたいなものであります。

かなたへ耳を澄ませば、かなたもこちらへ向けて耳を澄ます。これはヴァレリーの、たしかナルキソスの詩の中にある言葉です。ナルシスといえば水鏡です。視覚的には鏡ですが、聴覚的には谺とも言えるでしょう。谺の沈黙というアイロニーを含むことだと思います。ただ、その沈黙が、聞こえることの始まりか、言葉の始まりなのかもしれません。その境地にたどり着くのは無理なようでも、接近したいとは思っています。要するに、作家として、いまだに埒が明かない現状であります。

それで現在に至りますが、自分の現在は余り語るものではありません。この辺で切り上げたいと思います。どうもありがとうございました。

質疑応答

――古井さんの小説には膜、皮膜という言葉が使われます。その膜というものを、どのようにお感じになっているのでしょうか。

古井　つい先日、家に二人の客を招いてお酒を飲んでおりました。三人とも老齢といっていい年です。一人は六十代半ばですが、編集者として長年やっています。幾冊も本をつくってきた人です。本をつくるには色彩のことをよくよく図らなくてはならない。

ところが、その人が今になって「自分は実は色弱である」と打ち明けたのです。それを聞いて、作家である私と、装幀家であるもう一人の客が色彩のことを論ずるうちに、眼になにかしら色彩の欠如があればこそ、内側で強くなる色彩感覚というものが生じるのではないか。例えば西洋の印象派の画家たちの中でひょっとして色弱の人がいたのではないか。ゴッホはどうだろうか。そんな話をしました。

私もさきほど音痴という言葉を使いました。音痴だから、音痴のくせに、聞き取ろうとする、と。音痴というのは耳のことであります。この世の中に住んでいますから、騒音が多い。現代人は押しなべて耳が悪いのではないか。現代人と言わず、十九世紀に入ってから、それ以前と比べ社会の音が大きくなったので、その分、音楽家ですら耳が悪くなっているのではないか。ところが、耳が悪いがゆえに凄味のある旋律や和音を生み出す。晩年のベートーベンは聾唖でした。

内面へ掘り込んでいくというけれど、私も雑駁な男です。なかなか自分の内面に入りにくい。内面性の欠如に悩むことも実は多い。そういう人間だからこそ、聞こえないものに耳を澄ますように、内のほうを見る。奥がのぞけるのではなくて、表と奥がそこに出会うような皮膜が見えるのではないか。自分では、決して奥へ突っこんで物を書いているとは思っていません。ただ、その皮膜の部分をできるだけ感受するという方向でまだやっております。

——カフカは直感的に書き付けると言われています。古井さんは書き直し癖があると仰いましたが、カフカの書き方についてどう思いますか。

古井　実は私は、学部の論文でカフカを扱いました。「カフカの不満足」という変な表題です。カフカには、あの完成した形で書くに至るまでの長い長い不満があります。自分はだめだ、自分は書けないといいった昏迷です。しかもその昏迷を日記で克明にたどっています。

今思えば、これは非常に大ざっぱな割り切り方になりますが、カフカは最後の天才（ジェニー）

ではなかったか。いきなり完成形で頭の中に入ってくる。そのインスピレーションは、やはりジェニーのものだと思います。それは何かというとカフカの場合、ユダヤ系のドイツ市民の、その先祖代々積み重なった歴史が、一瞬のうちに集まる。そんな器であったということではないか。

――大学に文学部は不要ではないか。文学についての学問など必要なく、文学とは文芸として存在するのでよいのではないでしょうか。

古井　変な言い方ですが、文学は学問するものではないにしても、学ぶものではあるのです。私も文学部出身ですし、ずっと文学の仕事に従事している人間です。文学部プロパーの人間だから、偏見もあれば、手前みそもあります。思い切って広く括ると、明治以来、大学というところに大勢の人間が学んでいます。あるいは、法律、経済、理工、医学。この学生たちは、大学であるからには外国語を学ぶ。その外国語を、文法の後は、文学として学びます。

さきほど翻訳の苦労をさんざん言い立てましたが、例えば教室で指されて訳読することを想像してください。しどろもどろです。これだって翻訳の苦しみの一つです。そういう体験を、それなりの文学体験を大学を経てきた人間は持っていました。それが徐々に乏しくなって、数量的に計測可能なものが重んじられるようになる。その社会では、文学はお呼びじゃない。だけど、お呼びじゃなくなった文学に、その欠如に、世界は今後祟られるかもしれない。

今、人が政治家や実業家に持っている不満は、突き詰めると、文学の欠如にたいしてではないか。それは、詩を読めとか、小説を読めということではありません。不確定なものへの関心のことです。なおかつ、なにか確かなものを見つけたい。しかし、それはほぼ見つけられないものであり、それを求める心だけが確かなものなのではないか。そこが文学だと思うんです。

文学部、学部とつくのは、大学であるからしょうがないでしょう。だから、文学をやるところくらいの感覚でいい。そのかわり、実世界に出たときに、文学を学んだ身で、測量可能なものばかりが重んじられる世界の中に割り込んでいかなければいけないきつさがあると思います。それでも、あちこちで文学の割り込みがあることによって、世の中が多少は変わることがあるかもしれません。

——以前お書きになられていた「書くことがなくなったところから小説家としての本当のスタート」とはどういうことでしょうか。

古井　書くという行為には二通りあると思います。書くことがあるから書く。これが表でしょう。その裏に、書くことがなくなったところから書くということがある。書くことがなくなったというのは、今まで自分の馴れている世界、あるいは世界に通用する観念連合や、価値の軽重や、そのようなものがほどけてしまったところに生じます。

実際には、書こうとして、一行も書けなくなるような境地がある。私にはよくわかるんです。いつもそこにさらされている。そこにさらされたとき、その奥から何かが見えてくる。そういう書き方があるんですね。

（平成二十四年十月二十日　東京大学文学部／「群像」平成二十四年十二月号）

小説の言葉

2007

今日は一二月一九日、ちょうどひと月前に私、七〇歳になりました。自分が七〇歳なんて歳になるとは、若い頃には考えてもいなかった。日本人の男性の平均寿命が、この前、発表されたところではまだ八〇歳までいかないそうですね。そうすると「ああ、そうか、あと一〇年足らずだ」と考えると、なんだか安楽な気もする。まあ、いい加減なもんです。近頃よくアンチ・エイジというような言葉が言われますけど、私は、どうかと思う。「年寄りは年寄りらしくしろ」などと自分にも言うつもりはないけれど、やはり順当に相応に歳をとった方が好ましい。人の歳のとり方は本当、人さまざまです。一人の人間のうちでも三〇代、四〇代、五〇代で、歳のとり方が違う。それからわりあい楽な時と、苦しいことが続いた時でも歳のとり方は違う。

樹木の年輪は年ごとに粗と密があるそうです。気候の厳しかったところは詰まって固くなる。気候がおだやかだった時はたっぷりとしていると。人の歳のとり方は、年輪ほどきれいにはいきませんけど。ただ苦労をした時に、よく言いますね、「あんまり苦労が多くて歳をとってる暇がない」と。ものの表現ですけれど、まあ実際、そうであるとも言えるんです。ある状況に対する時に、その時の年齢に留まっていないと対処できないことがあって、肉体もそれに応ずるみたいです。そういうところは、後から見れば年輪の固いところです。これが、目詰まりみたいなものを起こしてどうも生涯の歳の流れが老年まですんなりとつながらないことがある。だから、老年に至ったら、自分がこれまで過ごしてきた歳月を撫でるようにして、時間の流れの通りをよくするというのも大切なことではないかと思っています。もっとも、私は気儘な生活をしてる代わりに退職ということがない。だから退職金もいただけない。もう常に現役でなくてはならない。これから一つも二つも山を越えなくてはならないということです。

京都に来ましたのは、一〇年ぶり近くではないかと思います。以前、国際日本文化研究所のシンポジウムに、故・江藤淳さんと招かれて、夏目漱石のことでシンポジウムをやったことがあります。江藤さんは漱石の伝記を書いている人なので、『道草』の背景について、つぶさにお話になりました。僕は『夢十夜』について、とにかく小説と随想の境目みたいなことを話したのではないか。漱石というのは日本近代文学を代表する作家ですけど、ある人たちに言わせれば、「いや、漱石は小説よりも小品とか随筆の方がずっといいんだ。漱石は随想家だよ」と。かと思うと、「いやいや、漱石の本当にいいのは俳句だ」という人もいる。それに対して「いや、そうじゃない、最もいいのは漢詩だ」と。で、それぞれ漱石が随想家だと言ったり、あるいは広い意味での詩人だと言いながら、「なんだかんだ言っても、やっぱり漱石は小説家だね」というところに落ちつく。そんなことを話したと思います。

その時、会が終わって雑談に移ったら所長の梅原猛さんが、僕について「あなたの話し方には落語家の影響がありますね」って、そう言ったもんですよ。子供の頃から落語をたくさん聞いたせいもあるでしょう。ある人はね、オーストリアのロベルト・ムージルという大変先鋭で難しい作家について連続講演をやった時、最終回の後で僕のところに来て「古井さん、あなた、お寺さん?」と聞くんです。僕の家はご住職と、なんの縁もない。どこかでそういう「説教」めいたところがついたんでしょう。ひょっとしたら北陸の金沢で三年暮らした時に、その口調がちょっとしみ込んだかと思います。浄土真宗のお東の口調でしょうか。そう言えば私の親たちも浄土真宗で、岐阜の系統です。

さて、言語文化教育研究センターと言われ、誘われた時にはふっと震え上がりました。というのも、僕が学生の頃に、まだ文学部に言語学科というのがありまして、ここは語学の天才ばっかりが集まっているところだと言われた。英独仏はおろか、いや古典語はおろか、もう東西の古今の言語を、たちまちマスターする、それどころか古い古い、解読もまだできてないような言語に興味を持つ、あれは並大抵の人が集まるところじゃない。私は独文科におりましたから、なんだか「お隣さんに怖い人が集まっている学科がある」と、そう思っていました。中には「文章よりも言葉そのものへの関心、それがなければ言語学はやっていけない。いや言葉そのものじゃない、うんと古いものになると文字そのものへの興味、文字が好きだというくらいでなければやってけないよ」というんで、多少自分も心引かれたんだけど、「これはついていけないや」と思って諦めました。おそらく言語学に従事する人は、語学の天分にも恵まれているんだろうけれど、古い言語、新しい言語、どちらにも言語の発生の系を求める情熱があるのではないでしょうか。

ところで話は飛ぶようだけど、この前亡くなった小田実さんが、その恐ろしき言語学科の卒業です。若い頃にフルブライトの関係でアメリカに留学された。その時、東京で面接があったそうです。相手はアメリカ人です。「君は何を学ぶのか?」「グリークです」と言った。「ほお、君はどうしてギリシャという国に関心を持つんだ?」「いいえ、古代ギリシャ語です」。そう答えたら審査員はみなゲラゲラ笑いだした。そんなことを書いておられました。で、ああいう性格の方だから言語学科にいても「こんな、小難しいこと、なんや」と蹴飛ばしてアメリカへ飛びだしていったように思えるし、私もそう思ってた。ところが数年前、ある文芸誌で座談会があって、小田実さんとほとんど初対面でご一緒したことがある。テーマは「七〇年代の文学」ということでしたけど、僕は六〇歳すぎてから思うところがあって古代ギリシャ語のおさらいをして「今、アイスキュロスとソフォクレスを読んでる」って言ったら、ずいぶん懐かしがられましてね。それから話がテーマから逸れてギリシャ語の方へしばらく流れた。

その時に、両者の認識と感想が一致したところは、これは外国の方にはあたりまえかもしれず、日本人にとっては、ちょっとわかりにくいことだと思うけど、「言う」ということと「思う」ということは古代ギリシャ語ではイコールでつなげる。それで、小田実さんとしては「発言というのは、思索、考えることと直結するんだ」とおっしゃるわけね。確かに古代ギリシャ語には近代の西洋語にある「思う」、think、フランス語はpenser、ドイツ語はdenken、それと全く等しい言葉はないようなんです。「認識」というのは、むしろ感受という方向になり、「思う」というような能動をあらわすとすれば、「言う」という言葉なんですね。lego、これは現在形一人称で不定詞はlegeinです。この「言う」には、二系列の意味があるんです。一つは「言う」、もう一つは「思う」。その名詞はlogosです。これも二系統あって、一つには「言葉」、もう一つは「論理」、ことわり。これは「考える」という意味の方向です。「はじめに言葉ありき」はlogosです。「言う」と「思う」を両方含んでいる。

ついでながら「書く」というのは何か。graphoといって、グラフィックデザインなんて言葉がありますよね、引っかくということです。石に文字を書きつける。あるいは板に蠟を塗って固いもので書きつけていく。学校の生徒たちが、そういうものを持って勉強したそうです。これは近代のヨーロッパ語でも同じですね、英語の scribe、フランス語の écrire、ドイツ語の schreiben、全部引っかく、です。「記録する」ということですね。

「読む」というのはどうか。これが面白いんです。「読む」にしっくりあたる単語がない。「anagignosko」といって、「再確認」という意味なんですよ。gignosko は「知る」という意味、ana は副詞的な意味で「up」ですね。make up、brush up の up に近いものです。つまり、もう一度徹底的に知る。たとえば外交関係において難しいことが起こって、それに関して、以前交わした条約を再確認しなくてはならない。取り出してきて集会で読み上げる。みんなで「再確認」する。つまり黙読ではないようなんです。近代は、話すことより読むこと、あるいはどうかすると、読むことより書くことが重視される。言語本来の姿を、やや見失いつつある、そう言えるんじゃないかと思います。

日本語でも、「こと」という言葉があります。ことばの言です。これが、ことがらの「事」でもある「言」と「事」の意味が古代では未分化だったそうです。事柄の「事」と言葉の「言」と、それが分化してくる過程で区別をつけるために「言の葉」というのが出たそうです。この場合、「葉」というのは葉っぱだけども、英語でいう piece という意味でしょう。

私も自分一人で小説を書いているばかりでは、年寄りとしての責任も果たせないんじゃないかと思って、朗読会を、定期的に設けました。私がホストで前座を務めて、毎回、若手、中堅の作家に一人か、二人ずつ朗読してもらう。本人の作品をですよ。それが、もう八年続いてます。大体、ものを書いたりする人は「自分の作品を人前で読むくらいなら、死んだほうがましだ」というくらい繊細な人たちだけど、それを口説くわけです、「恥は私がなり代わってかきますから」って。だけど、恥とトイレばかりは実はなり代わってできるもんじゃない（笑）。客はせいぜい三十何人、それでも入るとぎゅう詰めになるところでやってます。朗読する人はバーのカウンターの内に入るので、読む人と聴く人との距離はほんのわずかです。すぐ目の前に読者と対する。自分の作品がどんな反応を及ぼしているかを感じとるのも、ものを書く身にとっては大事でしょう。それ以上に、まあ、書くという苦労は、どうしても目の苦労になりますよね。頭と目です。頭と目にばかり頼ると、人はどうも観念的になる。声、音声ということも大事で、自分が書いたものがどんなふうに響くのか、実は書いた本人もよくわかってない。一度でも聞き手をすぐ前にして、自分の作品を読んでみると、何かを感じる。それが今後、書くための何かの力になる。推敲を重ねると言いますけれど、この表現が良いかどうか、単に意味のことばかりでもないですね。音声のこともあるんです。

人を得心させるには二つのやり方がある。一つは論理的に得心させる。もう一つは声により口調により、その時の顔つきにより、その時の強い情動により得心させる。あるいはダイナミックな起承転結を、序破急を踏まえて、劇的な盛りあがりにおいて人を得心させる。そういう二通りの得心のさせ方がある。すると後者はいかがわしいように思えるでしょう。確かにいかがわしいものがあります。でも古い文学を見ると後者が勝っている。日本語の特性とは、ヨーロッパの言葉に比べると、その後者、大げさに言うと呪術的な論証、「呪術的な論証」なんて言うと矛盾のようですけど、そういう要素が、まだまだ濃く残っている。本当に乾いた混ざり物の少ない論理で文章を書くのはなかなか難しい。どうしても情念が伴う。

今日は「小説の言葉」ということになります。いきなりな感じで、小説家という人間がここに立ってます。室生犀星という、詩人にして小説家であった人がいました。ごく若い頃、先輩のお宅を訪ねた。画家かなにか、たしか芸術家だと思います。その主人のもとに他の客が来ていた。やっぱりそういう方面の芸術家らしい。室生犀星はまだ若いから隅の方に座って主人とちょっと話をして早々に退散した。室生犀星が帰った後、その客の一人が「今の若いのは、あれ、小説家だってね。小説家っていうのは、ずいぶんしたたかな顔をしてるもんだね」と言った。そんなところが、昔はあったようです。今は大体、表面から見ればわからないほど、市民的になっていますけど。

「小説の言葉」と申しましたが、小説というのはこの場合、近代の日本の小説のことです。もう少し細かく絞ると、我々が今、使っているところの口語文による小説です。口語文がいつ始まったかというと、これは大層難しいことです。江戸時代に口語文がなかったかというと、そうは言い切れない。ただ一応の目安として明治三〇年、だから一九世紀と二〇世紀の変わり目に起こった自然主義運動が、おのずから口語文への転換を要求した。それ以降と、一応規定します。

「文語文を駆使していた文学」と新しい「口語文を踏んだ文学」とに一つの境目はある。断絶というほどでもないけど、一つの流れとしては簡単には溯れないような、滝みたいなものがある。自然主義と言いましたけど、夏目漱石も森鷗外も、ほとんど同じ頃に口語文で小説を書き始めたわけで、その口語文のことです。

その口語文による日本の近代小説に慣れない方は、「ずいぶん、困ったもんだ」とお思いになるでしょう。特に、自然人文にかかわらず学問の研究に従事されている方、あるいは仕事の上でできるだけ客観性を期してものを伝達したり、伝達されたものを理解する必要に迫られている方は「どうも小説の文章というのは困ったもんだ。小説の言葉は困ったもんだ」、そういう思いがあるかと思います。しかしまた逆に言うと、一九世紀以降の近代において、東西に大文学者、文豪はいろいろありましたが、日本においてほど、作家、小説家というものが尊重された国はあまりないんです。「尊重」という言葉が言い過ぎだとしたら、あたかも芸能人の如く世間に興味を持たれた。マスコミがそろそろ大規模になり出した時に、その生活や行為に世間一般の人が興味を持つような人種、身も蓋もない言い方をすれば「勝手なことばかりやる面白い奴ら」、そういうことで大層、まあ興味を持たれた。その証拠に、たとえばヨーロッパと日本と小説の売れ行きを、せめて二〇世紀以降でも比較してみれば、大分、数が違うはずです。

「なぜか」という問題があります。一つには、まだ娯楽の少なかった頃に、一種の芸能人として、そのちょっと常識を外した生活ぶり、私生活が人の興味を引いた。もう一つ、近代日本語の口語文は一九世紀と二〇世紀の境目あたりで、どうにか誕生したというようなもんでしょう。だから大正や昭和の初期でも、まだそんなにその歴史は長くない。一般の人だって手紙は候文でしたからね。そこに口語文というものが入ってきた。どう口語で文章を書いていいものやら、という戸惑いはあったはずです。その時に作家、小説家の文章が、一つの水先案内人の役を果たした。人は漱石とか、もっと時代が下れば、志賀直哉、そういう人の文章を習って自分の口語文を書いた。そういうことがあったんです。今はそういうご利益も大分薄れてきましたが。

ところが、作家に興味は持っているけど、普通の言語生活を送っている方には、小説の使う言葉は大分、違和感があるはずなんです。近頃では大分、文学というものへの信用と興味が衰えてきて、むしろもっと他の実際的なことに即した言葉を手本とすべきではないかというふうになっていますけどね。たとえば「高校の教科書にあまりにも文学者の小説家の文章が多すぎる。そんなことより何かもっと実際的なリポートの優れたものを教科書で読ませたらどうか」というように。ある意味では賢明な考え方ですけど、一つ、見落としているものがある。さっき言った「論証」ということです。言語というものは論理によって人を説得しなければいけない。しかし、その言葉そのものが持っている情念で人を説得する、そのことを心得ている必要もあるんです。積極的にはそうやって言葉を活かす、話す言葉が人の耳に深く入りやすくする。消極的には、言葉には一種の詐術、ごまかしみたいなところがあるので、そういう言葉のまやかし、ごまかしに引っかからないための用心として、やっぱり言葉の、そういう側面を知らなくてはならない。

一口に括りますと、長いこと、文学というのは美文のことと思われていたんです。その美文から脱皮しようとした。当時の人としては、かなり無味乾燥に感じたであろう口語文について、夏目漱石が、島崎藤村の『破戒』を褒めてね、「文章がスタスタと歩いていく」と言った。それはそれまでの美文に比べれば、そうです。美文は装飾が多かったし、調子の起伏も多かった。しかし今の文章と比べると『破戒』だって文語文みたいなもんですけどね。

さてその小説の言葉に対する違和感がどんなものであるか。私は書き手の立場だけれども、少し く読み手の立場の方に移って自己問答のような形で探ってみたいと思います。まず当然のことながら、小説も臨場感を表そうとする。芸能とも通じるものです。「講釈師、見てきたような嘘を言い」。これは作家にも当てはまる。あたかも自分がそこに立って見ているような臨場感、躍動感を出すのを事とする。小説というのは、身も蓋もない言い方をしてしまえば、見てきたような嘘である。勝てば官軍、負ければ賊軍というやつで、うまくいけば見事な小説になるけど、悪くすると半端でいい加減な、それこそ、誑《たぶら》かしを旨とする文章になってしまう。

書くことに、出来事にしろ、あるいは登場人物が思っていることにしろ、ただのつぶやきにしろ、臨場感を与えようとおのずから苦労している。文章の苦労はそこにある。ところが学問、研究のために文章を書く人、実業のために文章を書く人にとっては、余計な臨場感は出さないように慎むべきなんですね。余計な臨場感を出すと客観的な関係が歪む恐れがある。そういう文章、そういう言語生活に慣れた人からいうと「小説の言葉は信用がならない」。もっともなことだと思う。これを両方からまとめれば、小説を書くというのは、ずいぶん危うい、現実を踏み外しかねない行為なんです。このことが一つあります。

第二に小説に疎くしている方、小説があまり好きじゃない方が、たまに小説をお読みになると首を捻ることがあると思います。読んでいて「一体これは誰が思っていることか、著者が思っていることなのか、それともその人物が思っていることなのか」、あるいは出来事について「これは誰が見ているのか、著者が見ているのか、登場人物が見ているのか」。主体がしょっちゅう変わるので「これはついていけない」と小説を敬遠する人もずいぶん多いかと思います。というのは、小説のすべてが私小説ではないけれど、小説を書くにあたっては三つの要素がある。一つは「書き手」です。その向こう側に「登場人物」がいる。だけどその間にもう一つ「ナレーター」というべきものが入っている。小説にはその小説により、それぞれ口調がありますね。中上健次調とかね、村上春樹調とか。では、その口調がすっかり本人の口調かというと、そうではないんですよ。ナレーターを、自分と作品の間に自ずからつくりだして、それに語らせているのです。それに登場人物がいるから、この三者の、さてそれぞれの関係、それぞれの差異が明確かというと、そこが乱れる。ナレーターが書き手から距離を保って、あるいは保たされて安定して語っていたかと思うと、いきなり著者が出張って来たり、著者が語り手を無視して、登場人物にとりついてしまったり。この距離が常に乱れる、特に日本語は、この関係を曖昧にしやすい言葉です。あるいは三つのものを層として重ねることによって独特な表現を生むことに長けている言語なんです。

これは外国の人には、実はかなりわかりにくいところではないかと思います。たとえば日本の近代文学の代表者の一人とされる志賀直哉、これは我々には非常に安定した堅固な作品と思われる、一般にそう見られているけど、外国の方には極めて翻訳しにくい。翻訳してみると、ちっとも面白くない。正反対の方では、一時は川端康成さんも、そうだったそうですね。『雪国』の冒頭の部分、あれはちょっと訳せないということがあったそうです。訳すとごく凡庸な表現になりかねない。

我々、現代の日本人も、西洋の文脈をずいぶん取り入れてますから、変幻自在な日本語に対して、自分で自分の言葉に違和感を覚えることがある。ましてや小説においては「パースペクティブが全然定まらないんじゃないか」と困惑するのではないかと思います。やがて「ああ、これがこの国の文学の強みであるな」とも思うかもしれない。古い日本の詩、和歌ですね。その名歌というものがあって、ほとんど誰でも知っている、自分はこういう意味だと思っているけど、実は人の思うところは、さまざまです。どういう意味かと学者の間でもかなり意見、解釈が違う。それは一つには遠近法が定まってないからなんです。その特性を日本の近代の口語文は、そこから脱皮しようとしながら、却って濃厚に引きずった。なぜ濃厚に引きずったかというと、少なくとも昭和期の真ん中あたりまでは、口語文が文学、しかも小説を主体に推し進められたからだと思います。

私小説というのは「私」を主人公にする小説になりますが、古くから東西にあるものです。だけどそれは日本の私小説と事情が違う。古くからある、たとえばヨーロッパにもある私小説の「私」というのはナレーターです。著者じゃない。著者とナレーターと登場人物を接近させて、しかもその役割が絶えず交代する、というような文章を編み出したのが日本の私小説だと思います。現代でも非常に現代的に思われている中堅、若い作家の人も、極めて私的な私小説的なものを自明のものとして受け止めていて、確かにそれは効果を上げている。

客観的な事柄に従事する人は、小説の文章を読んで、「認識論的に混乱がある」と言うでしょうね。認識の仕方を表す方法が常に動く。それと、今言ったことと重なることですが、「私小説」というものをとらえてみれば、よくわかる。明治三〇年代に起こった自然主義の運動は、「自己告白と誠実さ」、一抹の偽りも混ぜない真実、それがスローガンだったんです。ところが当時の自然主義作家には「私小説」という観念がなかったそうです。江戸時代から明治にかけては、「私」とは、あまり良い意味じゃなかったようですね。控えめにすべきもの、遠慮しながらすべきもの、モロに押し出すべきものではなかった。だけど江戸時代の文章でも結構「私」を押し出しているものがあるじゃないかと反論はある。しかしそれは根本的に違うんです。文語文と口語文は地続きのところがあって、どこで切ればいいというものじゃないけれど、文語文というのは書き出したところからすでに書き手の「私」が消えるんです。ナレーターだけになる。ナレーターと登場人物だけになる。だからこそ書き手は「号」、ニックネーム、筆名ね、それを使うわけです。しかもやや遜《へりくだ》ったね、何々亭何々と、もうすでに著者の名前が一つのフィクションになっている。日本語の文語文にはそういうところがあります。書き出したところから書き手は後ろに下がる。ナレーターだけがある。日常のことを書く書かないとは別のことなんです。文章の調子からして、そうなんです。

ところが明治の末になって、日常、話すが如く、そのままに書こう、というふうに出てきた。しかも自然主義運動が興る前から、すでにヨーロッパの相対主義が入ってきていたんですよ。つまり事柄というのは所詮主観的にしかつかめない、客観的な実相というものはつかめないという、そういう懐疑主義も入ってきた。その時、日本の文学者は、これをどう受け止めたかというと、「それならば、この私のこの内実を語ることには偽りはない」ということなのです。そういう態度、そういうテーゼを打ち出したんですね。本当言うと「私が私のことを語る」ほど、難しいことはないんです。これほど嘘の伴うこともない。これはもう、虚構の極致です。

ところが初期の自然主義者たちは堂々と自己告白をやった。しかも自分のことを私小説作家とは思ってない。これは、今の作家から振り返るとよくわかることです。その文章は我々がいま、書いている文章ほど私的じゃない。私的じゃないとしたら公的という言葉を使うしかないんだけど、私を超える時代の文章、あるいは歴史の流れからくる文章、そういう文章を使って自己告白をやってるんです。ところが、時代が進むにつれ、だんだん人の考えることが、よく言えば繊細になり、悪く言えば狭くなり、知的に良心的になってしまったんで、そういう二重構造に耐えられない。あくまでも私の体験したもの、私の思ったことだけに絞ろうとする。そこから生まれてきたのが私小説です。大正の後半から昭和のはじめに。

その時、日本の小説は「私が私を語る」という、困難に直面したんです。さっき申しましたように、私が私を語るほど難しいことはない。所詮それも虚構ではないか。虚構をなるべく切り捨てて、できるだけ事実に即して書いたとしても、その分だけ、逆説めきますが、虚構の度合いは高くなる。大体、自分のことを自分で文章に書き表すこと自体がすでに虚構ですからね。本来、できることじゃない。やはり書く自分と、書かれる自分を分ける虚構が出てくるはずです。だけど書く自分と、書かれる自分との距離、これも書く上で動きます。動揺し、混乱します。

それにどう対処するか。言葉としてどう乗り超えていくかというところに、おそらく大正以降の日本の作家は、書く労力のかなりの部分をつぎ込んでいるはずなんです。またそこでいろいろ苦心することによって独特な私小説風の文章ができてきた。私小説の文章は一方では確かに赤裸々と言えますが、だけど一方では「ほんまかいな」というところがあるでしょう。「これがこうだとしたら、こんなふうな文章で書けるもんか」というところがありますよね。そこを文章あるいはパラグラフの末尾、末尾ごとに、うまく処理していく。これはかつての日本の文士の腕なんです。私なんかもう、そういう腕も持ちえない時代の人間なので、読んでいて舌を巻きますね、実にうまく落としどころを見つける。日本の短編小説を読んでいって「どうもよくわからないな、こういうことか、ああいうことか」と読んできて、最後に来て「ああ、なるほど」と腑に落ちた気がする。しかし本を閉じてまた考えると「なんで?」となる。「なるほど」と感じるものの、わかるようで、わからない、そんな結び方ね。しかし読み返してみるとまた「なるほど」とうなずく。これが日本の私小説のアートなんです。アートというのは芸術とも言えるし、技術とも言える。

これにはこれで臭みがあります。話が逸れるようですけど、先日、十人ほどの人間が柳橋のたもとのお座敷に集まった。その仲間の一人に落語家がいました。もう年巧のある真打です。その方に友人のよしみで無料でお座敷落語をやってもらった。バレ話っていうのがありますね、内輪話ね。多くは下がかったものですけど、それをやってもらった。一通り噺をして、あとで雑談になった時に、真打の落語家がこんな話をしました。「私の同僚の落語家でね、中年の頃から高座に立つともう淡々と、お客さんに媚びずに話をする噺家がいて、自分と比べて実に羨ましかった」と。ある時、その本人に会った時、そういって褒めた。「あなたは本当にいい話し方をする、臭みがない。もう私なんか、臭くて、臭くてだめですよ」と。臭みがあるというのはお客さんの気を引くということです。相手は黙って聞いてたそうです、その場では。それから十年ほどたって、またその人に会って同じことを話したら、相手は顔を上げて「あの時、そう言われて、私は大変傷ついた。しばらく立ち上がれないくらいだった」という。つまり自分こそ臭い話し方をしていると思っていた。そこへそう言われたんで、「グサッと心臓に突き刺さった」と。

日本の小説家も、あるいは日本人の淡白好みかもしれないが、私小説でかなり内輪のことを書いても、文章としてはサラサラと淡白に流れるような、そういう文章の腕がある。だけど、そういう腕を獲得した人たちの当初の作品は確かに新鮮であるが、それが一つの形になれば臭みとなる。今の若い人、中堅どころの作家は「昔の作家の小説をもっと読め、特に私小説を読め」と言われて読むけど、真似するわけにはいかない。謝辞敬遠するでしょう。

私小説にはもう一つの矛盾があるんです。私が見たこと、聞いたこと、知ったこと、感じたこと、とはいうものの、「私って一体何か」ということですよ。私の知っているものがすべて自分の体験からきたものかどうか。つまり親から聞いたとか、おじいさん、おばあさんから聞いた、遠い親戚から聞いた。ものを読んで知ったというのも、体験のうちです。だけどそれが私自身の体験として語られる時に、どうしても矛盾をはらんでくる。はっきり言って「私」だけで書いてはいない。私を超えるもの、自分の血縁者たち、あるいは先祖たち、あるいは自分の知らない大勢の他人たちの集合的な体験が、この私の中にあって、私はそれを掘り出しているわけです。ところが書いている文章はあくまでも「私」なんです。そこに体験としての辻褄が合わないことがいろいろ出てくる。「どうしてあなた、これを知ってるの。あなたの上に実際に起こったらこういうふうに書かないだろう」と。つまり日本の近代文学は「集合的自我」というのを見落としてしまっているところがあります。

ところがそれ以前の「文語文の文学」というのは、もう語り始めた時から集合的何かに拠っているはずなんです。著者の個人の支配を超えたところで、ものを言っている。文語文とはそういうものです。そういう「超個人的」なところは文語文のあの音声、音調によって保障されている。文語文は、その時代の現在より少し古い言葉によって、そういう「集合性」「全体性」を保障する。おそらく江戸時代の戯作だって同時代の人が読んだら多分、古めかしい言葉づかい、それをおもしろく使って、現代化していると読んだでしょうね。我々のようにモロに話し言葉で書くことはなかった。ただし、現代でも関西地方はちょっと違うんですね。開高健さん、野坂昭如さんとか、話し言葉が現代の言葉より一つ古くて広い口語文にそのまま通っていく。それは関西の言葉の古さのせいでしょう。

日本の近代の口語文、公に認められるそれは、明治以降に東京という新しい都市に流入してきた、いろいろな地方人の言葉の最大公約数をスタンダードとして採ったものです。だからそれより古い文語文のつながりは薄くなった。東京弁＝標準語と江戸っ子の言葉は違いますからね。江戸っ子の言葉は今では千葉の言葉に通じるんじゃないでしょうか。日本の標準語は東京の山手で形成されたものだと思います。口語文以前とのつながりはかなり薄い。断絶がある。というのは、地方から流入してきた人たちが東京人になるために、お国訛りを切り捨てたせいでしょう。お国訛りという以上は、主に音声だと思います。それを切り捨てれば言葉の構造、文章構造も変わってくるはずです。そこへいくと、関西弁を駆使できる作家は現代においても西鶴あたりにスッとつながっていきそうな文章を書くでしょう。私にはとてもそれはできません。東京移住者二代目ですから。

それでも、妙なものがありまして、東京の言語から発想しにくいことを僕が小説の中で、よく発想しているんですね。親、親類のあらかたが、美濃なんです、岐阜県の。あそこも古い土地で近世、応仁の乱の時にはずいぶん文人が、あの辺に流れ込んでいる。それから古くから遊女の里があった。遊女の中には文芸文学の才のあった人もいたらしい。後白河天皇が集めた『梁塵秘抄』という今様のアンソロジー、あれはいまの大垣のちょっと西にある青墓という里の、都から下ったり上ったりする貴族たちを泊める宿ですが、その遊女たちから聞き採ったものだそうです。江戸時代初期にも芭蕉が一つの拠点にしている。それはね、ここにおられる方、中にはあちこちお越しになっていて、おじいさんの代とお父さんの代と自分の代と、それぞれ土地が違うという、一種の故郷喪失になっているかもしれないけど、おっとどっこい、そうはいかないんですよ。どうも言語の尻尾にだけは、人それぞれに土地を引きずっているようで、言語の違いが発想のどこかに出るみたいです。とても本人の意識できるところではありません。

日本の小説というのは近代口語文、東京の山手で形成された、その意味で抽象的な言語によっているものですから、どうも古い根からの断絶がある、そういう苦しみがある。それをどう処理したかというのを、見るのは難しいでしょう。でもよくよく見れば、それぞれの作家が、その出身地、育ったところの言語と発想を引いているようです。それから家の宗派ということがあるんです。「家の宗派と文学は何の関係もなかろう」と人は思っているでしょう。大体、若い人には家の宗派なんてどうでもいい。でも、大変なものですよ。文学、芸術に従事する人は、浄土系が多い。ところが政治、実業の大立者には法華が多いんです。不思議ですねえ。ただ一つ、ドラマティックなケースがあります。宮沢賢治です。あの方は大変な法華だった。ところが岩手県の実家はお父さんをはじめとしてきわめて敬虔な、しかも革新的な浄土真宗の家なんです。宮沢賢治が敬虔に逆らうわけはないですね、あの性格としては。敬虔にストイックに生きるというと清教徒風の浄土真宗が、明治から大正に日本に広がったそうで、そういう拠点の一つでしょう。それが何かのことをきっかけに法華に転向した。本人の間の個人的な宗教闘争が見られる。面白いと思います。

私が若い頃学んだのはドイツ文学ですけど、それぞれの作家を、最初は文学作品、世界文学として読んでいるけど、比較するとドイツの中でもどこの人か、階層はどうなのか、特に宗教はカトリックか新教か、そういうことを知る必要がある。文章にも違いが出てくる。その多様性というのは、少なくともここ二十年から三十年前までの文学にはあったようです。

ところが日本文学では、そういう背景にあるものの影が、あまり強く出てないのではないか。そういう陰影があまりにも濃く出て暗いのは、島崎藤村ですね。あの文章は面白みのある文章ではないです。書き方も単調です。だけどちょっと踏み込んで読むと面白い。というのは、藤村という人が引きずっているものの重みです。地元に留まって高齢まで至った方とか、郷里や親類と深い引っ掛かりがある人があの作品を読むと、あの暗さが、面白いといったら語弊がありますけど、興味深く読めると思います。

もう一つ、日本の口語文としてどうしても避けられなかったのは、明治に入ってから西洋文明を採り入れた、それとの取り組みです。文明だけ採り入れて済むわけはないですよね。芥川龍之介の「煙草と悪魔」という小説の中に、「西洋の船がいろいろな物を持って日本にきた。その貿易のはじめに船の船尾に悪魔が尻尾を巻き付けて日本にやってきた。文明だけもらって悪魔はもらわないというわけにいかない」とあります。文明だけもらって、その文明をつくった文化と直面しないわけにはいかない。文明が入ってくるというのは一種の征服なんですね、言葉は荒いけど、やっぱり対決しないといけない。受け入れたのが西洋文明で、その背景には文化がある。文化の背景には言語がある。その言語の構造ですね、文章構造、シンタクスと言われるものです。西洋の文物が入ってきたら、それを理解するだけではだめです。理解するというのは日本語として受け止めることですよ。だけど言語体系が違うから完全に受け止めることはできない。だから半端ながら少しずつ理解を深めていく。最初はともかくそのおおよその全体を受け止めて日本語で紹介するところから始めて、だんだんに厳密になってくる。そういうことを明治から実は今までやってるんです。

ところが、不思議なことがあります。西洋の文脈を受け止めることに関しては、その自然主義の起こった頃の作家たち、自然主義と限らず、漱石、鷗外、あるいはそこまでの文学者じゃなくても、多少英語の読める人、そういう人たちの西洋言語の受け止めと、それにしたがっての日本語の文脈の再形成、これは今の人間よりも優れているんです。その意味で、日本の口語化の運動というのは、その当初に一つの完成期に入っていて、それからだんだんに崩れ始めた。それはなぜか。日本人が使う言葉には、口語文と文語文の他に、漢文というものがあるんですよ。漢文というのは外国語であってしかも日本語なんですね。言語としては、ヨーロッパ人にとってのラテン語と一緒で、中国語と言いながら古典中国語です。だけどヨーロッパ人はラテン語を読む時、その文法を研究していちいち覚える。今、自分が使っている言葉とラテン語の文法の違いを心得て読んでいるわけです。ところが日本人は漢文を、言語構造がまるで違うのに、返り点だとか、一、二、三点だとかを使ってそのまま日本語に移した。広い意味では翻訳ですよね。古来から日本人は翻訳に長けていた。特に中国という大文化圏のそばにいて中国の文物を受け止めなければならなかったので、漢文という読み方を発明したことをはじめ、翻訳ということにすぐれていた。その素養で西洋の言葉にあたったわけです。

漢文の文章構造は、日本語よりは西洋の文章構造に通じます。主語、動詞、述語、補語……漢文を読むが如く、英語やドイツ語やフランス語、それればかりじゃない、ギリシャ語やラテン語も、ずいぶん早く学者は読みこなして、日本語としても良い翻訳を出した。皆、明治の生まれの漢文世代の人たちです。日本の口語文の文章は、そうみると、起こった途端に完成したという皮肉な現象があります。ところが漢文の素養というのも、大正育ち、昭和のはじめ育ちの人たちは、私などよりよっぽど素養があるんだけど、もう明治の人たちと違うそうですね。明治の人たちは「四書五経」で基礎をつけていたけど、その後の人は頼山陽とか、そういうものを軸としてやっていたらしい。

芥川龍之介もずいぶん漢文の素養があった人です。明治末年の生まれですね。

大正生まれの人も昭和始めの人も全体的に前代と比べるとだんだんに漢文の素養が落ちてくる。それにつれて日本の口語文の意味形成力が、はっきり落ちていった。やや長い呼吸の、やや長いレンジの意味のつながりを、言葉で受け止められなくなってきた。これは自然主義の当初、明治に教育を受けた人たちの小説と、その後の小説とで、文体を比べればはっきりしていると思います。大体、文章が短く切れぎれになってしまった。今、若い人から中堅どころの人は、いよいよ切れぎれに、節目のない文章になってきている。これが果てはどうなるか。大層な問題であります。

小説に代表されている文学というものが、一般の言語的関心から切り捨てられる恐れがある。一般の言語的欲求を担う力が、だんだん落ちてきた。そういう危機があるんではないか。ただ文章構造の力が弱って文章が切れぎれになっても、物事は何事も極致まで行くと反転するということがあります。もちろん極致まで行ってそのまま沈みっぱなしというのもありますが。私などは密かにその反転に期待をつないでいる。自分の文章の中でも、そういうプロセスを踏んでいます。重構造の文章をだんだん切って崩していって、バラバラになりそうなところで、また少しずつ重い文章に構築し直していくということを、同じ一つの小説の中でもくりかえしやっております。多分、これから日本の小説の言葉は、またそれなりの文章構造を取り戻す必要に迫られていくんじゃないかと思います。

それは、日本語の事情にも深くかかわっていることです。日本人は翻訳に長けていると申しました。これはいわゆる文化文物の段階だけではないんです。我々は漢字、仮名まじりの文章を書きますよね。漢字というのは表意文字です。仮名というのは表音文字、純然たる表音文字かどうかちょっと難しいところですが、まあそう言っていいでしょう。ヨーロッパの文字は表音文字ですね。表音文字のアルファベットにそれ自体の意味はない。無色透明です。それを組み立てて単語をつくり、さらに組み立てて句をつくり、節をつくり文章をつくり、さらに文章と文章をつなげて、あたかもアーチの橋をかけるが如く文章を形づくる。一つひとつを切り離してしまうと無意味になる。表音文字を使う人にとっては話すということは常に危機であるはずです。

あるフランスの現代の哲学者がこんなことを言ったそうです。「日本人は、漢字に仮名をルビで振っているが、実は本質的には仮名に漢字のルビを振りながら読むという営みをしている」と。たとえば全部仮名の文章を人から手渡されたとしますね。そうすると、漢字にすべきところは漢字に書き換えて読むでしょう、一種のルビを振っているようなものです。表意文字、漢字は一字のうちに総合的な意味を含んでいます。それを仮名に読みとる、訓に読みとる。実は我々はおのずとその意味の分析をしてるんです。翻訳行為ですね。あたかもパソコンで同音の漢字が並んでいて、その中から一つを選ぶ如く、いろんな意味が総合されている文字から意味を分析して取りだす。この翻訳行為を日頃、脳のどこかで絶えず繰り返しやっている。しかしさっき言ったフランスの哲学者はさらに「だから日本人は神経症というものを知らない」という。

「何を言いやがんだ、日本人だって神経症の薄氷を踏みながら生きている」と僕は思いました。でも、よくよく考えてみたら表音文字を使う民は文字を形づくるエネルギー、精神的なエネルギーが衰えた場合、言葉は無意味のものとして崩れ落ちる恐れがある。どうもヨーロッパでは神経症というのは、すぐれて言語的な病とされているようです。それに引き換え日本語の場合、意味が分解しそうになった時、漢字が助けに入る。その一字で、一つの得心が生まれてしまう。その漢字の意味を分析するわけではなく総合するわけでもないけれど、視覚的に、音読みで読んだ時は聴覚的に、それ自体が崩壊を受け止めてしまう。つまり表意文字である漢字は懐が深いんです。その懐に抱き取られて、それにすがって、言うこともはっきり言い切らない。書くことも一貫させて最後をきちんと締めない。半端な了解で済まして本当の得心を先送りしてしまう。そういう傾向がある。と、己を反省するわけですが、さらによく考えてみれば、日本人もそんな幸せにはいかない。つまり「言語力の弱み」というのがある。経済に走った社会では、技術や経済は多くは数値のものですから、いわゆる言語なしでも済む面があります。数的な処理を繰り返してその結果だけに対応していると、だんだん言語力が弱ってくる。その時に、日本人の場合は、日常会話でも時々刻々、翻訳しながら言語生活を送っているわけですよ。こうやって私がしゃべっているのも、いってみれば平仮名ばかりのものを、頭の中で、漢字に変換しているわけです。これは大変な心的なエネルギーが必要です。コンピュータよりもっと強い電源を必要とする。何か危急の場合に陥ったら、言語として機能しなくなるんじゃないか、という不安があるんです。

明治に旧軍隊の軍隊用語が形づくられた。あれは全く抽象的な日本語です。あらゆる地方から兵隊が集められて、それぞれが方言を使ったら、いざという時、伝達が通じない可能性がある。だからああいう人工的な、「自分は何々であります」なんて言葉をつくって、あれはあれなりに短絡的ながら論理的になるんです。揺るぎがないところがある。日本人の書くことも、読むことも、聞くことも、話すことも、思うことも、やっぱり常に「変換」を行っているので、危急の場合には作用しなくなるのではないか、そういう恐れがある。あるいはこの前の戦争の時も、その災いが出ているると思います。

高度経済世界で人の心的なエネルギーは高まっていくか、それとも弱っていくか。言語の源にある言語的な力は強くなっていくか、弱くなっていくか。それが特に日本語にとっての分かれ目です。しょっちゅう変換をしている言葉は消耗度が強いはずなんです。エネルギーが掠れてくると、やがて表意文字も表意文字としての働きをしなくなる。仮名文字だって漢字に変換できないと、意味がつかめない、文節がつかめないということがありますでしょう。その辺の危機を感じるのかどうか。近頃の若い書き手は、やたらに難しい漢字を使いますけどね。パソコンでいくらでも引っ張りだせるもので（笑）。まあ一つの危機感ではあるんでしょう。

要するに言語ということは、いわゆる言葉の乱れを正すとか、そういうことではなくて、人は話す時、その都度、形にならないある思いの中から一つの声を聞き分けて、それを文字にし、意味にし、意味を組み立てて、文章にしていく。そういうことを、書くにつけ読むにつけ話すにつけ思うにつけ、やっていると思うんです。人間という動物は言語の発明者でしょう。ほとんど形もないカオスから、僕は最初に声だと思うんですね、音声、それが言葉となり、意味となる。それは古今東西、人がものを話すたび、思うたびにやっていることです。その中で、特に日本人は「変換」というものを踏まえて難しい立場になっている。冒頭で、ギリシャ語では「言う」ということと「思う」ということがつながっていると言いました。「ロゴスは言葉であり、思いである」と。聖書で言う「はじめに言葉ありき」とは、実は我々が日常、一日のうちに何度も何度も繰り返していることではないのか。ですから、どうかというと、まあ、せめて身体は丈夫にしておきましょう。どうも、長いことご静聴ありがとうございました。

（平成十九年十二月十九日　同志社大学言語文化学会／「言語文化」巻十、号四）

言葉について

2012

「私の話を聞きながら眠ってもかまいませんよ。眠って私の話を聞かなくても、ちっとも損になりませんから」。

これは、かの大文豪・夏目漱石が講演の冒頭で口にした言葉です。さすがの貫禄とでもいいましょうか。ずいぶん洒落のきいた言葉ですね。でもこの話、じつはこれから話す内容にも少しかかわりがあるのです。

さて、今日のテーマは「言葉について」。

これは雲をつかむような話でして、「言葉とは心です」と結論だけ出して、「さて、これで終わります」って帰っちまえば世話ないんだろうけど、なかなかそう簡単にはいかない（笑）。これが、言葉と心の関係の難しさ。人びとが悩むところはいつだって同じともいえるでしょう。

ところで、言葉の「言（＝こと）」という字と、事柄の「こと（＝事）」という字は、奈良や平安の時代のあたりまで同じ言葉だったらしい。そこで、事柄の「こと」と言葉の「こと」を分けるために、言葉の「こと」のほうに「葉」を付けて「言葉」としたんだそうです。それまでは、「言葉」

とは「事柄」だ、という考え方があったんですね。言葉と事柄を等しいものとして結びつけていた。言葉のまるで引っかからない事柄ってありますよね。言葉ではすくいとれない、表現できないような事柄。私たちはいつもこれに悩まされる。けれど一方では、だんだん言葉の方に引き上げられて、やがて言葉と融合する、そういう事柄もあるわけです。そのあたりが言葉の問題になるんです。

かつて、事柄が言葉などをまったく受けつけなかったような時代があったと思われる。そのうちに人びとは、事柄は言葉にすくいとられて初めて人の事柄になると感じ始めた。ところがその後、今度は言葉が発達しすぎて、言葉が事実から遊離してしまうようになった。現代はそういう弊害がずいぶん出ている。

家に帰ってきて、今日一日自分が何を話したのか思い出そうとしても、どうもはっきりしない。よくあることです。とりわけ何か大事なことを話そうと思って人と会って、それなりに話してお互いに受け答えしたのに、さてひとりになってみると、いったい何を話したのか。それがふたりの間にある事柄にどういう影響を及ぼしたのか。さっぱり思い出せないことがある。これが今の、日本語の悩みのひとつの現れではないか。

なにも若い人のことばかりを指しているわけではないんです。青年も中年も年寄りも、どう心がけてもやっぱり言葉が上滑りしてしまう。どうしても断片的になって話がまとまらないために、人びとは絶えずイライラしている。政治の場でも身近なところでも同じです。その問題についていくらしゃべってもなかなか埒があかない。いったいこの国に何が起きているのか？――これは残念ながら簡単に答えられる問題ではありません。

じつは、こんな事実があるんです。世の中が豊かになり、それが二〇年、三〇年、四〇年と続くと、人の話す言葉や書く言葉が切れぎれになってくる傾向があるという。これは歴史の上からも明らかにされていることだそうです。反対に、世界が何らかの危機に瀕していたときには、言葉がもっとしっかりしていた。もっと精密に、もっと綿密に物事を伝えていた。ある意見やある認識をひとまとまりにしっかり述べることができた。ところが平和な時代が続くと、だんだん言葉が切れぎれになってしまう。

これはいったいどういうことでしょう？　同じような平穏の中にいる人間たちは、いつの間にか生活の様子も同じようなものになるんです。そして、ものの考え方が同じようになる。正確にいうと、「同じようになった」と思ってしまうんですね。だから、あまりしっかりと話さなくても自然と意思が通じると思い込む。そのうちにどんどん言葉が切れぎれになって早口になっていく。

これはなにも日本ばかりではないと思います。外国の言葉も、ここ三〇年から四〇年でずいぶん早口になっている。私は若い頃にドイツ語を学びましたが、後年になってからドイツに行ってみると、みんなずいぶん早口で話すのでびっくりしました。

音楽についても似たようなことがいえます。五〇年代から六〇年代のアメリカにハリー・ベラフォンテという黒人の歌手がいました。彼が日本で公演を行ったとき、その音楽のあまりの迫力に驚かされたのを覚えています。他にも私たちが若い頃に熱中したジャズやポピュラー音楽は、その当時は大層迫力があるように聞こえたものです。まるでこちら側に迫ってくるような感じがしました。ところが三〇年、四〇年経った今になって聞いてみると、のどかに聞こえる。現代の曲のテンポとは比べものにならないくらいスローに感じるんです。

音楽でもそう感じるのだから、たぶん私たち年寄りが普段話しているテンポも、若い人にはずいぶんゆっくり聞こえるんだろうなと思います。私なんかはもともと話すのがゆっくりのたちで、歳をとればとるほどますますゆっくりになってますから、つい眠気を誘うような口調になっていると思いますけど……皆さん、大丈夫ですか？（笑）

だいたい、どんなことがあっても人は眠るものです。私自身も高校の頃は、やれ因数因子がどうの、円と振動がどうのといった、そういうしちめんどくさくて小難しい術語を聞きながら、それを子守唄に寝ていたことがありますから。これだけは、時代が移り変わっても変わらないのかもしれません。

それに「講演で人を眠らせるようになったら立派なもんだ。下手な講演だとみんなイライラして眠る事もできない」なんていう意見もある。気がついてみたらみんな気持ちよく眠っているというのは、ある意味では最高の講演ということにもなるんでしょうね。ゆっくり、ゆったりと流れる音楽のような講演。漱石もそのことをよくよく心得ていたからあんなことを口にしたのかもしれない。逆にいえば、聞いていて眠ることもできないような、苛立った話しぶりも多いということなのでしょう。

では私たちは何を心がけたらいいのでしょう？　ただゆっくり話すように気をつければよいのでしょうか？　これまた難しい話です。悲しいかな、人というのは年を取るにつれて耳が悪くなってきます。言葉の聞き取りに齟齬が生じれば、当然、誤解も生む。それが寄る年波のせいならばある程度はいたしかたのないことでしょう。ところがどうも現代では、若い人たちも耳が悪くなってきている。身体的な話ではありません。そうではなくて、今の若い人たちは他人の言葉を耳で聞いてつかむことが下手になっているような気がするんです。

たとえば会社で上司が部下に、今日すべき仕事について、どういう手順で何に用心したらいいのか、丁寧に話して説明するとします。そこで「質問ありませんか」と部下に尋ねると、若い社員が手を挙げて、「マニュアルにしてください。書いてください。でないと頭に入らない」と答えるそうなんです。

「把握」という言葉がありますよね。つかむこと——とりわけ物事の意味や主旨を頭でつかむということを指して使われる言葉です。でも、目でつかむ、耳でつかむ、ということもあるのではないでしょうか。つまり、目で見たものから、耳で聞こえたものから、直接に理解する。そうした身体的なやりとりから初めて理解できる意味が必ずあると思うのです。

人の会話にとって大切なのは、単に文字のみで表される意味でなく、そこに載せられた感情のトーンも含めてしっかりつかむことです。ところが、どうも現代人はあまり静かな場所にいられない。それに、昔と比べてあまりに時間が早く流れる。ゆっくりと聞いたり話したりしている暇がないので、ついつい聞くのも話すのも刹那的になってしまう。「会話」というよりは「反応」なんですね。言葉を通じた心のやりとりというよりは、単に言葉に対して反応を繰り返しているだけ。話している相互の心情の展開に欠けるというきらいがある。これはちょっと恐ろしい。こんな具合に言葉が扱われ続けていったら、この先どうなってしまうのか。強い危惧はありますが、なかなか有効な解決策は見つかっていません。

ところで、「世界で一番わかりにくいのは、日本語とアラビア語だ」と外国人はこんなふうに文句を言うらしい。まあ、たしかに日本語というのはかなり変わった言語体系ではあります。

じつは、日本以外の世界に住んでいるあらかたの人びとはバイリンガルだともいえます。ひとつに限らずいろんな言語を話せることが多い。たとえばアメリカだったら、英語だけじゃなく、むしろスペイン語のほうが通用する地域というのもある。同じように、どの国でもたいてい二ヵ国語くらいは通用することが多い。

それに引き換え、日本人はモノリンガルだといえるでしょう。日本語以外の言語が通用する地域というのは、まずありえない。日本語というのは言葉と国籍が直結した、いわば体質的な言語だということです。だから外国語を話すことが下手なんじゃないかと言われてしまう。

その考えはたしかに成り立つ。ただ私は、逆にこんなふうにも思うんです。「日本語ほどバイリンガルな言葉はないのかもしれないな」と。

日本語には「かな」と「漢字」がありますよね。この二つは、姿も体系もまったく異なっている。「かな」から「漢字」へ、「漢字」から「かな」へ、私たち日本人はそのひとつひとつの切り替えを、読むときばかりでなく話すときも瞬時にこなしているんです。パソコンだったらこの変換は機械がやってくれるわけだけど、日常的なやりとりではそうはいかない。その膨大な量の変換を常に頭の中で行うことになる。そりゃあ疲れるはずですよね。

そのぶん、翻訳は非常にうまい。それから、外国から入ってきた技術を理解して覚えるのも大層うまいといえます。

明治維新のとき、西洋文明の流入と同時に、それまでの日本語の概念になかった言葉も大量に入ってきました。日本人は、それらになんとか漢字をあてて訳して使ったわけです。たとえば「認識」とか「観念」だとかが代表的な例ですね。それを明治の初めのうちに見事にやってのけた。これは、皆さんが想像している以上に高度な作業なんですよ。

ちなみに今の中国語の中で、政治にかかわるものなど公的に使う言葉の多くは、日本が明治の頃につくった造語を適用しています。それこそ「政治」や「経済」、「民主主義」や「共産主義」といった言葉が良い例です。いうなれば、言葉の逆輸入ですね。もともと中国で生まれた漢字が、日本で進化を遂げ、新しい姿で中国に流入している。これも大変おもしろい現象だといえるでしょう。

こんなふうに、かなと漢字という、まったく異なった姿のものを同時に使いこなしてきたのが日本人の特殊性であり特長ともいえるでしょう。これに対し、合理化が進む現代においては「こんな煩わしいことはやめろ、いっそ標準語を英語にしてしまえ」という考え方もあります。実際、すでに社員全員に英語をしゃべらせている会社もあるくらいです。たしかに、外国人との伝達の際にはメリットがあるでしょう。しかし母国語を失った国というのはじつに惨めなものです。

伝統というのは、まさしく「言葉」なんです。その言葉を奪われてしまうということは、足場がない状態とまったく同じ。立つにも歩くにも走るにも、ただ外国の模倣にたよることになる。そもそも日本がこれまでの長い歴史の中で築いてきた伝統は、西洋の伝統とはずいぶん異なっています。その基礎を捨て去って、今さらまるごと西洋から借りなければならないなんて、人間の文化にとってこれほど悲惨なことはない。

加えて、西洋の伝統からきた文明や技術の発展は、今や行き詰まりを迎えつつあるんです。年金問題も、核の問題も、すべて西洋で生まれた考え方に由来しています。日本は現代社会を形作るうえで、その文明を借りてきたはいいけれど、今になって行き詰まってしまった。そして残念なことに、西洋の文明の力では、この行き詰まりの是正がなかなかできない。でも、東洋の文明――さらにいえば日本独自の伝統なら、その行き詰まりをやわらげるか、是正する力になるかもしれない。そう考えると、伝統というのはそう簡単には手放してはいけないものだということがわかるでしょう。

ところが、日本語はどうもはっきりしない、意味をしっかり限定していないと批判される。これは外国人の多くが感じていることであると同時に、外国語のできる日本人も同様に思っていることのようです。

たしかに日本語という言語は、いくつかの難点も持っています。いうなれば、非常に悠長な言語です。表現したい内容を強く限定して投げつけることが上手でない。それに、何か危機が起こったときに発する警告の言葉の力が弱い。他の国の言語に比べて命令形がそれほど発達していない。その命令形が動かす心情自体も強くない。そういう意味では、大変やわらかな言語ともいえます。

それから先にいったように、漢字をかなに、かなを漢字に、頭の中で変換しながら話したり聞いたりしていることの弊害も挙げられるでしょう。もちろん咄嗟のことだから、僕らは意識していない。だけど大変な危機に瀕したとき、ひと呼吸、ふた呼吸遅れる恐れはある。

その一方で、限定ばかりしていくと、こぼれ落ちてしまう事柄もたくさんある。日本語というのは限定しない代わりに、ふわふわと漂うあいまいな事柄も上手にすくいとることができる。ある程度の広がりをもっている言葉を、その広がりのまま捉えることが可能な言語なんです。

一般的に外国の言葉を使うのが下手なのは、日本人と韓国人だと言われています。でも日本人と比べれば、韓国人の方がよほど上手でしょう。そう言われる理由の一つに、日本語には「子音の種類が少ない」という特徴が挙げられるそうです。つまり、子音に対する聴覚が発達していない。だからその土地に送られて二ヵ月から三ヵ月、あるいは半年くらい経ないと、そこで使われている言葉を聞き取るだけの聴覚が身に付かないんだそうです。まあ、たしかにそういう面はあるでしょう。でも、問題はもっと根本的な部分に存在しているような気がします。

私たちの使う漢字というのは表意文字です。昔々にさかのぼれば、元は象形文字なんですよ。漢字の持つ意味はたいそう広い。私たち日本人は、その意味の深さをたった一文字の中に含んで使っているわけです。つまり、ある意味の広がりを、そっくりそのまま捉えて言葉の中に組み込む能力が日本人にはある。無論、漢字というのは中国からのものですよね。しかし、現在の中国語は、近代日本語の構造をだいぶ受けて、かなり表音化しているそうです。むしろ日本語のほうがまだ表意にこだわっている。

そもそも日本人には、意味を一つだけに限定して、単純明快に論旨を組み立てるという習慣が薄かったともいえる。そういう技術は異国の人たちと交わるうちに学んで教えられたことで、時代が進むにつれてずいぶん慣れたものの、本来はやっぱり、苦手なのかもしれない。

ある事柄を、ある広がりのままに表現して伝える。聞く方も、ある広がりのままに聞いて答える。あるいは、その広がりを自分の中に留める。そういうやりとりのほうが、長い歴史の中で培ってきた日本人のもともとの性分なのかな、という気がします。

しかしながら時代が移り変わり、ますます国際化が進むにつれて、言葉のあり方も変わってきている。もともとの性分と、後から流入した使い方との間で、現代の僕らの言葉は分裂しているんですよね。これからは、少し悲しいことではあるけれど、伝統をそのまま続けるのではなくて、今の時代に適《かな》ったかたちで言葉を使っていくことになると思います。とはいえ、むやみに変えればいいわけでもない。よその国はどうなっているのか、世界ではどういう形が求められるのか考えながら、日本語の意義を再認識することが必要になってくる。

さっきもお話したように、今の世界に生きていて苦しい点は、人がくつろいで話したり聞いたりできる場所が驚くほど少ないということなんです。たとえば、皆さんが恋愛をして、ふたりでちょっと込み入った話をじっくりしたいと思ったって、そういうことができる場所があまりない。今の若い人たちは、せわしない周囲に合わせて話すスピードが自然と早くなってしまう。本人たちは込み入った話をしているつもりでも、会話が切れぎれになり、走ったりする。だから、言葉がじわっと沁み込んでいかない。お互いの理解をじっくり深める事にはなかなかなりにくいという面がある。

皆さんの中には古い映画が好きな人もいるかと思いますが、ぜひ一九五〇年代から六〇年代の日本の映画をご覧になってみてください。そして、会話に耳を澄ましてご覧なさい。そこではじつにテンポがゆるやかなんですよね。それから、言葉と言葉のあいだに間がずいぶん入るんです。ある人が「〇〇でしょうか」と言うと、だいぶ経ってから「□□ですね」なんて答える。その間が流れるあいだに、お互いの思いが少しずつ深まっていくんですね。とくに、小津安二郎の映画の会話のシーンだけでもご覧になったらいいと思います。茶の間でふたりが少し込み入った話をしている。言葉が途切れる。そのあいだに、火鉢にかかったやかんのお湯が沸いてチンチンチンと鳴る音とか、いろいろな物音が入ったんです。そうしたやりとりの様子を見ると、今の自分たちはずいぶんあわただしく話しているなあと痛感します。これでは伝えにくいことも受け取りにくいことも多いはずだとつくづく思いますね。

とはいっても、そういうゆったりした時間の中で生活をすること自体、今は無理ですよね。そういう「話の空間」を持てる人は幸せです。

僕はだいぶ前に、東京・鶯谷にある「子規庵」という場所で、二〇人から三〇人を相手に話をしたことがあります。これは正岡子規の住まいを復元した昔ながらの木造建築で、八帖くらいの小さな部屋です。それまで、僕が人前で話すときは、今風の鉄筋コンクリートの建物の中がほとんどだった。それはそれで、音響のことがよく研究されたつくりをしている。でも、子規庵で話したときは、「古い木造建築で話すだけで、こんなにも自分の声が深くなったように感じるものなのか」と驚いた。あるいは、「聞く方もこんなにじっくりと耳を傾けるものなのか」とね。

というのも、子規庵では人の声が天井板のほうから反響して、わずかながらエコーみたいな効果になるんですよ。だから絶妙のあんばいで言葉が響く。それに対して、鉄筋コンクリートの建物は反響がきついんですよね。瞬間的に、ビーン、と跳ね返ってくる。子規庵のような微妙なエコーとは違います。そんなとがった反響の中にいると、たとえば恋人同士が話していても、あんまりしんみりした空気にはならないんじゃないかと思うんです。

これも今の時代にはしかたのないことですね。なにか話のできる空間を自分たちでこしらえるといったって、そういう部屋をつくれるわけではないし、ましてや音響効果を自分でやるわけにいかない。これはもう、話す前の気分、雰囲気の問題だろうなあ。今の時代において、少し大事な話を細かい部分にわたって話したいときには、話に入る前の、お互いの間の雰囲気を自分でつくっていくしかしょうがないと思う。

ちなみにこういうふうに、公的な場所で話すときも違うんですよ。日本は近代化の際にいろいろな建物をつくりましたが、当時は煉瓦造りが多かった。煉瓦造りっていってもほぼ模造煉瓦だけどね。とにかく、そのおかげで話すのも聞くのも大変楽だった。コンクリートと煉瓦では音響がまったく違う。煉瓦の方がどうもうまい具合にエコーがかかる。これが言葉の伝達をいいあんばいで助けてくれた。ところが、コンクリート建築だとそうはいかない。人の議論がどうしてもとげとげしくなるし、ささいな発言がすぐに人につきささるところになり、物争いの種になる。そういう弊害はあるのでしょう。

そういうとげとげしいやりとりが横行している中で、今の若い人たちに対してよく言われているのが、「言葉を大事にしろ」ということなんです。これには僕も同感です。けれど、ただそう言ってばかりでもしかたがない。いったいどう大事にすればいいのかがわからないからみんな苦労しているんですよね。

ひとくちに言葉といっても、いろいろな単語が存在します。加えて、それらの単語の意味の範囲や、さらには意味合いといった複雑な問題がつねに横たわっている。どういう言葉とどういう言葉とが結びつきやすくて、どういう言葉とどういう言葉とが反発するのか。そういう大切なことを、おいおい心得ていかなければならない。

言葉と言葉づかい。それをどこで磨くかというと、以前は親から子に教えられるものだったんです。大人から若い者に教えられるものだった。ところが今の時代はそれが非常に難しい。「いまどきの若いもん」なんてよく言うけど、同時に若い人からすれば「いまどきの年寄りは」とも言いたくなるところですよね。この歳だから告白しますが、私たちは年をとってもなかなか成熟できない。私も「年寄りの言う事はアテにならねえな」って思うこともあるんですよ。でも、そういう依怙地な点は今回は多少勘弁してやってください(笑)。

親から子へ、あるいは年寄りから若い人へ、そういう受け渡しがなかなか難しい時代だとしたら、いったい何に頼ればいいのでしょう?――古めかしい技法だけれど、それはやっぱり、本を読む事ではないでしょうか。

本を読むときに、その主意や、「これは何を追求しているか」なんていうことを考えるのも大事ですが、読書の効能はそれだけじゃあないんです。もちろん、本を読む目的はそれでいいかもしれないけど、まずは、いろいろな時代のいろいろな人の口調に触れることが大事です。たとえば、皆さんが夏目漱石の本を読むとする。正直なところ、読んでいる間はもうちんぷんかんぷんだと思う(笑)。使われる熟語の違いだけでなく、語り口調だって、今の時代とはおよそ遠い口調ですよね。でも、読んでいるうちに「あ、こういう口調で話してたんだな」「こんな言葉の使い方をしていたんだな」と感じることはたくさん出てくるはず。そういう感じ方の積み重ねから、いわゆる言語感覚というものが磨かれていくんです。

では、具体的に、「言葉を大事にする」にはどうしたらいいのか。

いっそ、「話す」ということを二通りに分けてみてはどうでしょう?

親しい人と気分のおもむくままに言葉をやりとりするのもいいでしょう。けれど、ある一定の距離をとりながら、しかも複雑なことを話さなければならないような場合も当然あるはず。そのときに、親しい人と言葉をやりとりするような話の仕方をすれば、喧嘩になるか、もしくは何も同意していないのに意気投合してしまう。どうも曖昧なことになってしまう。そういう、居ずまいを正すべき場面に必要な話し方も、身につけておかないと、あとあとになって悔やむことになります。

言葉というものは形式上、口語と文語に分けられることがあります。一般的に文語というのは、古代の文章をつくり出している言葉ですよね。そういう分け方はもちろん正しい。でも、ここでひとつ、「われわれの時代にも口語と文語はあるんだ」ってぐらいに考えてみてはいかがでしょう。

つまり、親しい者同士で、短い言葉を投げつけ合ったってお互い自ずと理解できる場合——こういうときに使う言葉を口語とする。これに対し、話す者同士の間に距離があって、なおかつテーマもやや込み入っている場合は、言葉だけで正確に伝えないと誤解が生じてしまう。言葉だけで共通の認識を組み立てないといけない。こういうときに使う言葉を文語とするんです。

口語と文語。二通りの言葉を学ぶ。当然、ひと通りの言葉づかいだけを身につけるよりもきついんだけれど、そういう心得も必要ではないでしょうか。

昔は大学に進む人間のパーセンテージが今よりよほど少なかった。小学校か、あるいは小学校の上につく高等小学校を出てすぐに働きにでる人間が多かった。歳にすれば、一二から一四。まだまだ子供ですよね。実際、普段のおしゃべりを聞いていると、すっ飛んだことばかり言っている。ところがいったん商売につくと、まるで話し方が違ってくるんですよね。それまでの物言いからは信じられないような、大人びた言葉づかいをするようになる。私は大学に行ったほうだけど、彼らに比べると、大学にいる人間ってのはいつまでもずいぶん子供っぽい話し方をしているな、と思ったもんです。

今の時代だと、使い分けというのはあまりいいことでないようにも言われますよね。人として裏表があるとか。逆に、率直一本の物言いはもてはやされる傾向にある。しかしそれは、ずいぶん幼稚な感覚なんですよ。人はそのときそのときによって、いろいろな立場にある。皆さんだって、友達に対する立場と、親に対する立場、あるいはよその年寄りに対する立場はまるで違うでしょう。それを自ずから使い分けているはずですよね。ただし、今の人はその使い分けが少し下手です。そのせいで、言葉が通じにくくなるし、言葉自体もみっともないものになる。

いろんな立場を使い分けるのは、皆さんにしてみれば一見ずるいことのように思えるかもしれない。けれど、使い分けてみて初めてわかる、言葉のおもしろさ、奥深さっていうのはやっぱりあるんですよ。使い分けることに馴染むほど、言葉が成熟する。そういう側面もある。ただ率直、ただ飾り気がない、ただ陽気、ただ明るい……むしろこういうのは、じつは人間の成長にとって問題なんです。

とくに戦後の教育では、「明るい」ということが世間で強調されすぎて、暗くしていることはいけないことだという風潮ができあがった。だけど、人間明るくしてばかりいられますか？　暗い部分も当然あるでしょう。本来、それはなにも悪いことじゃない。それなのに、今は暗くしているだけで、「うつ病」と言われちゃうこともあるんですよね。ほんとうに苦しんで助けを求めている人はいいけれど、周りから勧められるままに病院に行ってすぐに薬を飲まされるのは、あんまりいい事ではないと思うんです。

人間の、ちょっと複雑に入り組んだ部分。あるいは、容易には底が見通せないような暗い部分。そういう部分を、これからはもっと尊重したほうがいいように思う。ただ、それにはいろいろ危険が伴うのもまた事実です。ともすれば、底に沈みっぱなしになってしまうことがある。それを救うのが、まさしく言葉ではないかと私は思います。

言葉っていうのは、自分ひとりのものではないんです。今の時代だけのものでもない。大勢の他人の、これまでに亡くなった人も含めた長い長い歴史からできあがったもので、自分の勝手にならない代わりに、自分が追いつめられたときに支えになってくれる。

なにも「新しいものの言い方が悪くて、古いものの言い方はいい」という、そんなつまらない問題じゃあないんです。もっと人間が、自分の内面の複雑さを取り戻して、それ相応の言語を身につけることが、これからはとくに大事なのではないか——私はそう思っております。

やっぱりこんなふうに皆さんの前で話してみると、どこか年寄りの繰りごとみたいになりますね。でも、年寄りの言葉って、後々思い出すと多少役には立つもんなんですよ。直接にはなかなか言葉は響いてこないかもしれないけれど、時間を隔てたときに、はっと思い返すこともある。まあ気長に年月を待ってみてください。皆さんが年を取り、ただ率直には生きることができなくなったとき、こうした言葉が響いてくるのではないか、少しはその困難の助けになるのではないかと期待しています。

どうも、眠たい話にもかかわらず、ご静聴ありがとうございました。眠ってしまっていても損にはならないけれど、起きて耳に入れておいてくださっても、やっぱり損にはなりませんから（笑）。何十年か後の小さな小さな楽しみにでもしておいてください。

（平成二十四年七月七日　桐光学園特別授業／『問いかける教室――13歳からの大学授業』水曜社、平成二十五年）

凝滞する時間

1993

花の京都へ喪服をぶら下げてまいりました。一昨年、私を含めて近親者四人が重病にかかりまして、二人は生きながらえられませんでした。帰途、その一人の法事にまいります。そんな影の中で、漱石に触れさせていただきたいと思います。

もう二年も前になりますが、入院の前日に、漱石の三冊の岩波文庫を手にして、どれを持っていこうかと迷ったことがあります。『永日小品』も入った『夢十夜』、『硝子戸の中』、それに修善寺の日記の入った『思ひ出す事など』の三冊です。こういう時は小説家の小説嫌いが露呈するものです。おそらく病気の中に閉じ込められるだろうとの予感がありましたので、治療中には安らかな時の流れをつくることを旨とする文学がいいんじゃないかと考えて、最初から持っていくつもりの本は芭蕉の連句集と七部集でした。

しかし、漱石も読みたかったんですね。小説を読む気にはなりませんので、随筆を集めた三冊から一冊を選ぼうと。それで、まず修善寺の日記は落ちました。病気中に病床記を読むこともない。それに私も漱石の亡くなった齢すらとうに越えてましたから、修善寺の日記では、病中の年齢を比べたときにうらやみが出るんじゃないかと、そう思いました。次に『硝子戸の中』と『夢十夜』を比べて、どちらが苦しくないか。『夢十夜』を選んだといえば、ちょうど今日のテーマに合うけれど、落ちたのが『夢十夜』でした。

ところがさすがに手術前には読めず、手術が終わって、もうよくなることはわかっていましたけれど、まだ寝たきりの状態で読み始めて、「しまった」と思ったんです。『硝子戸の中』の、時間の閉塞感が、病人としてはこたえる。それじゃ『夢十夜』ならよかったかというと、あれこそまっぴらごめん、『思ひ出す事など』を持ってくりゃよかったな、漱石の作品で、時間が安らかに流れているのはあれだけじゃないか、とそう思いました。

それでも『硝子戸の中』を読みました。どんな反応をしたかというと、たとえば、ヘクトーという犬が死ぬ話があります。漱石は幾度目かの病気でひと月ばかり寝たきりの後、初秋のころですが、ようやく起き上がれるようになって縁側に立つと、犬が植え込みの中にうずくまっている。名前を呼んでも返事もしない。それればかりか、家族たちも、主人が縁側に立って犬を呼んでいるのに、何の反応も示さない。そこはともかく、そのあとなんです。また病床にもどってどてらを着たまま仰向けになって腕を組んでじっと天井を見る。それだけの一行が、病人にとってはこたえました。漱石が見ているのは天井ではなくて時間、それも閉塞された時間ではあるが、同時に無限に長い時間をも見ている。すっかり元気になるとなかなか、自分に対しても説得力が薄くなる話ですけど、そのときには実感を覚えました。

その後、さらに『硝子戸の中』を読んでいきますと、漱石には時間と空間の感じ方に独特なものがある。小説というのは本来は時間を安らかに流して、その中の人間の姿を描いていくものだと私は思ってます。こんなことというと自己否定になるようで困るんですけれども（笑）。特に病人はそういう安らかな時間の流れを求める。あるいは安らかな空間の展開を求める。漱石ももちろん時間、空間を描く達人でありますが、それが、どう言ったらいいか、とぐろを巻きやすい。時間が無時間の中に凝滞《ぎようたい》しやすいんです。空間も、別に前衛的な手法をもてあそぶわけじゃないけど、淡々と書いてるようでいつの間にか変質していることがよくある。

特に時間のほうで感じたのは、今から思うとずいぶんつまらない話ですけど、『硝子戸の中』で、大塚楠緒と雨の日に本郷の切り通しから折れた裏路で出会う。大塚楠緒という人は漱石の恋人とも擬せられた、美人だそうですが、むこうは人力車に乗ってやってきて、傘をさして歩く漱石は美しいと眺めるうちに、車上の佳人が目礼して過ぎる。あとで本人に会ったとき、たいそうお美しかった、芸者のようでしたというようなことをいうんですね。その時大塚楠緒は顔を赤らめもしない、いえ、そんなこととかと打ち払いもしない。これを読んで、たぶん、大塚楠緒というのはどこか表情の乏しい美人だったんじゃないか、と思いました。すると、「あるほどの菊投げ入れよ棺の中」という彼女への手向けの句が、また別のイメージで浮かんできた。

それはともかくとして、その句を書いた短冊を知人が欲しいといって持っていった。それも「もう昔になってしまった」と書いている。病人の鈍った頭ながら、何年前のことか数えました。十分以上かかって、足かけ五年、四年と三ヵ月ぐらい前と分かりました。

そのくらいを「昔」ということはあるにはある。しかし大塚楠緒とすれ違ったのは、それよりさらに三年から五年前のこと。そこらの時間の経過が、あの文中ではほとんどない。すべて「昔」と位置づけられている。しかも、大塚楠緒が亡くなった年は、漱石が修善寺で大病した年なんですね。そしていままた病気がぶり返している。

漱石という人は、時間を確かに相対化してものを述べるべく心がけてはいるけれども、本質的にはどうもそうじゃない。時間の流れが無時間的なものの中に凝滞しやすい人なのではないか。

空間のほうでいえば、さっきの犬が死んだ話です。一、二丁離れた家の池で溺れて死んでいたのを、その家の下女が知らせてくれた。そのすぐ続きの文章で、私はその家がどこにあるか知らない、というんですね。なぜだか知らないけど、子供のころから見慣れた山門の近くの家だろうと思いこむ。山鹿素行の墓のあるお寺で、古い榎が立っているのを、書斎の北側の縁から毎日見ている。

これ、何の不自然もない運びのようだけれども、病気をして空間と時間に鋭敏になってる人間にとって、最初の「一二丁隔たった」家とは、だいたいどの家かイメージがあるはずで、その家を知らないということはないと感じられるのです。述べているうちに場所が変質するらしい。時間の奥に入り込んで、もっと普遍的な時間のほうに場所が行ってしまう。漱石にはそういう特質があるのではないか。

それからこれも単純な話ですけど、床屋に行くと、昔、知っていた床屋であった。共通の知り合い、漱石にとっては肉親たちの話が出てくる。これがもう存命ではない。そのあと、「まだ死なずにいるものは、自分とあの床屋の亭主だけのような気がした」という文章がある。このあと、文章の時間がようやく安らかに流れ出すのです。何か死の影がささないと流れない時間なんじゃないか、そういう気がしました。

もう一つ、子供のころによく講談の寄席に行ったという。当時よく見た講釈師の宝井馬琴を、近頃また見て驚いた、昔とちっとも変わりがない、進歩もしなければ退歩もしていない、と。調べてみましたら、宝井馬琴は漱石より十五年長ですから、漱石が子供のころには二十歳代のはじめです。『硝子戸の中』の時はたぶん六十一、二。それが、まるで昔と変わりがない。それで漱石がその四十幾年かの間の自分と比べてしばらく黙想したという。

この場合、漱石は変化したほうの立場にいるわけです。宝井馬琴は変わらなかった。ところが『道草』の中では、主人公の健三が、若い学生と話をしながら切り通し坂を登ってきて、近頃、殺人罪で二十年あまり刑務所にいて、出てきた女性のことを思う。花井お梅ですか。健三は、自分の境遇もそういうものだったと学生に話す。「その実僕も青春時代を全く牢獄の裡で暮したのだから」と。相手の学生にはどうもそれが通じない。若いからわからないだろうなという感慨で終わっている。これは漱石のほうが、たたない時間の中に閉じ込められていたほうの立場にいる。

このようなことどもを感じましたが、病人のことでそうも根気よくものが考えられませんで……。このたびお誘いを受けたのをきっかけで、『夢十夜』を読み返しましたが、あまり系統だって話すより、むしろ感想を羅列したほうがよろしいんじゃないかと思いますので、そういたします。

何といっても最初の話、「第一夜」の「百年」というところに、私も関心がいきます。これから百年というのは、限られた人生から比べれば無限に近い時間ですね。しかも、読んでおわかりになるように、この夢の中の主人公は百年という枠の中に閉じ込められている。閉塞の百年です。これが漱石の時間の感じ方の一つの基調ではないかという気がします。江藤さんが近頃お出しになった『漱石論集』を読んでも、無限という牢みたいなものに置かれた心情と精神が如実に描かれています。

実をいうと、これは小説に書くには最もふさわしくない状態なのです。時間の流れが自然じゃない。ところが、漱石はもっとも愛読されている日本の小説家ですね。読んでいて、たしかに時間の経過を感じさせられるのが魅力なんです。でも、本質的に漱石という人は小説家として大きな欠陥となるものを持っていたのではないか。時間が、流れではなくて、むしろ渦を巻いて滞るときに筆が冴える。したがって、漱石の小説は作家から見ると、どの作品にも破綻が見えるんですね。それで玄人筋には小説技術としての評価はそう高くないけれど、その破綻も、時間を動かせなくなったところから来るんではないか、そんなふうに思いました。

「第二夜」に座禅の話があります。この夢の中を支配しているのは時計の音じゃないかと思うんです。夢というのは前後逆転しますから、鳴る前から、時計の鳴り出しに全体が支配されている。時計の鳴るわずかの間、非常に限られた時間の中に、夢の主人公は閉じ込められている。しかもこれが生死につながるような、無限の時間とも感じられている。

漱石には、『京に着ける夕』という小品がありまして、糺ノ森の奥のお寺でやすんでいる。寒い夜です。震えながら床についてしばらくして、真夜中の一時でしょう、チーンという時計の音で目を覚ます。時計の音で目を覚ましたのだから、目を覚ましたときはもう鳴ってないはずです。ところが、漱石の感じ方はそうじゃない。頭の中でまだ鳴り続けている。次第に細くなる。遠くなる。しかもこまやかになる。耳の中から耳の奥へ響いて、さらに脳の奥へ響き、心の中へ響いていく。心のつながるところで、しかも心のついていくことのできないところまで、どこまでもその音が広がっていく。「遙かなる国へ」という言葉を最後に使ってます。

限られた一点の時間が無限までつながっていくという感じ方、これは詩人としては大変すぐれた感性だけれども、こんな感性を持っていたら小説家としては苦しい。だって困るでしょう、ああしましたこうしましたという時、いちいち時間に無限へ抜けられたら。私の小説を弁護してるわけじゃありません(笑)。

次は「第三夜」。背負った子供に心を次々に読まれる。心の内を読まれるというより、正確にいうと、自分の現在、過去、未来を読まれる。これは夢として描くにあたいすることだと思います。夢では未知感と既知感が一緒になる。知らないはずのことが知った感じで出てくる、知ってるはずのことがまるで未知のことのように出てくるというのが、夢の特徴です。それにしてもまあ、みごとに描いたものだと思う。よっぽどこれは体質にかなったテーマなのではないか。

田圃に掛ったね、と背中に背負った子供がいう。だって鷺が鳴いてるじゃないかと。すると鷺が果たして二声程鳴いた。因果が逆に来る、そういう運びです。漱石のユーモアにはしばしばこのタイプがある。ユーモアと取られてるけど、それより先に、前後関係の逆転の感覚じゃないか、とそんなふうに思われます。

それから細かいことをいいますと、たとえば捕らわれ人になった武士が、恋人に会いたい、と夜明けまで猶予を乞う。その女性がもし来ない場合は、女性に会わないままに処刑されなくてはならない。女性は馬で駆けつける。ところが天探女《あまのじやく》が鶏の真似をして鳴き、馬が立ち止まってしまい、奈落の底へ落ちる。最後に「此の蹄の痕の岩に刻みつけられている間、天探女は自分の敵である」とある。「此の蹄の痕の岩に刻みつけられている間」というのは妙な言い方ですね。こなれた言い方なら「限り」でしょう。しかし、「間」でなくてはいけないのでしょう。「間」でこそ、無限の中へ閉塞はあらわれる。

ほかにもまだいろいろありますけれども、私が今度読んでおもしろかったのは、床屋の話です。床屋に入っていくと、二面が窓で二面が鏡。座って散髪してもらいながら鏡に映る表の人の動きを見る。よく見える。だけど次の動作へかかるところで見えなくなる。こういう観覧自在がそのまま不自在になっているような立場、これがおもしろい。鏡にうつる範囲だけでも、これから何が起こるかわかるのだけど、わかっていてもその先は見たいですよね。それができない。

帳場格子が映っている。そこに女性がいて、お金をサッササッサと数えている。百枚の札ですが、この百枚がいつまで勘定しても百枚です。百枚の札を何度も繰り返して数えているのじゃない、百枚を無限に数えているのです。百枚と限られた数とわかっているのに、数えているのは無限なんです。

それからもう一つ、無言の床屋がただひと言、「表の金魚売を御覧なすったか」とたずねる。「自分」は表から来たはずなのに、この金魚売を見ていない。ところが、いろいろ鏡に映るものを眺めたあげく外へ出ると、金魚売がいる。それを「自分」は立って見ている。動かないのは金魚売なんです。これは鏡像ではなく目の前の実像です。ところが実像のほうがちっとも動かない。現実離れしている。

それから、船の中にいる。陽が東から出て西へ焼火箸を差し込んだように沈む。それを毎日毎日見ている。これは百年と同じ心境ですね。無限の中に閉じこめられている。本人は船の中でもう生きててもつまらない、死のうかと思う。そんなときに、サロンに入ると若い女がピアノを弾いている。そばで背の高い男が歌をうたっている。二人ともに、まわりにまるで頓着していない。船に乗っている事さえ忘れている様子である。無限の閉塞の内から、日常を眺めているかたちになります。するとその日常が、自分からは隔てられたものにせよ、どうやら新鮮に映るらしい。

こういうふうに読んでくると、『永日小品』のいろいろな作品も思い出される。たとえば泥棒に入られる話があります。変な気配を感じて自分の部屋から飛び出して細君の寝てる部屋へ行く。そして、泥棒らしいといわれて、次の間を通って台所へ行く。台所の戸が一枚開いていて、月の光が差し込んでいる。寒いと感じて帰ってくる。泥棒は逃げたよ、何もとられなかったよと細君にいう。ところが、実はすでにとられている。

翌日、また変な音が台所でするといわれて台所の横まで行って、障子も開けず耳だけ澄まして、あれは鼠だよ、ともどってくる。鼠であったことに間違いはなかったのですが、翌日見たら鰹節をかじられている。いっそのこと、中に入って鼠を追っ払ってくれりゃよかったのに、と細君にいわれる。

これは男の脅えやすさがよく出ていて、その点でおもしろいのですけれど、行く先々で空間の閉ざされていく感じがあり、その分だけ空間が鮮やかに描かれている。これも漱石の一つの特徴ではないでしょうか。

それからもう一つ、『猫の墓』の、もう死にかけた猫がうずくまる。「切り詰めた蹲踞まり方」、これはみごとな表現です。さらに病気が進んで、前と様子がもうひとつ変わってきた。前はただ茫然とした目つきをしていた。今でもそうは違いないけど、ときどき妙な動きが見える。「日が落ちて微かな稲妻」が走るような動きだという。死によって場所に閉塞された動物の中にひらめく無限の時間の光と、私には見える。墓碑に「この下に稲妻起る宵あらん」という句を書いてますね。

しかしなんといっても『永日小品』の中で強く思い返されるのは、『心』という小品です。春ののどかな日に、風呂あがり気分で二階にいると、下駄の歯入れ屋の爺さんが頭巾をかぶって、天秤棒の先に下げた古い鼓を竹のへらでかんかんとたたきながらやってくる。その音が、「鋭いくせに、何所か気が抜けている」という。記憶が呼びさまされる感じとよく似ているという。

で、その音に呼びさまされて一羽の小鳥が出てくる。軒先の木に止まる。それから手すりへ来て、最後には主人公の手の上にのってくる。その鳥の頭を見ていると、記憶が広がりかかる。この鳥は……と思い出しかけて、あとがどうしても思い出せない。ただ心の底にその続きがひそんでいて、これがまた全体を薄くぼかすけはいである、最後にこんな文章が見えます。

「この心の底一面ににじんだものを、ある不可思議の力で、一所に集めて判然と熟視したら、その形は、――やっぱりこの時、この場に、自分の手のうちにある鳥と同じ色の同じ物であったろうと思う」

目の前に鳥がいる。それが記憶を呼びさましかかる。記憶は漠としたもやのようである。そのもやを一点へしぼっていくとしたら、その形はやはり、この時、この場の、この鳥と同じものになるだろう。とそういうことになります。

苦しくいえば堂々巡りです。しかし形象の中に立て籠もらなくてはならない、立て籠もることによって時間と空間の広がりが見られる、そういう漱石のものの感じ方のかたちがよく出ているのではないでしょうか。

まだ、討論会の半ばですから、中途半端なところでひとまずおきます。

（平成五年四月二日　国際日本文化研究センター／「文學界」平成五年七月号）

秋聲と私

2011

久しぶりに金沢へ参りました。私が金沢大学に赴任したのは、昭和三七年、若干二四歳の春のこと。当時、材木町七丁目、橋場から行くと小鳥屋橋を渡った先の中村印房という判子屋の二階で下宿をしていました。あの頃は大学がまだ昔の兵舎、木造建築で、お城の中にありましたから、朝跳ね起きて、朝食をとって、歩いて一五分で教壇に立っていました。昨日、暗くなってから大手町から橋場、材木町あたりを歩いてみましたが遠かったですね。若さというのはたいしたものです。

東京生まれの東京育ちだった私は、スキー場でしか雪を知りません。それが翌年の三八年、いわゆる「三八豪雪」に見舞われ、一月半ばから半月あまり、毎日のように雪下ろしを手伝いました。雪下ろしと一口に言っても材木町の狭い路地、軒と軒が接して壁と壁が接しているから、雪を下ろすところがないんです。下宿した判子屋さんは裏のほうに小さな中庭があったので助かった。表の方は小路に下ろすより仕方がない。まず屋根の真ん中辺りから始めるんですが、いきなり下には放れません。一度端の方に放って、それから下に落とす。これは大変な苦労でした。小学生の女の子を下に立たせて、黄色い声で「いいぞぉー」「ストーップ」という掛け声に合わせて落とすんですが、ある時その声を聞いたのに落としちゃった。下から「気ィつけてや、お父さん！」と。二五歳にして初めて「お父さん」と呼ばれました。

雪を下ろすと、下の小屋根の庇に積もっていきます。中庭にはもうかなり積まれている。それが繋がってしまうんですね。そうすると、雪と雪の間を切っておかないと、積んだ雪が地熱でわずかに沈んで庇が折れます。夜になって、雪を切っていくと、下から居間の光がぱーっとさしてくる、これが一日の終わりです。

風呂代をもらって、浅野川のほとりの銭湯へ行って戻ってくると、九谷のとっくりで熱燗がつけてありました。そしてご飯です。この雪で一時金沢が孤立してしまったんですが、お米だけは金沢駅の倉庫にふんだんにあるというので安心していい。ただ、副食物がない。そんな時、浅野川のこちら岸にラーメンの屋台が出ていて、よくそれを買いに行きました。それをおかずに、ご飯を三膳四膳食べたものです。大学は休みになっていましたから、そんな食生活を二週間ばかり続けると、さすがに三、四キロ太りましたね。あの頃の若さを思います。

さて、徳田秋聲です。この年になっても秋聲のことはとても語りきれません。今からどれくらい離れた時代のことか——秋聲は明治四年、横山町生まれ。昭和一八年、数えの七三歳で東京の本郷区森川町（現・文京区）のお宅で亡くなっています。東京に空襲が迫る前です。私は昭和二〇年に散々怖い思いをして逃げ惑った末に、生まれた家も焼かれました。秋聲宅は無事だったけれど、秋聲先生一八年に亡くなったのはよかったなぁという思いもあります。あんなに惨めな思いをしなくて済んだのですから。

私はもうすぐ七四歳になりますが、私にとって秋聲は祖父の世代、そんな距離にあたります。私がこの道へ入ったのは昭和四五年、その頃は秋聲の大家としての評価はとうに定まっていました。

専門家筋とか、特に文学に通じている人々の間での評価が高かったように思います。非常に渋い作家ですね。さて、今の世の中にはどうでしょうか。三十代でデビューした私や、もう少し遅れて出た中上健次などが敬愛の念を表しており、それから見直されてきた感もあります。私も年をとって、気鋭の若い作家たちに「今はそれどころじゃないかもしれないが、少し進んで書くことが難しくなってきたら、文章も生き方も随分違うけれど、秋聲を読んでみたらどうか」と勧めています。なかなか手強いですよ、と。私などとは文章がまったく違いますね。ある意味では私の文章の方が精密です。ただ、ちょっとした人物の描写でその人間を彷彿させる力とか、会話のある響きでその状況とか心境とか人柄をあらわす力というのは、実はたいしたものなんです。

秋聲の文学に迫ることは私にはまだとても出来ませんから、それよりも秋聲と私という面でお話ししたいと思います。

高校二年で初めて読んだのは『足迹』という作品でした。当然、文学史の知識も秋聲の知識もまったくない一六歳の少年に、あの人情の機微がわかるわけがない。けれどもなんとなく深い印象を与えられました。ものを読むということの不思議ですね。内容はわからないけれど、口調というのか声音というのか、文章のムードに引き込まれることがあります。それから二十代にかけても読みましたが、まだよくわかったとはいえない。本当に一心に読み出したのは作家になってからです。デビューする時は、とにかく自分の文章を鍛えることに夢中でしたから。そしてまた何年か経って行き詰まった時に、先輩のものを読み、秋聲を読んで、これは大変なものだと思いました。私の欠けているものにおいて、極めて優れているんです。なるほどね、と思わされる。人間なんてまともに書こうといってもそう書けるものじゃないけれど、こうした勘所を押さえると、ああ、浮かんでくるものだな、と。その後、四十代、五十代、曲がり角にさしかかるたびに読んできました。

今日は、あまり文学論めいたことは話さずに、私がどうして秋聲の書く世界に惹かれたかをお話ししたいと思います。それは——やや唐突ですが、ひとつに「婚姻」ということ。それから今はあまり使わないけれど「所帯」という言葉がありますね。「婚姻」とか「所帯」というと、考え方も実態も時代によってだんだん変わってくるもので、秋聲の若い頃はどうであったか。それに比べて今はどうか。まったく違うようで似ているところがある、似ているけれどまったく違ったところがあります。特に私も妻子が出来てから秋聲を読んで、大変に興味を持ちました。

それともうひとつは、秋聲が都市への流入者だということ。私は東京生まれの東京育ちですが、父親が大正年間に美濃の方から東京へ入ってきたんです。流入者の二世であるわけですね。ところで秋聲は、二〇歳の時に父親を亡くして、それをきっかけに金沢の高等中学を中退してしまった。これは、病弱のせいもあるけれども、いわばエリートコースを歩むことの放棄です。そして二二歳で上京しますが、これは考えが甘くて、すぐに撃退されて帰ってくる。二五歳の時に意を固めて再度上京、それ以来東京の人になります。同年、紅葉門下に入って、売れはしなかったけれども、小説家としての道を歩き始める。これを見ると、明治と東京の流入者のまさに一代目ですね。その意味では私のご先祖みたいなもの。流入してきた人間の境遇や心理、屈折が作品によく表れています。

さて、「婚姻」と「所帯」ということですが、『黴』という作品を中心にお話ししていきたいと思います。秋聲という人は随分早くから〝硯友社の四天王〟などと呼ばれたけれども、硯友社文学にしては非常に地味、つまりは売れなかった作家です。世間に認められるのが遅かった。三八歳のときに書いた『新世帯《あらじょたい》』で世評が高くなり、四一歳の時に夏目漱石の推奨で朝日新聞に連載した『黴』

によって、ほとんど大家の域に押されました。

その『黴』の冒頭の部分です。「笹村が妻の入籍を済したのは、二人のなかに産れた幼児の出産届と、漸《ようや》く同時くらいであった」。子供が生まれたので初めて籍を入れるというのは今でもあります。妊娠したから籍を入れるという方が多いかもしれません。この『黴』の場合は主人公である男女が、いわゆる同棲関係に入って二年くらい後のことです。七月に子供が生まれて、翌年の三月頃に婚姻届を出す。この時間差は戸籍や戸籍に対する考え方が、明治と現在とで違う。

明治時代はもっとも離婚率が高かったと言われています。ひとつには社会が大変動したということもありますが、「壬申戸籍」といって明治の始め頃、戸籍がしっかり整えられました。戸籍が整えられたばかりに離婚が増える、というのはお分かりでしょうか。昔はお嫁に来ても働きが悪いとか病弱だというと、数ヵ月とか半年とか一年で返される。これは戸籍が整っていると、「離婚」ということになります。

子供の出生届も、現代だとすぐに出しますが、当時は時間がかかったと聞きますね。最も多いのは、昔は数え年だったので、生まれると一歳、お正月を迎えて二歳……では、もし一二月生まれで一月を迎えるとどうなるのか、ということで、年を越すまで届け出をしなかった。そんなこともありますし、いろいろな事情があって出生届や婚姻届が遅れることがありました。

『黴』の男女にしても、男はまだ売れない小説家です。三〇歳を越して独身生活に飽き飽きして、夫婦者が子供を連れて歩いているのが羨ましい、そういう心境の男です。東京の下宿暮らしにうんざりして、荒れた生活を送っているところに、賄いのおばあさんの二〇歳過ぎくらいの娘が手伝いにやってきます。そしておばあさんが弟の病気で故郷に帰っている夏の間に、その娘との間に関係が出来てしまうのです。おばあさんはそれをすぐに察しますが黙認します。娘は身の回りのこと、炊事、洗濯、掃除をこなし、痒いところに実によく手が届く。男はそれに完全に依存しているんですね。今で言う同棲、母親も同居ですから、それ以上かもしれません。やがて妊娠する。それでもまだ別れる切れるのとずっとやっているんです。これを読んでいると、いわゆる「婚姻」というのはいつ定まるのか、と現代人は思います。同棲して二年近くになってようやく、子供の出生届を出して、ほとんど同時に婚姻届けを出す。さあ、これで成り立ったと普通は思うけれども、「婚姻」はともかく「所帯」がこれで成り立ったとは言えないのではないか。その後も喧嘩を続けてばかり、子供が歩くようになって、下の子が生まれる頃にもまだ繰り返すのです。すると、「婚姻」と「所帯」はいつ定まるのか、という問いが生まれてきます。

この『黴』の前に、『新世帯』という作品がありまして、『黴』と同じく新開地にある酒屋さんの話なんですね。築地の方のお酒の問屋で小僧から修行した男が、暖簾分けされて店を出す。そこでくるくると働いて、だんだんとお店を形作っていくのです。そうすると世の中には必ずお節介がいるもので、嫁さんでももらったらどうか、と世話をしてくれる。

婚礼の日、酒屋さんの二階の座敷で新郎が待っていると、日が暮れて人力車の音がごろごろと聞こえてきて、花嫁と仲人、向こうの親戚、新郎新婦入れて総勢五、六人。これが二階の部屋で結納を交わします。結婚式ではないんですね。神主さんも来ない。そしてその夜から、女性はその家の者になります。〝主婦〟でなく、〝働き手〟なんです。翌日からくるくる働かなきゃいけない。

さて、この場合、「婚姻」と「所帯」はいつ定まるのか。どうやら「所帯」が定まるというのは、その店がしっかり成り立ったその時のようです。それにつれて「婚姻」も定まる。お店でも何でも、「所帯崩し」という言葉がありますね。その時、「婚姻」も一緒に崩れる恐れがある。だから、新憲法にあるような「婚姻」をもって家庭が成立するという考え方は当時まだ一般的ではなかったんですね。

生活が成り立つ、ということ。お店ならそれなりに客がついて、これで潰れないだろう、と。夫婦の場合も、結婚して、子供が生まれて、もう別れるわけにいかない、というところまで来て初めて「婚姻」が成立するんです。そのことを考えた時、今の若い男女に比べると似ているところも結構あるな、と思います。

今私が話したようなことは、明治期、流入者が多かった大都市において目立った現象じゃないでしょうか。今まで生まれ育った土地の風習だとか道徳だとか常識、これは個人を超えたものですよね。これに随分縛られる。大都市に移り住むのは、経済的な理由もありますし、たとえば秋聲のように武士階級の没落など当然時代の変化もあるけれども、その若さゆえ、土地の因襲から逃れて都会で自由な暮らしをしたい、と夢見ることにも大いによります。特に文学少年、文学青年、芸術少年、芸術青年などというのは、その方面で都会で一廉の者になりたい、という気持で地方を飛び出す。これも不思議なものです。秋聲は二十代半ばでとうとう金沢から離れてしまう。その時、自分が何になるかというイメージは文士しかないんですよね。全然売れてないのに、文学少年なんていうのはおっちょこちょいですから。すごいものだと思います。それだけのことで、故郷から出て来てしまうというのは。

しかし、そうやって故郷を捨ててきた人間には、都会での報いがあります。今まで育ってきた足下の現実から逃れてしまうと、さて都会に出て来て踏まえるべきものがなくなってしまうということがあるのです。郷里と同じくらいの生活程度、身分を都会で保てれば別ですが、多くの人間が零落して都会に出てくるか、都会へ出て来たために零落してしまう。秋聲だって少なくともお武家様の末裔です。お兄さんたちはまだ刀をつけて出仕していたくらいですから。

版籍奉還を経て、身分制度が改変になった時、侍という身分を取り上げられた代わりに国債が下されました。たいした額ではなかったでしょうが、お侍だからお金の使い方を知らない。金沢でも、一時債権ブームになったそうですね。一時にお金が入っちゃったものだから、遊興の地が賑わう、東の廓から芝居街、たいそう賑わったそうです。そういうブームのために余計零落を早めた家もたくさんあった。秋聲の親類筋や知り合い筋の元お武家の家でも、そこの娘さんが廓に売られていくこともままあった、そういうことが秋聲の心に深く残っているのです。

さて、その秋聲が上京して、しばらく一人暮らしをした末に、さっき申し上げた『黴』の舞台である、今の文京区——昔の小石川区の表町というところに、友人から二軒長屋の一軒を借りて住まって、よんどころなく同棲ということになってしまう。その土地がどういうところかというと、小説には本当に巧く書いていています。その土地の湿気や通る人達の声まで聞こえてくるようです。

高台の縁に建つ伝通院の裏手の崖——裏手でも表町というんですが——その北側で、日当たりの悪い湿地帯です。家が建っているところも地面がぬかるんで、通るところには石炭殻を敷くような土地です。そこに明治三〇年代末に新しい家が建ち始めるのです。

新開地というと、まずどういうものが出来るかというと、酒屋と米屋と魚屋ですね。もうすこし経つと銭湯、それから、寿司屋、天ぷら屋が出来てくる。何故そんなものが出来るかというと、忙しくて昼食の支度が出来ない時や、急な来客の際に出前をとるのです。私も金沢から帰って、東京で——北多摩郡と当時呼んでいましたが——こういうところに暮らしましたけれど、やはりこんな展開をしました。秋聲の表町の描写が懐かしい気がするくらいです。

家は二軒長屋で、玄関の脇に四畳半がある。それから、六畳の茶の間があって、台所と二畳の間、これだけなんですね。住んでいる主人はお武家様の筋で、女性も長野の豪農出身。両方ともプライドを秘めているので、それがぶつかると大変なことになります。おまけに亭主は生来の癇癪持ちと来ましたから。

とはいえ、独身生活で家庭に飢えていたところにもってきて、炊事から掃除から洗濯まで非常に行き届いている。特に食べ物の拵えがうまいし、亭主の味覚を心得ている。別れる切れるのとカリカリしているけれど、こんな女から逃げられるわけがないんです。

男女がいつまで経っても「所帯」が定まらないというのは、どうしても近代以前の伝統の名残があるんですね。武家だと婚姻は御上に届けます。御上の許可が要る。勝手なことは出来ませんし、もちろん家柄というものにも縛られる。それに比べてまったく自由なものだから、妊娠しても子供が生まれても、二人目が出来ても別れる切れるのと言える。女性が三〇歳近くになってようやく両方とも往生するようになる。ですから、七、八年はかかっているんですね。

けれども、離れられないまでになってもまだ、「一緒にはなるけれども、本当に心がしみじみ通じ合ったとは思わない」などと余計なことを言ってるんですよ。これは一体何かというと、先ほど古い時代の伝統のしこりと言いましたが、今度は新しい時代の固定観念です。〝LOVE〟というやつですよ。〝純愛〟。明治の後半から大正、昭和にかけて、LOVE＝恋愛というものが、ほとんど固定観念として知識人階級の頭を占領したわけです。大いなる〝LOVE〟を経ない限りは、男と女は結びつかない、と。西洋の〝LOVE〟はいろいろな事情もニュアンスもあるけれど、それをまともに受けてしまった。国木田独歩は「我は恋を恋する」などと言っています。「恋」という観念に呪縛されている。『黴』の主人公も、同じ屋根の下、肉体関係が出来てしまって、生活にも馴染んで、子供も生まれて、そして一緒になる……と、おそらくこの過程が〝LOVE〟を経てないと思ったんでしょうね。これより昔の人が聞いたら大笑いです。

それからもうひとつ、相手が自分と〝MATCH〟でない。対等でない、ということ。人の頭や感情の在り方というのはそれこそまちまちで、マッチする相手など生涯探してもいやしないものです。明治といって古い時代ではあるけれど、その点まだ現代と比べても若い時代だったのだと思います。

それ以上深く突っ込んでも、私の偏見を押しつけることになるかもしれませんので、この辺りにしておきますが、ただ、私も長い間読書というものをやってきて、読書への心得があります。それというのは、読んで深い感銘を受けたとしても、やはり一度は忘れなきゃいけないということ。よく人は嘆くんですね。本を読んでいいなぁとつくづく感激して、俺もこれで変わるかもしれないと思っても、閉じた瞬間、何を書いてあったか忘れる。

けれど忘れるというのは、自分の記憶の底に沈めるということなんです。それで、あるいは三年、あるいは五年、十年、ふと思い出して読み返した時に、前とは読み方がまったく違う、深くなっている。読んだことを記憶するのは学者・研究者の生き方です。ただし、その分だけ彼らは犠牲を払っていると思うんですよ。忘れている暇がないのですから。

面白いものですよ。こんな本があったと本棚に見つけて、昔は途中で放棄したけれど、今の方がさすがに読めるな、と思いながら読んでいくと、最後まで書き込みがあったりするんです。若い頃にちゃんと全部読んでいる。たいていの書き込みは馬鹿馬鹿しいのだけれど、時々随分深いことを書いている、今の俺の方が負けるな、と思うこともある。

何事も忘れるということは大事なんです。人生で起こる諸々のことも、いかに苦しめられて、これは生涯忘れる時がないだろうと思っていても忘れる。忘れなければ生きていけないということもあるけれど、もう一度思い出した時に捉え方が深くなっているんです。だから、本を読んで忘れるといって自分にうんざりしている方が多いかもしれないけれど、決してそんなことはないのです。

そんなところで、私の話を終わらせていただきます。ご静聴ありがとうございました。


（平成二十三年十月二十二日／「夢香山」第四号、徳田秋聲記念館）

野間宏と戦後文学

2003

雨が降っています。ことしの五月は半ばごろから何だか梅雨のような天気、奇妙な五月と思っておられる方も多いと思いますが、これは一九四五年、つまり昭和二十年の東京の五月の天気にそっくりなんです。あの年も月の半ばから梅雨のような天気が続いて、降れば肌寒いほどだった。おかげで敵の空襲は来ない。けれども余りうっとうしいので、「空襲がないのはありがたいが、これじゃあこっちの体が持ちゃしない」なんて年配者が嘆いているのを、私は聞きました。中には「陽気まで狂いやがったから、この戦は負けだ」と、理屈に合っているような合っていないようなことを口走っている人もいました。

それを聞いていた私は、満でまだ八歳にもなっていない。何でそんなことを覚えているかというと、こんな次第です。その年一月の銀座の空襲から始まって、二月末の日本橋、神田、三月はかの一〇万人からが焼き殺された本所、深川の空襲、それから少し間があいて四月に、山の手に二度にわたって空襲を受けています。私は当時池上線の沿線に住んでいまして、その四月半ばの空襲のときは、もううちのかなり近隣まで爆撃が及んでいる。明日は我が身かと近辺の人が思っているころから、こんな天気になってしまいました。

　ところが忘れもしません、五月二十三日。この日は一日中降ったりやんだり、やんだかと思ったら、夕方にまた雨が走ったはずなんです。それで雨戸を閉めて、夕食を済ませて眠るとそのうちに、知らないうちに空が晴れてしまった。それで二十四日未明に、途端に敵の編隊が押し寄せてきました。私の家は丸焼けです。その空襲のときからきれいに晴れ上がって、その昼間はお天気。その翌日からまた降り出して。私の家では庭の隅に焼けトタンをかぶせてバラックを建てましたけれど、その焼けトタンに当たる雨の音をよく覚えています。


　きょうは「野間宏と戦後文学」という題になります。戦後というのは、ここでは敗戦直後というぐらいの意味です。確かに一九四五年から今まで、戦後は戦後である。体験者が多く亡くなって、世代が変わっても戦後は戦後であると。かくいう私自身も、何度かの空襲の恐怖の中でひょっとして自分の人生のエネルギーが、あのときにもう尽きているんじゃないかと思うことがよくあります。もちろんエネルギーというのは亢進するものだし、私も決して元気のない男ではない。けれど一瞬の恐怖の中で、あるいは一瞬の恐怖の果てしないような繰り返しの中で、尽きるに等しくなるエネルギーもあるんじゃないかと考えています。私にとっては、戦後はまだ続いている。だがここでは、敗戦直後ということにします。

　敗戦直後と言って、私が大体どんな時期を思い浮かべているのか。そうですね、現在から振り返ってその下限、最近の方を見ると、もちろん個人的な体験上のことでもありますが、一九五三年――昭和二十八年。私が高校に入った年のころです。新制高校です、もちろん。個人的なことの外へ、広げられないでもない。というのは、その年に朝鮮戦争の休戦協定が調印されています。これは当時その中にいた人間にとっては、子供にしても、戦火がもう来年にでも日本に及ぶんじゃないかと、戦争となったら、もうこの前の戦争と段違いの破壊力があるから生き残れるものは少ないと、そう思っていました。その圧迫感が抜けた。

もう一つ、私は昭和二十八年に新制高校に入っていますけれども、学校に入って教師たちがよく話したのは、三年ほど先輩たちの結核患者のことです。相当胸を冒されても、学校を休みたくない一心で出てくる。大通りから校門まで坂道になっている高校で、その途中で幾度も休まなければならない、そんな状態でした。でも出てくるので、教師がいろいろなだめて、クラスメートにノートまでとらせて休ませたんだけれども間もなく亡くなったとか。そういう話がたくさんありました。ところがその昭和二十八年のころに、外国で開発されたストレプトマイシンとパス、当時としてはもう絶大な効果を持つ特効薬でしたね。これが日本にも出回って手に入るようになった。そうしたら、めっきり結核患者が減った、助かる人が多くなりました。私が昭和三十一年に大学に入ったときには、もう大勢の、ベテランと称する療養所帰りの人たちがいました。二十四、五歳だったんだろうけれども、私なんかから見ればおじさんに見えたものです。そんな時代の変わり目があります。例えば今癌というものの特効薬が出たら、人の生き心地は随分違ってしまうでしょう。それと同じぐらいのことがあったんです。僕でも、ちょっと熱を出すと結核じゃないかと、そんなふうに思ったものですから。

それともう一つ、戦後の後遺症として少年の自殺が多かった。学校の屋上から飛び降りるということが続出するんです。それが、僕らの年代あたりからぱったりと止まった。そういう変わり目です。大体その一九五三年より前のことを思っています。

もう少し絞りますと一九四八年、昭和二十三年。太宰治が自殺した年です。その年末にA級戦犯が処刑されました。翌一九四九年、昭和二十四年、アメリカからドッジという経済特使が来て、日本にいろいろ指示をして経済復興のガイドライン、ドッジラインというものが提示されました。それからシャープという人が来て、税制について勧告しました。私も経済のことにはそんなに詳しくはないのであくまでも感触のことを言っているんですけれども、日本が経済主義の道をとり出した発端ではないかと、そんなふうに思っています。何年体制の崩壊とかそんなことを言うとき、ひょっとして一九四九年体制と言わなければいけないんじゃないかなと、人に言っていることがよくあります。これが昭和二十三年と二十四年の変わり目です。

永井荷風の日記がございますね。荷風の文学が好きだろうと嫌いだろうと、あの日記は身の回りの現実、社会の現実の切迫を感じさせるところがあります。気長に読むと物を思わせられる。戦中の空襲に追いかけられているときの日記がとりわけ僕などにはつまされる。それから敗戦直後の昭和二十一年から二十三年。昭和二十三年一月三日に、荷風は春本を書いているんです。わざわざそのことを日記に記している。それから間もなく、浅草に出かけるようになった。それまでは、彼は東京を恐れて市川から東京に踏み込まなかったんですよね。それでも昭和二十三年の日記はなかなかおもしろいけれど、昭和二十四年、一九四九年になるとめっきり力が抜けてきます。関心を失ってくる、そんなことがあります。何か、そのあたりにも一つ境目があるんじゃないかと思っています。

それで今回野間さんのもので特に読み返したのは、いま終戦直後を二つに分けましたけれども、その前半に書かれた『顔の中の赤い月』と、それから後半に書かれた『真空地帯』です。野間さんと気安く言っていますけれども、何度もお会いしていません。一度だけでしたか、バーでお会いして、「そこにいる黒井君と、ここの古井君は、なかなか重厚な新人で」と。あの重厚な野間さんに言われては、形なしですよね。

野間さんの『顔の中の赤い月』は、発表が一九四六年の四月ですよね――ごめんなさい、それは『暗い絵』だ――一九四七年の八月です。戦後二年目ですね。『真空地帯』は一九五二年の二月、昭和二十七年。『顔の中の赤い月』というのは若いときに読んだときもそうだし、いま読み返してもそうなんだけれど、あそこに現れる戦争帰りの男、それから夫を戦死させた女たち、それから丸ノ内あたりのビル街の感じ、そして電車の中の雰囲気……。私はあのときまだ本当に小学生ですよ。けれどね、目に浮かぶようなんです。その歩き方とか声とか、手つきなんかも見えるような。私はそんな、あの辺のオフィス街なんか知りませんでしたよ。大学のころになって、ようやくあの辺で宛名書きのアルバイトをやったぐらいのもので。これは野間さんの筆力がありますし、それから子供の目というのがあるんですよね。子供の目というのは内側までわからない、見えない。見えないとわかっている。だけれどもじっと見ると外側から、おのずから入ってくるものがあるようですね。そのどこかのオフィス街のどこかあたりでいろいろな品物が並べられて、そこに勤め人たちが集まって、何かいいものがないかと物色している光景なんか、私は見たことないんですよ。だけど何か、そこに差し込む西日まで見えるような気がする。

さてこの野間さんというのは牛のような歩みなんだけれど、そのくせに切り込みが激しくて。往々にして切り込みが激し過ぎて、小説として苦しいというようなことがある。この『顔の中の赤い月』も、大変な踏み込みようをしているんですね。『顔の中の赤い月』、これは冒頭にもう、その構えは出ているんです。主人公が、夫を戦死させた戦争未亡人ですね。堀川倉子といいますね。小説の冒頭です。「未亡人堀川倉子の顔の中には、一種苦しげな表情があった」。これがまた、「顔の中の苦しげなもの」という言葉で繰り返される。これが既に顔の中の赤い月なんです。主人公の男は、ほとんど無縁同然のこの戦争未亡人の中にある種の苦の色を感じる。この苦がまた美につながっている。それで引き寄せられる。美に引き寄せられるのですけれど、むしろ苦に引き寄せられる。その未亡人の顔を見たいんだけれども、見たくもない。見れば、苦しみを誘い出される。しかしまた一方では、苦しみを誘い出されたがっている。これなんです。

「顔の中の赤い月」とはこの主人公の男がフィリピンあたりの戦地で、かつがつの状態で眺めた月ですね。砲兵隊で砲を引きずっている。日本はあんな身のほど知らずの戦争をしたくせに、大砲を引っ張る機械すらろくになかったんですよね。自走砲といって、自動的に動く大砲があったけれども数が少ないし、大概ぶっ壊れているか、あるいは燃料がない。それで馬に引かせる。ところが日本人は馬の使い方が上手じゃない。私は競馬をやっているからよくわかります。それで、すぐ馬がだめになる。すると、人間が引くんですよね。あの大砲を人間が引く。

それがアメリカ軍の側面からの速攻が予想されるところで、夜に、ある安全な地帯まで何とか大砲を引きずっていかなければならない。兵隊に引かせる。交代で引かせる。兵隊の方はもちろん栄養も不良だし、過労だから、もう今にも倒れそう。ほとんど朦朧状態で引いている。倒れたら二度と起き上がれない。起き上がれない者は、置いていくよりほかにないという切迫した事情なんです。そうすると人はもう自分の保存、自分の生存のことしか考えられない。上官もそうだし、兵隊同士もそう。そばで倒れたのに手を伸べて、もししがみつかれたら自分も倒れ込む、立ち上がれない。その、言ってみれば絶体絶命のかつがつの窮地から、海の上に浮かんだ赤い月、これが目に焼きついた。それが、この女性の顔の中に見える。見えたとは書いていませんけれども。見えるわけですね。あるいは女性の中のこの苦が、自分の中の赤い月を誘い出す、そういうことなんです。

さて、そこで愛の問題が出てくるんです。愛の問題というと、これは大げさに言うようだけれども、なかなか深刻な問題なんです。この主人公は一方ではこういうことを願う、あるいは夢想すると言ってもいいのかな。男と女の苦が一筋につながり合う。要するに主人公は、その相手の苦の中に入っていきたい。人間の心と心が面と向かってお互いの苦を渡し合う。つまり、一旦そういう絶対的な苦を抱え込んだからには、そういう苦の交換によってしか人は愛し得ないと。これが主人公の思いなんです。これができるならば、人生は新しい意味を持つだろうと。そこまで来ているんです。では逆にこれができなければ、人を愛することはできない。そういう苦を体験したことがなければ。それである日かなりその男女は接近するんだけれども、とうとうすれ違うことになります。というのは、やはり主人公の意識なんですよね。自分が戦地の窮地の中で自分のことしか考えなかった。自分の保存のことしか考えなかった。これは仕方のないことだけれど、しかしそうした自分が、果たして人を愛せるか。今でも自分を保存する、自己保存の外に出られるか。つまり自己保存以外の生き方、人間にはそれ以外の生き方はないのではないか。そう思うよりほかないけれど、それでは人を愛することができるのか。そういう問題なんです。ついには、この人の生存の中に入ることはできないということで、それぞれの軌道がちょっと交差するだけで離れていくという結末になるんですけれども。

このテーマが、どれだけその後この社会で持続されたかどうか。自己保存にだけ走らざるを得ない窮地に一度陥った、その苦を見た人間が、どうしたら人の苦とつながるか。考えてみたら矛盾ですよね、本当に。あのときのことを思い出したら、人の苦を引き受けられるわけがない。これは戦後二年目の、相当切羽詰った心情を書いているものと思います。特に私にとって『顔の中の赤い月』というのは、それだけでもう強い印象というか、刻印に近いようなものをおされます。窮地に陥った人間というのは何かを、全然あさってのものを目に見る。それが残ることがあるんですよ。大砲を引っ張っている人間には、海の上に上った月なんてどうでもいいでしょう。それどころじゃない。それと同じように、私も敵の焼夷弾が頭上から落ちてくる刻々の恐怖の中で、防空壕に入る前に庭の隅に昼間咲いていた花のことなんかを思い浮かべていました。それが、苦の印となって残るわけですね。

さてそれから五年ほどたって、『真空地帯』という小説が書かれます。これは戦後の文学の大傑作です。ただ野間さんのスタンスがちょっと違っていますね。戦後二年目の、まだ過去の苦にがんじがらめに縛りつけられた時代から、やや距離が出てそれを客観視して俯瞰しようとする。その違いがありますね。文体も少し違います。呼吸がね。

ところで「真空地帯」という言葉は、最初真空管という言葉が出てくるんですよね。兵隊が外出許可を得て、いわゆる娑婆《しゃば》、当時は娑婆のことを地方と言ったそうですね、そこへ行って帰ってきて、驚くのは、軍隊には何もない。あるいは何年か内務班を離れて戻ってきた兵隊が驚くのは、この二年のうちに軍隊の中は何もなくなった。ある意味では軍隊の方が物があったはずなんですよね、一般に比べて。だけれども一般の生活というのは、どんなに物資が不足しても何だかんだ細かいものがあるわけです。梅干だとか、タクアンだとかあめ玉とか、ちょこちょこと。そういうものが一切ない、規格されたものしかない。だから物質的に真空管だと感じた。そういう会話が初めなんです。

それからもう後半の方になってから、軍隊という人間を現実から隔離してしまう場所。それを真空地帯と呼んでいます。特に印象的なのは、曾田という一等兵がこれを感じるのが軍隊の中にいるときじゃなくて、連絡のために外出許可を得て町の中を歩いている、大阪城のそばをかすめてどこかに行くときに感じる。こうやって歩いていても、自分が細い紐で軍隊の方につなぎとめられているると。例えば公園の、そこに座っている男がいると、何年前かの自分ならああやっていたかもしれないけれども、その男と自分はもう全く違う。この間に、ガラス張りの隔てがあるようなものだと。そんなふうに言っています。

これが当時間もなく映画化されまして、まだ内務班の戦争体験者が若かったころなので、いろいろ考証とかそういうものがうまくて、なかなかの迫力の映画になりました。だから余計に、いま言ったような意味での軍隊の非人間的な真空性、真空地帯という観念を我々は受けたんです。けれども野間さんが表そうとしているのは、それだけではないんです。つまりこの真空地帯の中で、ある意味では人間の実相が表れてしまう。それを野間さんが指差しているのが、やはり年をとって読むとよくわかります。その真空地帯の中で、人間がロボットみたいになるわけじゃなくて、ある意味ではいよいよ人間の本性を剝き出しにしてくる。

軍隊というのはなかなか難しいところで、確かに階級制度に縛られているけれども、不思議なことに星の数よりメンコの数と言って。星の数は階級を表す星ですね。メンコというのは、飯を食うときのおわんです。つまり、何年軍隊で飯を食ったかの方が上なんですよ。多少の階級の隔たりよりはね。こういう妙な超合理主義があるわけですよ。年限が何年かといって、ほかの差別が吹っ飛んでしまうようなところがあります。

ところでこの『真空地帯』というものをいま読み返すと、問題のさまざまの鋭さはもちろんのこと、人間のしょうもない本性、あるいはその現れた行為の野間さんの描写力。これはすごいものですよ。不謹慎ながら、笑って読んでしまうようなところがあります。

特にその内務班の制裁ですか、少年兵や補充兵を古年兵がいじめると。これはもう大変なもので、まさに非人間的だと言えるものだけれども。ただ、その古年兵をただの悪人として書いているわけじゃないんですよね。ちょっとその裏に入ると、共感できないでもないようなところがあるんです。長年の地方――というのは世間のことですけれども、軍隊は世間のことを地方と言ったそうですが――地方で受けたさまざまな差別の憤懣が、そこで爆発しているというのも見える。それから大学を出て、兵隊にとられて、いずれ幹部候補生の試験を受けるつもりだけれども、今までやってきたことが通用しませんから、これは大変ですわね。何事に関してもうかつでしょう。そこをつかれて、散々殴られる。教練もきつい、腹も減る。これはもう、惨めなものであったろうなとわかるんだが、そういう大学出の兵隊たちの中にある横着さね、自己中心性というか、これを野間さんが実にうまく描いているんですよ。同情を込めながらね。

例えば学生だったから世間も知らず、奉公で鍛えられているわけじゃないから何事ものろまなわけです。鈍重で、気がきかないけれどもその鈍重さの中に、どこか横着さが混じる。どこか自分のことしか考えないところが混じる。そういう姿を実によく描いていて、うっかりするといじめられているほうをひっぱたきたくなることがある。それほどに、うまく描いています。

それからもう一つ、この当時どうしてここまで見えたのか、士官たちの内部の権勢争いですか。軍隊というところも、役所であるわけですね。しかも多くの物、物資を民間から調達する。その中で経理を扱う場所で利権というものが生じ得る。この利権は、後世の利権と比べると額としてはいや、物ですからね、つましいものだったんだけれども、物資不足のときには、やはりかなり……いや、物ですからね、つましいものだったんだけれども、物資不足のときには、やはりかなりの利権ではある。その利権を共有する者の中で内部争いが起こる。ここでこの主人公の木谷一等兵の悲劇が起こるわけです。

この人は、実は四年兵なんですね。刑務所帰りです。内務班に戻ってきても、ベッドの上に座って考え込んでばかりいる。星の多い者にもろくにあいさつしない。何でこれで放っておかれるんだろうと、読んでいるうちにいぶかるでしょうけれども、それは凄惨な目に遭ってきた人間のおのずから醸し出すものすごい雰囲気はあるけれど、これはどう見ても三年兵以下じゃないという感触が周りの兵にある。だから、当然上に立つべき兵隊も手を出さずにいる。

この人が上等兵にまで行ったときに、上官が落とした財布を拾って、その中のものを取ってしまうわけです。これは若い者が隔離されて、外出のときに遊郭に通う。兵隊にも多少の給料は出るけれども、こんなものじゃ間に合うわけがない。目の前に現金を突きつけられて、ポケットに入れたくなります。それが露見して、つかまった。大体この程度なら内部の処罰で済ませるわけです、重営倉とかそれぐらいでね。お金も戻っていることだし。ところが、経理部の将校たちの内部争いに巻き込まれてしまった。自分から巻き込まれていったわけじゃないですよ。かつて経理部にいたというだけで、その不正をさまざま目撃したということだけで巻き込まれた。自分が厳しく追及されるが、実は派閥抗争のとばっちりだったということも知らない。厳しく追及されたので自分がかつて見た経理部の悪事を軍事裁判上の取調べで口にしたばかりに、自分の味方をしてくれると思っていた勢力によって、懲役二年余りの軍事陸軍刑務所での厳しい苦しみの中に突っ込まれる。しかも内務班に復帰して間もなく、やはりその存在に不安を覚えた内部勢力が野戦に追い出してしまう。大体そういう話なんですけれども。

この場合にも、そこに関係する大尉とか中尉たちとか、伍長たち。いずれも人間が最も冷酷になるのはその凶暴性のせいか、それもあるけれども、意外に保身から来ることが多い。保身に迫られたときの人間というのは、人を平気で犠牲にするようなところがあります。その綾をよく書いているんです。これにかかわった将校たち、下士官たちも、野間さんは別に悪人に書いていないんですよね。その姿が浮かぶような、小心な、大きな目で見れば実直というような士官たち、下士官たちで、決して陸軍内部で出世コースに乗っていない。陸軍内部で出世コースに乗るには、陸軍大学に行って銀時計でもとった組だと言われますね。官僚組織なんです。これも話すともうきりがないことなので、いいかげんに切り上げるとします。

『真空地帯』ということで今から読んで興味深いのは、世間の生活、あるいは常識、あるいは良心、それから切り離されるばかりではなくて、これは逆説的に聞こえるかもしれませんが、戦争そのものからも隔離されている。もちろん戦争のための存在ですね、兵隊だから。内務班も戦争のための施設ですよね。だから戦争に関係ないということはないんだけれども、それでいながら、戦争からも隔離されている。

この『真空地帯』の年代を作品の中から見ますと、イタリアでムッソリーニ政権が揺らぎ始めたころといいますから昭和十八年、一九四三年の冬に当たるんです。これはどういうときかというと、太平洋戦争の始まったのが昭和十六年ですが、最初は優勢だったけれども昭和十七年にはもうミッドウェー海戦で海軍の主要な戦力を失っています。さらにその一九四二年にはソロモン沖海戦、これも敗戦に終わっています。それからガダルカナル島に敵が上陸している。この小説の舞台である一九四三年、昭和十八年には既にアッツ島玉砕。これは大々的に伝えられました。英雄扱いにしてね。子供も知っています。ガダルカナル島からは、もちろんもう退いている。そういうことも知らされているから、かなり敗戦の色が濃いはずなんです。
ところが作品をずっと読んでいると、内務班の兵隊のみならず下士官も、士官も、戦争の動向に余り関心ないんですよ。専ら内部の争い、士官たちはね。それから兵隊たちは自分の保身にかまけて、そんなものを見るゆとりがないみたいです。野戦行きの割り当てが来たというところで、今度はだれがその選に入るか。それだけの関心になってしまう。戦争のための存在でありながら、戦争そのものから隔離されているというこの真空性。これだけ距離をもって読むと、よくわかります。一年たって昭和十九年、一九四四年になると、もう大変なものでした。東京の空襲も間もなく始まっていますから。

それと、真空地帯であるからこそ、ある面で人間の実相が露れてしまうということ。それは、自己保存の鬼みたいなところがある。そこで『顔の中の赤い月』とつながるわけですね。こういう状況に追い込められた人間たちは、深い傷を残すだろうと。深い傷――受けた傷だけじゃない、自分が保身に走って人を見殺しにしたという傷まで受ける。しかし俗世に帰還して安泰だとなれば、それに苦しみながらだんだん忘れていく。男女が結びつく、結婚するのも決して愛のことばかりじゃないでしょう。そんなふうにして、大勢の男女が結びついていったわけです。昭和二十三年生まれとか、二十四年生まれというのが多いんですよね。お父さんが兵隊帰りってね。ところが本当に愛情の関係となったらどうか。それが絶たれたまま時間が経ってきて、そこで妙な剝離現象を起こしているのかもしれない。男女ともにね。それからもう一つ。これはもう、社会というものは非常に難しいものだけれども、軍隊の中のさまざまな残酷さ、これは軍隊の階級、それから上下の関係とも言えるけれども、もう少しつぶさに見ると人の立場、強い立場と弱い立場というものがあります。

その強い立場と弱い立場が絶対化したとき、ここで人間の取る態度は、なかなかあさましいものなんですよ。だから社会の立場というのは、常に相対化される可能性を持っていなければいけない。ところが立場の持続というものがないと、また一種のアナーキーの中で、また別な実相が表れます。

こういうふうに考えていくと本当に社会の強弱の立場、これは大きな局面から小さな局面まであって難しい。真空地帯というのは、平和な時代の世の中のどんな部分にも潜むものです。私だって、かつてどこかの大会社の若い社員が、自分の父親ぐらいの年の出入りの中小企業の社長か何かを怒鳴りつけているのを見たことがあります。この立場は、絶対逆転不可能というところに立っているわけですね。これは大きな局面での立場の相対化を図ると、逆に小さな局面、局面でそういう真空地帯が残ってしまう。そういう世の中なんじゃないかと思います。だから野間さんがまだ生きておられて、この行き詰った経済主義の社会のあちらこちらの局面にある小さな真空地帯を覗いて歩いたら、どんなことを書かれるか。厳しく指摘するだろうが、ただ一つ言えることは、その中の人物をもやはり人間として、必ず活写するだろう。その点、人間に対する愛情みたいなものは失わないだろうと。それは言えるんじゃないかと思います。

少し早めになりましたけれども、この辺で。

（平成十五年五月三十一日／富岡幸一郎、紅野謙介編『文学の再生へ　野間宏から現代を読む』藤原書店、平成二十七年）

わが人生最高の十冊

2010

子供の頃から本は好きでしたが、戦争を経ていますから、読みたくても本がない。誰かが持っていると聞けば、わざわざその家まで行って借りたものです。当時は大人も子供も本に飢えていたんです。

意識的に読書をするようになったのは高校生の頃からで、最初は漱石、芥川、志賀直哉など日本文学が中心でした。

その頃、筑摩書房から出ていた文学大系が、一冊三五〇円くらいもしたので高くて買えなかった。同じ頃、河出書房が倒産し、世界文学全集、現代日本小説大系などのゾッキ本がどっと出回ったんです。やや硬表紙のものが一二〇円、学生版と称した柔らかい表紙が九〇円。それを漁って、ずいぶん読むことができました。

一位に挙げたソポクレスの『オイディプス王』を初めて読んだのは大学を卒業した頃。西洋の古典はどういうものか、という関心から読み始めましたが、最初は半分もわからなかった。だけど気になって、年齢の節目や境遇の変わり目など、事あるごとに何度も読み返し、六十歳を過ぎてからは、二十代で少しかじっていたギリシア語をおさらいし、原語で読んでいます。

『オイディプス王』は、我が父を殺し、それとは知らずに我が母を妻として子を生《な》すという、よく知られた話です。人間の悲劇の根本の一つとされ、文章も非常にしっかりしています。

これを読んだ人は、最初は自分はそんな境遇ではないと思っても、次第にそうなりかねなかった自分というものがわかってくる。女性に巡り合い、一緒になって、よく考えると自分の母親に似ていたり、父親との葛藤にしても、誰だって何かしらを抱えているでしょう。年を経て読み返すと、だんだん思い当たるところが出てくるんです。

ここに挙げた十冊は、そんなふうに、折に触れ繰り返し読んできたものばかりです。

次も同じギリシア悲劇から、アイスキュロスの「オレステイア」三部作（『アガメムノーン』『供養する女たち』『慈しみの女神たち』）を挙げたい。

僕の興味は、その中に登場する復讐の女神たちの存在に尽きる。これが夫殺し、親殺しなど、肉親に血を流させた人間につきまとう様は、読んでいても恐ろしい。その復讐の女神に対して人間が屈服すると、最後には慈《めぐ》みの女神に変わる。

これはどうも、社会の成立の一つのポイントじゃないかと思います。先に恐怖があり、それが畏怖や信仰に変わっていく。

かつて実際に演じられた際には、舞台の下に設けられたオルケストラという庭で復讐の女神が歌い踊ったわけですが、化粧でものすごい形相をつくり、恐ろしい声を出し、観客の中には失神した者もいたそうです。

ソポクレス、アイスキュロスの悲劇はいずれも非常に調和のとれた美しい言葉で書かれていて、ギリシア語で読むと、そのことをよりいっそう実感できます。

三位は『旧約聖書』から「預言者の書」。ここには滅ぶ国の状勢と、そこに住む人々の感情、あるいはさまざまな動揺や混迷が描かれている。それに対して預言者たちが何を告げ、どんな迫害を受けるか。そういう亡国の現実が非常によく表されています。もちろんヘブライという歴史的に特殊な場面でのことですが、よく読めばあらゆるところにあてはまるのではないでしょうか。

旧約聖書を読み始めたのは、キリスト教という世界をリードしている宗教の大元のヘブライの教えがどういうことかを知りたかったから。そこにすさまじい世界があることは初めから感じていました。これは日本のような穏和な国に暮らしていると容易には理解できない。そのことは戒めとしてわきまえておくべきだと思います。

僕は三十歳を過ぎて作家の道に入り、四十歳になった頃、どうも自分の文章に対して首を傾げるようになった。ひょっとして漢文の基礎が弱すぎるのではないかと感じ、それからさまざまな漢文を読み始めたんです。四位に挙げた『詩経』もその一つですが、とても簡単に飛びつけるようなものではなく、最初は『唐詩選』などから入り、五十歳間近になってようやく読み始めました。非常に古い発想と古い言葉の世界だということは、中国語を知らなくてもわかる。人間の本質をよく突いているところもあり、なんともいえない魅力があります。

これまで挙げたものは、ギリシア悲劇にしろ詩にしろ、本来は声に出して語っていたものです。いま、本を読むというけれど、かつては声に出したものを聞くのが文学でした。ですから語る（詠う）こと、聞くことを忘れてしまうと、いくら綿密に昔のものを読んでも、ピンとこないことがある。意味は通っても、魂が伝わらない。

そのことを意識して本を読むと、昔の人の声が聞こえてくるような気がすることがあります。「読む」が「聞く」という感覚に近づいてくるのが理想ですね。

一位　『オイディプス王』ソポクレス著、岩波文庫　他
二位　『ギリシア悲劇全集Ⅰ』アイスキュロス著、人文書院
三位　『旧約聖書』中沢洽樹訳、中公クラシックス　他
四位　『詩経』目加田誠著、講談社学術文庫　他
五位　『楚辞』星川清孝著、鈴木かおり編、明治書院
「ドラマチックで、華やぎと高揚感が伝わる調べが魅力」
六位　『八代集』一－四、奥村恒哉校註、東洋文庫　他
「読んでいると自分の日本語を磨くための助けになります」
七位　『森鷗外全集五　史傳伊澤蘭軒』森鷗外著、筑摩書房
「いま読んでも三分の二程度しかわからないが、史伝の調べが染みる年になったと感じる」
八位　『思い出す事など　他七編』夏目漱石著、岩波文庫
「かろうじて危機を乗り越えた安堵感と寂寥感がよく出ている」
九位　『摘録　断腸亭日乗』上・下、永井荷風著、岩波文庫
「風景描写、特に街の風景の描き方が秀逸。それを味わうだけでも読む甲斐があると思う」
十位　『黴』徳田秋聲著、岩波文庫
「日本風の鬱陶しい小説の最大傑作。近代家庭の創生期の男女の不安定さもよく描かれている」

（構成　伊藤淳子／「週刊現代」平成二十二年九月十八日号）

ここはひとつ腹を据えて

2011

今日は、急に寒くなりましたね。あの地震の前から、ちょっと気候が変でしょう。まだ、春らしい一日を味わっていません。

ほんとうにひさしぶりに都心に出てきて、街が暗いと感じました。節電のおかげですが、僕ぐらいの年の人間にとっては、ちょうどいいぐらいの明るさです。七〇年代はかなり明るかったはずだけれども、六〇年代は夜が暗くて当たり前でした。ちょっと前まで、外国から帰ってくると、最初に「明るい」と感じたものです。先進国で、震災前の日本ほど明るい国はありません。今、夜が明るいのは新興国ですね。

東日本大震災後について、よく、第二次大戦の敗戦直後と比較されます。しかし、あの頃とは文明の段階がちがいます。今の方が始末は悪いです。もしかすると、わが国には決定的な打撃になるかもしれません。

敗戦の頃は、世界はまだ上り坂の中にあって、働けば働く分だけ収入があり、損失を回復できた時代です。日本もまだ貧しかった。東京でも、ほとんどが木造住宅でしたから、焼夷弾できれいさっぱり焼き払われて更地となり、焼け跡にたいしたものは残っていません。

今度の被災地には、電気製品から自動車、コンクリートなど、ありとあらゆる種類の瓦礫が出ています。それを分別しなければいけませんし、捨てる場所もなく、何より「財産」でもあります。地面が濡れていますから作業も自由にできませんし、土は海水に浸って役に立ちません。まず、きれいにするところまで一苦労です。あの「焼け跡」のように何もない状態ではないんです。

原発の問題でも、チェルノブイリと比較されますが、処理が長引いているのはこっちでしょう。災害として世界に前例のない事態です。

一九六〇年のチリ地震津波の時、東北はまだ過疎で、海沿いの寒村の人口はさほどではありません。今は、なまじ成長し、立派な堤防を築いたりしているため、漁業に便利な海沿いはかなりの密集度でした。不思議な話で、堤防があってよかったことも当然多いでしょうが、堤防があったばかりに人が密集したわけですから、仇にもなっています。

今後、三陸海岸にすべて、今回の地震に対応できる十五メートル以上の堤防を築くという発想になるのでしょうか。堤防があれば、また、海沿いに人が集まり、大津波が来れば逃げ切れない人が出ます。高台に家や建物を集めるという考え方も出ていますが、東北のあの辺りはもともと平地が少ないですから、必然的に集落は小規模になり、過疎が進むでしょう。

山を崩して高台を作るのも、予期せぬ影響が出ます。仙台在住の作家・佐伯一麦さんが住んでいるあたりでも、造成地が崩れている、という報道がありました。山を削れば地下水系が乱れて、地盤が弱くなるそうです。さて、大金かけて二十メートルの堤防で覆われた海岸線の町をこしらえても、だれが住んで、どういう仕事をみつけるのか。

人の欲望に任せていれば、すぐ海沿いに密集します。海があり、腕のある漁師がいれば、まず船と港が要る。漁具を置いて網を繕う場所が要り、冷蔵庫や加工工場、市場も要る。そのサイクルは不変です。

チリ地震津波、一九三三年の昭和三陸地震、一八九六年の明治三陸地震のどれが来ても、岩手や宮城の方は、今回と同じくらいの被害を受けたでしょう。文明・技術・経済の水準が高ければ高いほど、災害の打撃が大きくなるわけです。

人はこれまで、災害に遭っては大きな犠牲を払うことを繰り返してきました。しかし、近代に入って、人は科学技術の進歩によって自然災害は阻止できる、と思い込んできました。今回の大震災により、現実問題として、備えることが無理な大災害があると見せつけられた気がします。

今後は、五十年とか百年のスパンで、また大災害が起こるとして、今回と同じような犠牲を出すことを含みつつ再興にあたるのか。あるいは、災害に対する完璧な備えを求めるのか。とてもむずかしい選択です。

戦争も終わりに近づくと、子供でも、マッチ箱ぐらいの大きさで、ぴかっと光り、一発で町をすべて破壊する新型爆弾があると伝え聞いていました。しかし、放射能については知らなかったですし、威力の源である核分裂についての知識もありません。広島、長崎に原爆が落とされた後、日本中に放射線が撒き散らされたでしょう。

ある意味で、知らないことは幸福でもあります。さる長老に聞いたのですが、日本の量子力学のパイオニアである仁科芳雄博士は、敗戦直後、広島から東京の理化学研究所まで土を運び、手製のガイガーカウンターで放射線量を計った。すると、すごい音で鳴り、ガーガーガーガー、止まらなかったそうです。手で掬って、乗客で一杯の列車で持ち帰ってきたはずですから、大胆な話です。広島、長崎の焼け跡に人がまたすぐ住んだのも、放射能についての知識がみな、何もなかったからでしょう。原爆症の人もたくさん出ましたけれど、大丈夫だった人もいました。これを、科学の問題ととらえるのか、運不運ととらえるのか。

友人の原子力の専門家に聞いたのですけれど、放射性物質の規制基準値は平時の時の戒めだそうです。これ以上にならないように原発を管理しなさい、という基準です。国際原子力機関もダブルスタンダードで運用されており、平時と有事の基準はまったくちがうそうです。政府はなぜ、最初に平時と有事のちがいをはっきりいわなかったのでしょうか。人に腹を据えさせることが大切な時があるのです。

限定された安全。限定された復興。夢のような回復は望めません。被災地に無際限な復興景気が起こるはずもありませんし、福島を中心とした地域はしばらく、放射線の危険にさらされ続けるはずです。すべて元通り、という神話をもって事にあたると、かえって妙なことになるでしょう。

古来、人類はずっと、死と隣り合わせで生きてきました。それゆえ、生命力が出てきたのです。歴史年表を見ると、日本だけでも、天変地異、飢饉、疫病の連続で、よく人間が生き残ってきたな、と妙な感心をしてしまいます。

八六九年に貞観の大津波があったことは、最近よくいわれています。しかし、その五年前に富士山の大噴火が起こり、大津波の九年後に関東で大地震、そのまた九年後に関西に大地震が起こり、五畿七道が被災しました。これだけ相次いで大災害が起これば、生きた心地がしないでしょう。

当時の「貞観仏」の貌は非常に険しく、彫りも厳しくなっています。中国からの影響で精神が変わったと言われていますけれども、あれだけ災害があると、よほど厳しい神様仏様でないと、守ってくれそうにありません。

今、あの頃の人たちの生き心地に寄り添うことが必要です。多大な犠牲の繰り返しに打ちひしがれながら、また、同じ土地で生き続けていった先人たちがいたことを……。

もちろん、とても恐ろしいことです。孫の顔を見てしまったら、この子が大人になる頃はどうなるだろう、と案じるのが当然です。しかし、まだ、どこかで捨てきれない科学への無際限の信仰を捨ててかからないと、先が見えません。


空襲は予期されていたものです。だんだんに戦況が厳しくなり、空襲が自分の方に近づいてきて、防空壕の中にはかなり食糧を蓄え、お上はもう何もできないと知っていました。それで当たり前だと思っていたから、全然、きつくなかった。

東京では、昭和二〇年三月一〇日の本所深川を中心とする大空襲により人心がすっかり変わってしまった。それ以前は、殲滅戦という概念がなかったのです。どこかで、工業施設や駐屯地を狙って爆撃してくると信じていました。僕たちも防火訓練を受けて、どこかで火の手を見たら消し止めろ、と教育されていました。

ところが、英空軍などはすでに「市民モラル」（＝士気）を攻撃目標にするという構想を採用しており、東京大空襲でついに無差別爆撃の段階に入りました。でも、メディアは空襲の実態をまったく報道せず、口コミで「あちこちがみんな燃えるから、身一つで逃げろ」と教えられました。みんな逃げ足が早くなって、僕なんかも助かったんです。

地震や津波には無差別という了見すらありませんし、予期できませんから、もっとすごかった。福島原発の怠りも、津波の前例がなかったか、記録の細部を見落としていたか。チリ地震津波の時、福島に大きな被害があったという話を聞きませんから、三陸とは災害についての認識がちがいます。「想定外」という言葉がよく使われますが、「想定」にも限度があるでしょう。

大地震の前だと、石原慎太郎都知事が「東京湾に堤防を」と言ったら、みんな笑っていました。東京湾に津波がまともに押し寄せたら大変だと、ようやく現実味が出てきました。でも、地質学者のいうことを聞いていたら、恐くて日本のどこにも住めません。せいぜい七分の安全が限度ですし、昔の人は三分か四分だと思って生きていたはずです。

今回の津波では、地震から津波到達までの二十分間で何ができるか、突き付けられました。ちょっと前までは日常なのに、いきなり非常時に転じます。いくら災害に備えていても、逃走本能の衰えまでは勘定に入れられません。なくすことができないリスクについて、どう覚悟を決めてゆくのか。

今、世界中の視線が福島に集まっています。日本人にとっては当たり前ですけれど、地震や津波は珍しい現象ですから、すべて想像の外の事態です。意地悪い本音だと、たぶん、どこまで原発が安全か、大規模な実験を観察しているようなものでしょう。

国によって、リスクの種類はちがいます。ちょっと前、ドイツで震度三ほどの地震があったのですけれど、死亡者が三人。驚いて、心臓マヒを起こしたのです。

もっとも、天災が少ないヨーロッパでは、疫病と戦乱が繰り返されています。一四世紀のペストの大流行では、ヨーロッパの全人口の三割が死んだというのですから、これは大変です。ウィーンに行けば、街中にペスト記念碑がありますし、各地に似たような碑が建てられています。どの国にも、忘れようにも忘れられない惨禍があるものです。

しかし、ここまで人類が生き永らえてきたのは、災厄の繰り返しから立ち直ってきたということです。今回でも、おそらく、被災地に山師っぽい人がたくさん入れば、あっという間に元に戻ります。敗戦後も、国の計画と闇屋のいたちごっこで、結果的に、相補うことになって復興が成りました。

外国では、事あれば移民や移住が当たり前です。でも、日本の場合は災害で更地になった場所によそ者が入ってくる、という形で活力が保たれてきました。都市で行き詰っていた人が、あの被災地ならば一旗揚げられると集うのかどうか。僕は、その欲望を信じたいと思っているのです。

もちろん、民間に任せていたら、堤防どころではありません。便利な海沿いに集まり、大災害が来れば、また同じことの繰り返しかもしれません。しかし、さすがに少しは学ぶことはできないか。たとえば、三月一一日を祀りの日と定め、死者を偲びながら一年息災に過ごした区切りの酒を味わう。大分賑やかにやって、それでいいのです。あの大津波を忘れないことが、科学技術に頼らぬ災害への最大の備えになるでしょう。

もう一つ重要なのは、責任のある立場の人間が、冷静に常識をもって現実を把握する言葉が、きちんと流通する世の中にすることです。東電がけしからんのは当たっているとしても、報道陣をはじめとして、どうしてみんなあんなにうわずっているのか。あれでは、正直に正確な情報を出すことはできません。

東電も政府も、今でもびびっています。無差別爆撃があると知って生き永らえた人がたくさんいるように、どんなにひどい事態でも、きちんと知れば、各自、対処の方策は出てくるものです。

今回の大震災で、自然の力は無限大だと思い知らされました。しかし、ピラミッドにしても、奈良の大仏にしても、実は、危機に直面した政権の失業対策事業だったといいます。このたびも、古人と同じように腹を据えられないか。どこからともなく男たちが被災地に集まり、瓦礫だらけの土地がやがて更地になり、酒場は女たちで賑わう。やがて子を成し、家を持つという人の営みが続くことを祈るような心持で見守るつもりです。

（「新潮45」平成二十三年六月号）

Ⅱ

読書ノート

1989

『ヴィヨンの妻』太宰治著、『東京焼盡』内田百閒著

本はもう読まなくて、と五十男たちがそろって言った。同窓会の席のことだ。作家業をいとなむ旧友への、困惑まじりの挨拶と取れた。自嘲にかさなって、いまだに本を相手に暮す人間にたいする揶揄がきこえないでもない。それでも本と言えばまず文学書思想書の類を想うのは世代柄である。

私自身はこの五年、たくさんに物を書いてきた。つまり忙しかった。それで、本は読めなかったかと言うと、これがまたたくさんに読んだ。体力の衰えをおそれる者がひしひしと物を喰らうように、欲にかかって読んだ。あげくには、これは忙中閑の境地にほど遠い、と自分で興ざめした。ところがこのたび仕事が跡切れて、失業の日々を恵まれると、ついでに、本を取るのも物憂いようになった。本はもう読まなくて、とやがてつぶやいている自分にあきれた。

ようやく手に引き寄せてきたのが案外に太宰治の本、その中から『ヴィヨンの妻』を読みだすと、

途中から、一節ごとにうなっていた。なにか力つきなんとしてはついついと進んでいく透明な生命体を、目でつくづく追っているような心持がしたものだ。作品の運びにひきこまれたことになるが、その動きは《ヴィヨンの妻》があてもなく吉祥寺から中野へ向かうところから始まった。たくみにせよたくらみにせよ、なんと暢びやかな、豪気な展開ではないか、とそこの渡りに仕舞いまで舌を巻きつづけたのは、ここのところ十何本も短篇を書いてくたびれた作家としてまず無理もない。神話でも読まされたようなものだ。巻末の年譜を繰って、昭和二十二年の初めという日付をたしかめ、また歎息した。入水の前年などと深刻なことを考えあわせたわけでない。ただ、からだはきつかっただろうな、と思ったまでだ。

それにまたひかれて内田百閒の空襲日記、『東京焼盡』を読み返す気になった。この日記は、自宅を焼きはらわれたとたんに筆が一転して元気になるところが、幾度読み返してみてもうれしい。物を書くことの意義を保証されたような気分になる。このたびもその満足は得られたが、もうひとつ、敗戦もせまった頃の、体力の衰弱の境地が、興味深く読まれた。衰弱は食糧の不足とともに徐々に進むわけだが、ある境からいきなり、一段と深くなるものらしい。そこで筆がもうひときわ、家を焼かれた後とも違った、静かな冴えを見せるのだ。おもしろくもおかしくもないという表情のまま、あらゆる事柄に、筆がいっそうこまやかになっていくふうなのだ。あるいは逆に、筆が触れれば、あらゆる些事が書くにあたいする物事になる。当時、百閒の周囲にあったものを日常と呼ぶべきか非日常と呼ぶべきか、むずかしいところだが、この筆のはたらきもやはり神話を想わせる。少年期の栄養不足の因果で壮年の「若死」を続出させている世代として、これをどう思うか。先の見えぬ衰弱もまた、豊饒の境地なのだ。

（「文學界」平成元年八月号）

牧野信一と嘉村礒多

閑な月が続いている。こんなことはこの先そうそうありそうにもないので、それにまた、老齢の閑暇を自分は恵まれるかどうか、あてにならぬことなので、ひとつ発心して、いや、気楽に構えさせてもらって、旧約聖書などを読みはじめたものだ。日本語ではなにやら負担である気がして、棚から埃を払ってドイツ語の助けを借りた。十戒の辺まで来て、やや細かい法の規制にいちいち目を惹かれ、現行具体の掟ほど後世から見て不思議なものはないと感心しいしい進む頃には、今回はなかなか寛いで読んでいるぞと悦に入った。ところがいつかサムエル書の先まで深入りして、打ち続く殺戮の場面を、こんな血腥い事跡を聖典の内に頂く民とは、と舌を巻きつつたどるうちに、読む姿勢がだんだんに前へのめり、エステル書まで来た時にはもうずいぶんいそがわしい、躁々しい読み方になっていた。これでは身がもたない、とそこで思い定め、詩篇は割愛して、箴言と伝道の書をつとめて熟読、これは同じことを両面から語っていることになるかと長歎息して、今回はここで中断することにした。すべて満足感はあったが、頭の痛くなるまで読みまくったような、すさんだ読書をした後味もすこしのこった。悪い癖だ。

読むこと書くことに飽きると、大正から昭和初期の私小説を棚からおろすというのも、奇怪な癖か。私小説は面白いものだ、などと鷹揚なことを言っていられる境遇でもない。虚と実との、かわるがわる突出して喰いあう模様は、もううっとうしいぐらいのものだ。それでも手前の言葉が動きに詰まると、道端の地蔵サンを拝みに行くみたいに、私小説のもとへ立ち寄る。飽きない間合いで読むせいか、もともと一度は飽きた上であらためて惹きこまれる習いなのか、幾度読んでも飽きない。恣意へ崩れそうなところまで大胆にも乱暴にも酷使された言葉の、いっとき妙に澄んだはたらきを、そのつど不思議がって眺めている。

牧野信一と嘉村礒多の短篇を五、六篇ずつ、交互に読み返してみた。固着せぬよう読み進むうちに、このたびは両者それぞれの、安定味をおのずとたどっていた。安定と言えば聞えがよろしくなるが、つまりは、作者が意識やら神経やらにいくら振りまわされようと、言葉をいくら揺すろうと、妙に撼かされぬ何ものかである。これがなかなかに太いのだ。地主の傲岸さのような、暗闇の牛のような。嘉村からはそれが感じ取れやすいが、牧野のほうも劣らず、たとえば人の会話の只中で両の耳を手でふさいでむっつりとしている姿などからは、神経のかたまりというよりは、苦の太さの、傍若無人のせりあがりが見えてくる。動揺散乱の作家たちとは、誰か言う。この太さがあればこそ、言葉をあれほどまで揺すり撼かし、また程を超えて粘着させることができたのではないか。まず苦の土台が違う、とこれはすでに当世の作家の歎きの内に入る。

（「文學界」平成元年九月号）

『無限抱擁』瀧井孝作著

作家が人の小説をひらいて、何でもないようなところで呻っている様子などは、端から見ればずいぶんおかしなものなのだろう。たとえば瀧井孝作の『無限抱擁』の冒頭の、《浅川駅よりトンネルもなくなり空は夜明であつた》にはすんなりと入れるが、つぎに、

車窓の窓ぎはで一人、信一は、靄の間から麦の穂の赤むで居る有様に向いて、

「もう麦が赤む」

　と呟いた。麦畠は知らぬ間に色づいて居る。


　この、麦の穂の赤らむの、三行ほどのうちに三度繰り返されるのに、しばし立ち止まったきり読み進めなくなる。自分にはようやれない、と歎息している。つまり、感に入っているわけだ。物を表現するにあたり、感受性を強くかつ繊細に保つためには、まず神経のざわめきをおさめなくてはならない。これは心身および筆の、双方におよぶ。これをおさめるための、覚悟と考えられる、この冒頭の反復は、それ自体は、写生と呼んでは身も蓋もなくなるが、この反復により表現の腹の据わったところから、やがて写生は成ってくる。

　書くにも読むにも、感受性をしっかり働かせるには、相応のテンポが必要のはずだ。書く者はこれを得るのがむずかしく、読む者はこれに添うのがむずかしく、これを維持するのはなおさら、当世ますます、どちらにとってもむずかしい。この作品は読者に、心身の状態さえよろしければ、物を感じるための堅牢なテンポを、作品の側からあたえてくれる。これが、《自身の直接経験を正直に一分一厘も歪めずこしらへず写生した》と著者の自負する作品の、じつは魅力なのかもしれない。この立場を称する作品には、たいてい、これが叶えられないのだ。

　ところで長年の愛読者にとって、この作品へ幾度も惹き返される機縁となるものは、その最終章の、秋雨の原っぱに葬儀車の停まっている情景から始まる《主人公の手記》ではないのか。あそこの微妙な読後感をさらに感じ分けたくて、頭からじっくりと読み始めるというような――。

　そこまでの作中の底にわだかまっていたものがこの手記の中で露われて、それがさかのぼって照らす、あるいは陰翳をあたえるかたちで、前章までの節目節目の、細部があらためて厚みを帯びてうかびあがる。朝飯の跡もそのままにして雨戸を閉ざした家の、その外の縁側の庇の腕木に扱帯《しごき》を懸けて果てていた近隣の主婦と、おさおさ劣らぬ暗澹たるものが、女主人公の上にのしかかっていたか、と振り返れば、そのような姿が作品の処々に見えてくる。じつに「誠実の写生文」であればこそ、私小説のかたちをさらに手記までほぐさなくてはならなかったという秘訣に、読む者は物を思わされるところだが、もうひとつ、執筆の順序としては、この手記の次に作品の序章、私の引用した冒頭の部分がつながるのだ。

（「文學界」平成元年十月号）

読書日記

1990

某月某日

猛暑が続いている。深夜になっても涼しくはならない。もうひとつ蒸し返してくる。机に向かう時にはクーラーが苦手なので、窓を開け放している。近くの通りをのべつ救急車が行く。病人や老人にとってこの暑さはこたえるのだろう。

私もあまり苦しいので、今夜はポケットブックの、ジェイムス・ジョイスの「ダブリン市民」を手に取って、眺めるうちに最初の短篇を読み出した。とそう言えばおかしいように聞こえるが、昼は物を書き夜は物を読む生活にも時折は、昼夜日本語ということにさすがに飽きる夜はある。それにしても私としては奇っ怪なことである。なにしろここ五年も六年も、あるいはそれ以上にわたって、英語の物をまともに読んだことがないのだ。

真夏の夜の気紛れか、猛暑が狂わせたか。しかし読めた。辞書のお世話にはだいぶなったが、心地良く読めた。外国語を読む力も、ほかのことで苦労するうちに、読まずともいささかは育つ、とそんなこともあるのかもしれない。元僧侶の死を主題とした小説とは言いながら、宗教的な情念をのぞかせる様子の単語が節目節目にくっきり嵌めこまれている。それが見えるのが、原語で読む醍醐味だろう。翻訳ではどうもそれが薄れる。

死の迫った元僧侶の部屋の窓を眺めるたびに、少年がつぶやく「中風 paralysis」という言葉、さらにその響きが少年の内に惹き寄せる、ユークリッドの「ノウモン gnomon」という言葉、さらに教義問答の中の「僧職売買 simony」という言葉、この三つの単語の暗い共鳴は、どこから来るのだろう、と仕舞いに冒頭へ戻って考えた。

gnomon が simony を呼ぶのは、mon という音によるとは分かる。その gnomon は、最初の paralysis に呼び出されて、少年の意識に浮かびあがる直前、じつは gnosis ノウシス、かの異端のグノーシスではなかったか。少年にとって響きの不吉なはずのこの単語はただちに幾何学上の単語へ変形させられたのか、それともすでに浮かびかけていた simony に引かれたか、あるいは demon と融合してユークリッドのほうへ流れたか、素人の思案は無責任で楽しい。

「元僧侶」という言葉を再度にわたって使ったが、くだんの人物は還俗したわけでもなく、破門された様子も見えないので、この呼び方はおかしい。あるいはその辺が作品のポイントのひとつにかかわるところなのかもしれない。しかしこれだけの伝統の深みを二十代の青年がこれほど簡素に結晶させたとは……五十づらを提げて小説を書くのがもう厭になった。また、それを言う。

某月某日

またまたクソ暑い夜になった。御苦労にもまたしても「ダブリン市民」を読み出したものだ。昨夜は *The sisters*、今夜は *An encounter* である。どうも、どうせ一時《いっとき》ながら、よくよく日本語にうんざりさせられているものと見える。じつは毎月毎月の小説の締切りまぎわ、追込みの時期にあたるのだ。いや、そのまたじつは、事情があって、今月の掲載はことわっているのだが、いったん始めたからには、締切り日あたりまでに、意地にでも書きあげてやろうと、由なきことで頑張っている。あまりよろしき精神状態とは申せない。それに午さがりの炎天下、まさか戸外で小説を書いているわけではないけれど、室内でも三十数度、めぐりの悪い頭がいよいよまわらなくなるのもさることながら、その頭とさらに手の動きとがチグハグになり、じつに書き間違えが頻繁なのだ。その昼間に散々、自分にムカッ腹を立てておいて、夜は夜で、気温もさほどさがらぬ中、馴れぬ英語の物などを読む。私も強情なのかもしれない。外ではまた救急車が行く。

今夜の小説は、学校をさぼって小冒険に出かけた少年がその一日の終り頃に町はずれの野原で奇妙な老人に出会う話で、初めはリベラルなような口をきいていた老人が、やがて話が少年たちにたいする体罰のことに及ぶと、たちまち物に憑かれたようになり、据わった声と口調で体罰への異様な興味を語りつのるくだりに、何とも言えぬ凄味があり、私にとって忘れられぬ作品なのだが——表題の「邂逅」、*An encounter* が、私にとっては読後に、ただ出会ったという以上の、ここで会ったが百年目というような重い印象をどうしても残す。読み返してもその所以が分からない。気がかりのまま、長年放っておいた。

このたび猛暑のお陰を蒙り、初めて原文で読んでみて、さて、その点のことはたいして分かりもしなかった。しかし昨夜同様、たいそう楽しめた。とくに老人の偏執への傾きが、リベラリスト風に少年の恋を懐古する様子の時にすでに濃くあらわれているのがあらためて面白く読めた。ところで、少年が埠頭に立って外国の機帆船を眺めるくだりがあり、ノルウェー船だと人に聞かされて何かの興味をそそられたようで、船尾に回って船の銘を判読しようとしたができず、そのかわりに、乗組員たちの中に緑の眼を探す。私は多少混乱した考えをもっていたので、と曖昧な説明がはさまり、読むほうにはそれ以上、何のことやら分からない。ところが、やがて老人に出会って、老人が体罰への興味を縷々と語りつのり、その昂奮ぶりに少年が驚いて相手の顔を見ると、老人は bottle green 暗緑色の眼をしている。そう言えば、着ているスーツも greenish black であった。「緑色の眼」という言葉には、嫉妬に燃える眼という意味があるらしいが。

しかし緑の眼とは、何者のイメージなのか。結局は読み取れなかった。訝りは訝りのままにしておくのが真夏の読書にふさわしい。ただ、この老人の姿からもそこはかとなく破戒あるいは罪業感の臭いが立ち昇り、それが少年の心を染めているようだ。鞭打ちの体罰への熱烈な関心の内には、罰されたいという欲求もふくまれていると思われる。最後に、老人の傍をのがれた少年は、自分が相棒の少年を内心いつでもすこし軽蔑していたことを後悔するが、この「後悔」は regret ではなくて、be penitent――悔悛、告解、贖罪という方角へ及ぶ言葉であった。

明日は少々涼しくなるだろう。

某月某日

人にはたずねてみるものだ。昨夜の「邂逅」の埠頭の場面で、ノルウェー船だと聞いて少年が船尾のほうにまわり、船の銘を判読しようとする、その「銘」にあたる単語が legend であり、まず伝説とか聖徒伝という意味を持つことがやはり象徴ふくみのようで気にかかり、船のことに多少通じていそうな知人にさっそく電話で問い合わせてみたら、レジェントとは古くは船尾の飾りのことなのだそうで、その船の由緒来歴を、おそらくアレゴリックに表わすという。これにはまたさまざまな船型の推移の歴史がからんで、今でもレジェントという言葉だけは違った用法で船員の間に残っているらしいが、それは省くとして、ひとまず、なるほど……さればこそ少年は船尾まで

decipher、謎解きに行ったわけだ。

なるほどとは言っても、全体として大して分かったことにもならないが、気ままな読書にとって、一時の氷解感というものは良いものだ。まあ、三本マストのノルウェー船のレジェントに、魔性の緑の眼との邂逅が判読され得ぬまま予告されていたと、そんなふうに漠も大漠に取って先へ送り越すことにしよう。つぎにこの作品に出会うのは、いつの日のことか。

ジョイスの続きもしばらくは読まないことにする。この程度の英語の力では、眼に負担が過ぎる。大体、私の読書には悪い癖がある。あまり系統立てて物を読むほうではないにしても私なりには読書の計画をそのつど立てているつもりなのだが、ある晩、その計画の内にはさしあたり入っていない本をひょいと手に取って読み出す。これは誰でもあることで、つまみ喰いの味にまさるものはないと言えるぐらいのものだ。しかし私の場合とかく、それきりその著者の物とかその系列の物とかにずるずる、ひと月あまりも突っこんでしまって、おかげで計画がすっかり狂う……。

今夜はいくらか涼しいので、本は読まずに早寝することにする。書く物からして、人は私を粘着質と見ているらしいが、自分では気質も体質も淡白なほうだと思っている。

某月某日

お前は若い頃に自分で翻訳などしたもので、人の翻訳が信頼できないのだ、と知人が私に言った。そんなことはないのだ。人の翻訳をずいぶん頼りにしている。良い翻訳はたくさんある。「ダブリン市民」もその例だ。助かっている。しかし悩まされることも、ないではない。

この四月のことだ。マイステル・エックハルトの新訳を読みはじめた。若い頃に近代ドイツ語訳によって少々はかどったがその後、関心はありながら遠ざかっていた。中世の神秘主義者の、思考の上でも言語の上でもなかなか過激な著述であり、また中世ドイツ語に独特な表現の領分もあることだろうから、きわめて難渋な訳業であろうことは初めから承知していた。実直そうな訳者の態度にも同情はもてた。私のほうも相応の根気は持つつもりでかかった。

さて、「説教集」から始めて、訳文はかならずしも流暢ならず。ときに稚拙に折れ曲がったが、稚拙はともかく、流暢ならざるところは、元の物が物だけに是非もなく、かえってふさわしいとぐらいに思って、どうせ一度では深くも読みこめまいことだから、後で繰り返しさらうつもりで、鉛筆を片手に、どうも理解をいたずらに錯乱させる箇所にはすこしずつ手を入れつつ読み進んだ。そうして十篇目まで来て、きわめて興味深い説教に行きあたり、読み終えて長大息したものの、どうも筋道と輪郭がはっきりしない。そこで、全篇を読み通すまでは我慢するつもりでいたのがついたまりかねて、書棚から近代ドイツ語訳をおろしてひらくと、一々の言葉がじつに鮮明に、じつに躍動して、頭に入ってくる。

それからは独文を脇に、訳文を前にして、なるべく一篇を終えるまでは独文に頼るまいとしたが、一節ごとに独文を参照することがおいおい頻繁になり、やがて独文を読むほうが先行するようになった頃には、訳文はまるで手入れの激しい著者校のように、あれは朱色だが、これは鉛筆により、至るところ黒くなっていた。

訳文の、日本語として構築力が弱いのだ。文にせよ節にせよ、それぞれ主語から述語へ至る筋が、あいだにさまざまな語句を挿入されながらも、一本の梁のごとくに張っていなくては、複雑に組み立てられた外国語の文脈はとうてい担いきれるものではない。達意と一口に言うが、原文の内容を移せばよいというものではなく、その文章の構造も移築されなくては、部分はつかねられず、いたずらに散乱するばかりだ。読者としてもこれを意識のうちにしばしも保持できない。

また、こんなことも言える。外国語に相当の習熟を積んだ人間でも、翻訳にあたり、原文を受け止める日本語の根太《ねだ》が弱ければ、そこからはねかえって、外国語そのものへの読解力に急性の衰弱を来たすことがある。基本の構文すらしばしばたどりぞこなうものだ。

これは書物の翻訳ばかりの問題だろうか。外国語に堪能な人間はいまどき無数にいると言われる。外国からは日々にさまざまな意見やら要請やらが伝えられる。しかし発言の持つ思考の構造の伝達ということになると、この国はかなりむずかしい音信不通の状態にありはしないか、という疑いはある。

（「中央公論」平成二年九月号）

無彩の町に紺・黒・柿色

1992

　近ごろ、機会があって、明治四十一年、荷風帰朝の年の作品のひとつである短篇「深川の唄」を読み返すことになり、作者の尻について東京の市街電車に乗りこみ、四谷見附から半蔵門、尾張町、築地へと運ばれながら、明治の帰朝者の肩越しに窓外の街の風景を眺めるという楽しみに浴させてもらったが、さて桜橋の手前で渋滞にひっかかった電車から作者が降りて、歩いて茅場町まで来たところで、

――竹の葉の汚らしく枯れた松飾りの間からは、家の軒毎に各自勝手の幟《のぼり》や旗が出してあるのが、いづれも紫とか赤とか云ふ極めて単純な色ばかりを選んでゐる。

とそんな点描が見えて、読者の私の眼は作品からやや落ちこぼれ気味にここに停まった。年の瀬の風景である。家の軒毎の幟や旗が、大売り出しのそれでないとしたら、その何たるかを昭和十二年生まれの私は知らない。それにもかかわらず、これは日本の近代小説における原風景のひとつだ、と私はとっさに感じた。赤や紫の色彩が、陰気な生活背景の中で掻き立てられる人の情念の色のように目に染みた。後年の荷風の小説の随所でこのような派手な色彩が、周囲の陰気さをいよいよき

わ立たせて、点っているではないか、とそう思ったのだ。

ところが、この箇所でこの風景を眺める荷風の眼はまぎれもなく、嫌悪の眼であるのだ。通りに立つ不揃いな西洋式の建物の、厚みも重みもない貧相さや、山から伐り出したばかりのような丸太の電柱や、拙劣な色のペンキ塗りの広告、などへの拒絶とまさにひとつながりのものなのだ。それにひきかえ、茅場町から市電を乗り継いで当時新設の永代橋を渡り、深川の界隈で路頭にまた立ち、名代の深川の不動の社とか、その門前らしい横町に、幟のごとく幾すじも垂らされた手拭いについて、

——紺と黒と柿色の配合が、全体に色のない場末の町とて殊更強く人目を引く。

とあるのには、先の茅場町でのとは異なって、すでに安堵のけはいが感じられる。無彩の町を背景にした紺と黒と柿色と来れば、私のごときはるか近代の人間にも、なるほどと一瞬はうなずかせるものはあるが、しかし、これらすべてはおりしも関東の冬の夕日の、寒々として烈しい赤光を浴びているはずなのだ。帰朝者荷風が近代日本の没文化に背を向けて、江戸の旧文化の衰残と零落の美についたとはよく言われるところだが、その旧文化につくためにはこの国の自然、その「風光」にいやが上にもこまやかに親しまなくてはならぬはずなのに、それを愛する以上に、それに苦しめられたということも、帰朝期の作品群の中からはっきりとうかがえるところである。

その荷風がそのおよそ半世紀後の昭和三十四年に、八十歳の独身者として、市川の住まいの夜に吐血による心臓衰弱のため、人に看取られずに生涯を閉じたことは、周知のとおりである。それからたしかまた二十年あまり後の、一九八〇年代に入った頃に、私はたまたまどこかの雑誌の写真で、荷風の最後の姿を目にすることになった。当時、私もすでに中年期に深く入り、やはり八十になる老父を亡くしたところでもあり、今の世の人間の、人生の果ての荒涼が身に染みていたところだっ

たので、その姿にはつらい衝撃を受けたが、しかしそれにより、私にとって荷風の生涯をさかのぼって、関心の緊張がひとすじ通った心持ちがした。
人は荷風について、生涯ひとりで散策探索を続けてきたような心像を抱く。その足は場末へ場末へと時代の表を避けていくか、あるいは、その足のおもむくところどこでも、いかに繁華を誇っても、本来場末の正体を露呈していく、と。それも近代の「神話」のひとつなのだろう。しかし「神話」の成立にもその必然はあるはずだ。その神話的な軌跡は近代日本社会の内面の模様を解明するための、決然とした補助線のはたらきをする、と見ているうちに、いつか自身がその延長線上を、一市民として、安堵の空間と時間をもとめて、寒々と歩いていたと気がつくということも、これからないことではなさそうだ。

（「朝日新聞」平成四年七月十二日）

無知は無垢

1993

人は年を取るほどに辞典にたよるようになり、また辞典をひくことに楽しみも覚えるようになるというのに、年を取るほどに視力が衰える。これは人生の理不尽のひとつである。私などは近視、乱視、老眼の三重苦であるが、辞典のややこまかい説明を読み取ろうとする時には、眼鏡をはずして、ページに低い鼻の先が触れそうなまでに、裸眼を近づけなくてはならない。そのため視野がどうしても狭まるので、当の項目をしばし探りあてかねて、視線がその前後をうろうろとさまよう、やがて、ぼんやりしてしまう、ということがのべつある。

「年を取るほどに辞典をひく必要も楽しみもまさる、とあなたはいまさら言っているが、辞典のことでは若い頃から、われわれを相当にこき使ってきたではないか」と両眼が苦情を言う。もっともなことだ。

それでも年々、辞典をひく必要が増すその理由の第一は、恥ずかしながら、よくよく知っているはずの文字や言葉や事柄をじつにしばしば、俄《にわか》に失念する、という情ない事情にある。これは老耄の兆しや走りと呼べばそれで済むことなのだろうが、しかしそれにはそれの機微があるのだ。失念とは、長年の馴れを破って、もうあるはずもない初心がよみがえり、それまでの固定した知識に訝りを示すということでもある。

たとえばいましがた、「なさけない事情」と書けばつまずかずに通っただろうに、「情ない事情」としたばっかりに、「情」の字の重なりにこだわり、俄に意味がわからなくなった。書いたあとからわからなくなるのも、失念のひとつである。そこで辞典にたずねる。すると「情」には、「ありさま」とか「事の実際」とか「まこと」の意味があり、こちらが本来であるらしい。なるほど、「情勢」とか「情況」とかいう言葉は日頃から気安く使っている。しかし試しに、情事という剣呑な言葉の項を眺めると、「心のまこと」とか「事の真相」とかいう意味が先に来ているのではないか。さらに「情実」を眺めれば、「ありのままの事実」とか「偽りのない気持」とか。

なるほど、情にも動かされるが、「情」という文字にも動かされるわけである。そんな意味があったとは知らなかった、とはしかし、言えないのだ。それを知らなくては、おそらく、「情」という文字は半分も使いこなせないだろう。かりに辞典にあたったことはないにせよ、文字と文字との、言葉と言葉との、関係や力動からして、先刻、心得ていたことのはずなのだ。ところが、未知の領分へ踏み入っていくほどに、なにやら、すべてが既知感をおびてくる不思議さ、その戦慄……とはたしか或る探検家の言葉であったと思うが、言語生活においてはそれとは逆に、既知感が極まると、つまり飽和して凝固しかかると、そこから訝りが、未知感がおのずと生じて、やがて未知に行きあたるという境地が随所にあり、戦慄とまではならなくても、やはり不思議なときめきをともなう。

よくよく知っているはずのことを俄に失念するということは、知ったつもりの大人たちのやりとりの間で、子供がつぶらな眼をふっとあげて、自明なはずのことをたずねるのに似ている。そこで腹を立てずに、面倒でも、初心に寄り添って物をたずねてみるのが、辞典をひく醍醐味である。そこで新しい知識に出会えれば、あるいは古い知識に一段と深い、懐かしい相において再会できれば、この上もない幸せとしなくてはならない。半端なまま頭に引っ掛けて暮らすのは、いらだたしいものである。

しかしその出会いのあとでは、また忘れるものなら、忘れるままにまかす、というほどの度量をもっていたほうがよろしい、と私は考える者だ。いったん得た知識をすこしの間も忘れまいとするのは、直接の必要に迫られているならいざ知らず、燻製や干物やカンヅメにして保存するようで、私は好きでない。それでは、知識は育たない。知識はふたたび忘失の海へ放流して回游させるにかぎる。手もとに引き寄せたくなったら、海へ舟を漕ぎ出して、網を打てばよいのだ。縁があるものなら、むこうから網にかかってくる。さしあたり縁がないようなら、またの機会を待つよりほかにない。

辞典に添って言うならば、辞典とは同じところを幾度でもひくものなのだ。われわれはしばしば辞典にたいして腹を立てる。やれ、分厚すぎるとか。やれ、字がこまかすぎるとか。やれ、説明が詳細すぎて、今の自分に必要もないことばかり、ゴチャゴチャ書いてあるとか。辞典を壁へ投げつけたことのある人も少なくないだろう。しかし辞典に関してわれわれがもっとも逆上するのは、以前苦労してひいて、読み取ったその箇所を、また苦労してひいていることに気がつく時だ。荒涼たる反復感に苦しめられる。しかし、それはまるきりの反復ではないのだ。以前とは、たずねる心も、たずねる深みも、おのずと異なると考えるべきなのだ。人生に二度、同じあり来たりの単語を同じように、わざわざ辞典にあたって見たとする。その二度の機縁をそれぞれその時の心境とその前後の経緯もふくめて、ささやかな事ながらつぶさに、こまやかに思い出して、淡泊に書き留めたなら、すぐれた短篇小説が出来るというぐらいのものだ。

さらに辞典をまめにひく楽しみは、自分の知らぬことを蔑む、嘲る、あげくは憎むという現代人の病いにたいする、良薬となるはずだ。無知そのものは無垢ということも、辞典をまめにひいていれば、実感されるだろう。

（「青春と読書」平成五年一月号）

森の散策

1994

『老境について』キケロ著

おもしろい本ばかりを読んでいては、本をおもしろく読むことはやがてできなくなるだろう。人が読書から遠ざかる理由のひとつではないかと私は考えている。

あれはおもしろいの、おもしろくないの、と人は気安く言う。それでその本の値打ちはすっかり踏めたかのように。しかしそれよりも先に、自分のほうの読解力や感受力や、事柄への関心の厚い薄いを、ひそかに踏んで見るべきなのだ。今の世の人間は自分の知らない事柄へとかく憎悪を抱きやすい。残念ながらこちらの興味が湧かなかった時には、本とも淡々と、悪声を放たずに、別れたいものだ。

これはもう昔のことになるが、ある高名な文学者が、インタレストがなくては物はほんとうには読めないと言破した。インタレスト、と片仮名にしたところが、なかなかの巧者である。つまり、卑近なる利害から高遠なる渇仰に至るまで、ひとすじに強く貫くのが関心というものだ、というにらみ方であるはずだ。卓見である。しかしそのようなインタレストこそ、人が自身ではなかなか見て取りにくいものだ。おもしろいのだか、おもしろくないのだか、よくもわからず辛抱して読むうちに、読む側の関心のありようを教えてくれる本はあるものだ。

孝行のしたい頃には親はなし、ではないが、古典などがおもしろくなってくる頃には眼が悪くなっている。その人生の皮肉を賢くも見抜いた出版社が、古い文庫本をワイド版と称して、一・二倍などに拡大して復刻してくる。そこまで意に添われると、なんだかてれくさいような気もしてくるが、やはり頼りにはする。そのような版で、このたび、キケロを読むことになった。『老境について』（岩波文庫ワイド版）である。吉田正通訳、昭和二十四年の訳書である。懐かしいように古風な口調である。それを読んでいる私がまた私自身にとって古めかしく、めずらしいものに感じられたことだ。

テーマは私にとって、インタレストどころでない。しかし読んでいて、正直のところ、私には役に立たない。その意味ではおもしろくもない。しかしまた、どうしてこの古代の賢人の言が、まもなく来るはずの私の老境に用をなさないのか、これを虚心に思うと、今の世に生きる自分の年の積み方の取りとめなさがかえりみられ、そうなる訳あいも眺められ、やがてさかさまに身につまされ、おいおいおもしろくなる。

――人間一生の他の場面々々が自然によつて上手に書きあげられてゐるのに、最後の一幕だけがあたかも不精な劇作家がするやうに、粗略な扱ひを自然の手からうけるなぞとはどうもありそうにないことである。

そんな言に和してひそかに、

――これまでのどの場面だって、役者の未熟さ身勝手さに呆れはてた自然がもう投げ出さんばかりに書いてきたのに、最後の一幕にかぎってあたかも涙もろい劇作家がするように、甘い扱いを自然の手からうけるなどとはどうもありそうにないことである。

そんなふうにつぶやきながら読み進むうちに、身にいたくこたえる言葉につぎつぎに行きあたる。

――愚かなる人々は、げに己れの悪徳や己れの短所を老境といふことに負はせる。

――かく歓楽にふけつてゐるかぎり、その人はなにひとつ思索により熟考することができず、なにひとつ推理力により、なにひとつ想像力により成就することのできるものではないことは何人にも疑ひがあるまい。

――かくも長い一生のうちに、死は軽視してさしつかへないものなのを悟らなかつたやうな老人こそまことに哀れなるかな。

――悲観を強く踏まえてこそ楽天は立つ。しかし悲観についたままでは、横着さに流される。現代人の思考はとかく否定から入つて、否定を抜けられない。

（「読売新聞」平成六年七月四日）

『天の川幻想』 小泉八雲著

「なぜいま」が即、「だからいま」になるのが古典の翻訳というものなのだろう。小泉八雲ラフカディオ・ハーンもあと十年で没後百年になる。そう言えばグリム百年などといわれたのもつい近年のように思われるが、などと首をかしげる年配者は、その間に自身が歳を取っていることを忘れているわけだ。人の一生のうちにも、近代の書は「古典」へと改まる。改まらない場合もあるが。

古典は幾度でも、時代を変え人を変え、訳し直されるのが好ましい。ただしこの小泉八雲の遺稿集『天の川幻想』（船木裕訳、集英社）は、まとめて訳されるのはこれが初めてだという。原題は直訳すれば「銀河にまつわる物語（ロマンス）およびその他の習作と短篇」となり、一九〇五年、ボストンからの刊行になるそうだ。

翻訳の生硬なのは、読者がおのれの理解力を誇らぬための忍従の機を、たっぷり提供してくれるものだが、日本語としてあまりにもこなれた翻訳もまた読者の心持ちを、何か全体に間違いがあるのではないかと、やがては落ち着かなくさせる。しかし小泉八雲ラフカディオ・ハーンの翻訳となれば、事はじつに微妙である。一方には、この書の当時の序文を書いたフェリス・グリーズレットの指摘するところによれば、ラテン風文体の英語における実現を希求したハーンがいる。フローベールやゴーチエの文体を詳細に研究したという。二十世紀の初頭に、まるでヨーロッパ文化のいま一度の証しと言わんばかりに、しかも、すくなからず当時のヨーロッパの辺地から、精緻をきわめて立ちあがった文章のかずかずを思い出してほしい。あれらの文章の、超越への骨格は、日本語へ組み伏せるにも懐柔するにも、なかなかの難物である。

しかしまた一方には日本の地に漂着して根をおろし、その文化に寄り添うことになった八雲がいる。文化というものはその内部においてきわめて寡黙であって要所で表現を拒むが、外から限りなく、新しく寄り添われる時には、微妙の声を発する、という見方も成り立つかもしれない。となると一文化の歌のあげる多声の音楽は、じつはつねに何らかの外からの親密な寄り添いによって内から触発される声から成ることになるが、それはともかく、小泉八雲において日本の文化が、あらたに妙音を、変幻の声を響かせたのは確かだ。その訳文もまた、通常の翻訳の水準以上に、日本語としてこなれる。

翻訳の困難のひとつは、原語においては自明な表象の、そのまた自明なひろがりと流れとを、よほど読み取っていても、こちらの言語にふさわしく移しかねるということにある。ところが小泉八雲ラフカディオ・ハーンの場合は、高度に彫琢された英文による近代ヨーロッパ文学のひとつであるにもかかわらず、これを日本語に訳す時には、訳し返すという手続きをおのずと踏むことになるのだろう。

したがって読者はここでラフカディオ・ハーンの書を読むと同時に、いや、日本人としてはどうしてもそれよりも先に、日露戦争の当時に日本帰化人であった小泉八雲の心に触れて響き、そして英文の内へ納め取られた日本伝統文化の声の、現代の日本語へ再生されたものを聞くという、複雑な体験をさせられることになる。これは、玉手箱をひらくのに近いことなのかもしれない。

たとえば「天の川縁起」の中にはかずかずの万葉の歌がひかれ、それにハーンによる訳が英文のまま添えられているが、読者はそのつど万葉の原典とハーンの英訳との間を往復しながら、いずれを《地》と取るべきかに迷うだろう。また、読者としての自分の心理的な現在を書中のどの要素に置いたらよいか、それを考え出すと、それこそ玉手箱から立ち昇る煙に吹かれている心持ちがする。ただし、この「銀河ロマンス」の末尾で、ラフカディオ・ハーンの指差している、「空間」（無限の宇宙）の途方もない恐ろしさは、神話的な形象に迫る背景として見落とすわけにいかない。

（「読売新聞」平成六年八月一日）

『中世知識人の肖像』アラン・ド・リベラ著

本を読みながら、「なるほど」とうなずいては、「何がなるほどだ。ろくに知らないくせに」と自分であきれることがある。

読書とは幾分か、知ったかぶりの楽しみでもあるのか。また、人との会話の時に、いくら相手の話がむずかしいからと言って、ただむっつりと聞いているのは不作法になるように、本が相手でも、多少の得心がこちらに動いたなら、うなずいて見せるのが、愛想というものか。

すくなくとも、「なるほど」という瞬時の得心のけはいを、根拠もないようなものでも、自分から邪慳に払いのけてしまっては、自分の知識をだいぶに超える本は読めなくなる、とは言えそうだ。それとも、そんな本は読む必要がないのだろうか。

このたび私がたまたま手に取って、この暑い夜々に読み通すことになった本、アラン・ド・リベラ著『中世知識人の肖像』(阿部一智、永野潤訳、新評論)は、原題が「中世における思索」および「中世を思索する」と、一題において二義を踏まえるそうだ。著者アラン・ド・リベラは一九四八年生の中世哲学史家で、現在、ソルボンヌで中世ヨーロッパのキリスト教神学史を講じているそうだ。いずれ、私にはよく歯の立ちそうにもないテーマである。

ときおりは私も十三、四世紀のドイツの「神秘家」と言われる人々の遺したものをたどたどしく読む者であるが、その際、自分が時代について、お話にならぬ錯誤を犯していることに気がつく。再三にわたり、間違うのだ。たとえば、スコラ哲学の確立者と言われるトマス・アキナスをだいぶ古い、どうかするとアベラールや聖ベルナールよりももっと古い人のように、なぜだか思いこんでいる。じつは十三世紀の人であり、私の関心を寄せるマイスター・エックハルトと、五十年ほどの差はあるが、私のような遠方からすれば、同時代の人と眺めてもよいのだ。また、アヴィセンナという人があり、エックハルトも引いているようだが、この人を古代ローマの哲学者とぐらいに思っていた。じつはイブン・シナー、十一世紀のアラブの哲学者だった。さらに、エックハルトによりアリストテレスが唯一の自然哲学者のように引き合いに出されるので、それもすでに数百年にわたりヨーロッパ中世に積まれた伝統の上に立つことかと思っていたら、このギリシアの大哲学者の全体像が西欧に伝わったのはようやく十三世紀の初めのことだ、とこの書によっておしえられた。

しかも先進のアラブ文化を通して、アラビヤ語からの翻訳によって。アラブの哲学者、アヴィセンナのイブン・シナーや、その師アル・ファーラービーや、アヴェロエスのイブン・ルシュドなどの注釈や思想に仲介され、その影響によりすでに新プラトン派の思想を濃くふくんで。さらには中世ヨーロッパ哲学の危機と言われる、哲学と神学との、あるいは理と信仰との相克も、それればかりかその共存や克服や超越の可能性も、哲学者の高貴と至福という理想も、すでにアラブの哲学に内包され、西欧にもたらされたという。

アヴェロエス主義と呼んで、これは理性と信仰との二重真理の使い分けというほどの意味になり、十三世紀から十四世紀にかけてのパリの大学の人文学部の哲学者たちに投げつけられた非難の合言葉だそうだが、この書の著者がテキストにあたったかぎりでは、そのようなものは当時の哲学者たちは見あたらず、アヴェロエスの考えるところとも異なる。つまりは当時の検閲者の危機感の投じた影になるが、この投影の中にむしろ、時代の哲学に内在した展開の企画は見えるという。その哲学がやがて大学から流出し、アラブの哲学にふくまれる新プラトン派の思想に拠って、ダンテとエックハルトにおいて哲学的思惟の極致を出現する曲折を、この書は思惟の道すじによってたどって見せる。私にどれだけ読みこなせたかおぼつかないが、その光に照らされて、この二大哲学者の存在に、あらためて驚嘆させられた。

（「読売新聞」平成六年八月二十九日）

『死者のいる中世』小池寿子著

ヨーロッパの街を訪れて美術館へ向かう時、惹かれる心が七分、臆する心が三分と、私の場合はそんなものだ。道々、レストランの看板を睨んで、あそこで半日ほど棒に振ってしまう気にはなれないものか、とうらめしげにしているところを見れば、腰の引けていること、四分以上かもしれない。

そしてその帰り道には、よくも死者の姿に通じた民だ、と毎度舌を巻く。一種の高揚感の中にある。じつはようやく解放された安堵から来るはしゃぎなのだ。そのくせしつこく立っていたものだ。不謹慎ながら、中世宗教画の前にである。

それにつけても思う。我が国の民も古来死者の姿に通じていないわけでなく、十二世紀には「餓鬼草紙」などもあり、その描写はじつに巧みなものだ。しかしあれは全体として陰惨なりに調和の取れた風景をなしている。それにひきかえ西洋中世宗教画の死者の姿は、凝視を求める。あるいは、人の凝視がともに描きこまれている。しかも対象は誰であれ、いずれ一者への凝視に帰する。あれほどに一者の死へ人心をしぼりこもうとした世界とは、おそるべき世界ではないか。

小池寿子氏の『死者のいる中世』（みすず書房）は読者をそのような世界へ、秘所に徐々に踏み入る異教徒の忍び足でもって案内することになる。読者は著者とともに、往古のブルゴーニュ王国、とりわけネーデルランドを拠点として、パリへ、フィレンツェへ、パレルモへ、シエナ、パドヴァ、ヴェネツィアへ、中世のさまざまな人物と形象に出会いながら旅をくりかえし、やがてスペインのハビエル城の「死の舞踏」の前へ、ルーヴルの「アヴィニョンのピエタ」の、脇腹の傷口から下腹部に、さらに聖母の膝に流れるイエスの血の前へ、そしてサン・ドゥニ聖堂に並ぶ死者たちの横臥の姿の間を過ぎて、遺体の移ろいを石に留めたトランジ、腐敗屍骸像の前までためらいながら導かれる。

多少のつらい体感を読者も著者と共有しなくてはならない。肌に寒さとも熱さともつかぬものがひろがってくる。内臓の重みのようなものを覚えさせられる。そして身の内に血の巡るのを、刻々とあやういものに感じる。というのも、頭や心よりもまず肉体が、これを知ろうと、ひとりでに反応するのだ。肉体からこれを「理解」しようとは無謀きわまることだが、その反応を抑えることはできない。それとも、せめて十分な認識があれば抑えられるのだろうか。

外国に留まり、異教徒のままに留まり、しかもそこの中世の宗教的な形象、とくに死の形象を探索するというのは、どんな心持ちのものだろう。認識が深まるにつれて、対象を見る眼はおそらく、その集中の境において、異様なほどに強くなるに違いない。眼が強靭でなくては、想像するに、身が持たない。しかし長きにわたれば、侵蝕を受けていくのは、やはり身体のほうではないかと思われる。その宗教に固有の儀礼に守られずに、その宗教の産んだ、血を流して産んだはずの形象を直視するのは、一過の旅行者にとっても、なかなか消耗なことだ。

しかし敬して遠ざけるの態度も、けっして安定したものではない。西洋の「死を思え」をわれわれの無常観になぞらえるのも、紆余曲折があれば浅い受け止め方とも決めつけられないが、あれら無数の、死への凝視と、その凝視による一者への集中が、歴史にもたらした帰結は何かと仮にも問えば、教会建築は十字架についたイエスの肉体を象《かたど》っていると言われるが、宗教とは無縁の現代建築の中にも、幾段階にもわたる「普遍」の展開を経て、十字架はひそんでいると、睨まないわけにいかない。

それはともかく、この書、この死の形象への旅の書の魅力をなしているのは、心身の危機感の細い調べなのではないか。不安や恐怖の間を縫ってしなやかに流れているようだ。

（「読売新聞」平成六年九月二十六日）

『愛日』高井有一著

ある年齢から小説というものを読まなくなる人がいる。大勢いるわけだ。小説にかぎらず、ストーリー臭いものはすべて好まないなどと言う。

また、一身上あるいは身近に不幸があったのを境に、小説の類いを嫌うようになる人もある。どうも嘘が目について読めないと言う。いたずらに身につまされるのは不愉快だという声を聞いたこともある。身につまされたその分だけ嘘も見えてくると言うのだ。

こんな感想を耳にしたこともある。小説でも構えて作った話でなければ読むのだが、たとえば不幸の内にある人物の思いや情が平明に透けて見えるのに心をひかれて読みすすむうちに、作中の心境がひとつの表白なり描写なりにくっきりと浮きあがり、ああ、これが小説を読む醍醐味か、とふっと息を吐かされるものの、さて自身のことをかえりみれば、しかしこれほど鮮やかな感慨はやはり虚構の内のことだ、とふたたび嘆息させられる、と。敬遠の嘆息になるが、うとむ心も少々ある、と言う。実際の不幸は感慨へと昇華しにくい。

このような小説嫌いの人こそ小説のすぐれた読み手になるはずだ、と私はかねてから思う者であるが、ひとつ高井有一の近刊、中篇連作小説『愛日』（講談社）をすすめて、小説嫌いの感想を聞きたい気持ちがする。

いきなり作中へ手を突っ込む乱暴さになるが、早朝に病院へ駆けつけようとしてタクシーを拾って乗りこむと、お客さん、張り切ってますね、と運転手に言われる場面がある。私にも身に覚えがないでもない。これは連作のもう仕舞のほうにあたり、これと応呼するように、始めのほうにこんな言葉が見える。

——俺は人が病気だとなると変に勇み立つて、高い果物なんか持つてやつて来る、その信じてゐない神様に賽銭を投げるみたいなやり方が気に入らないんだ……。

肺癌を病む老人の口から出る。主人公は見舞いに来てこの言葉を投げつけられる。無論、衝撃を受けるわけだが、しかしこれに通じる嫌悪は、他人の不幸をめぐる人の振る舞いにたいして、主人公の胸中に長年にわたり抱かれていると読める。自身の生涯については、《人よりはいくらか苦労をしたには違ひないが、そんなものは過ぎてから顧れば、何程のことでもない》と思っている。《ともかく昔より今はいい、十代から二十代の初めにかけての頃に較べれば、今は格段にいい、と思ふ事が、五十を超えてからの彼には多くなつてゐる》とある。

じつは戦中および直後にあたる少年期に、無残とも呼べる運命に遭ってきた人物なのだ。俗に言う、不幸な生い立ちの人である。配偶者もそう意識している。その配偶者にも過去のことをろくに話さない。おそらく、自分自身にたいしても。過去を想起することを忌む、あるいはおそろしい徒労と感じているように見える。自他にたいする禁域を内に抱え込むことになる。そこからかえって過去の仔細の記憶がしきりに去来する。人の心の自然とも言えるが、主人公の内にこれらの記憶をおもむろに揺り動かすものは配偶者の存在であることを、読者は見逃すわけにいかない。

不幸な生い立ちの人間は幸福な生い立ちの人間を伴侶に選ぶ、とこれも俗に言われる。しかし過去に不幸のあった人間はその分だけ「片づいている」のにひきかえ、まず人並みの境遇の内に育った人間は生老病死のことわりに従ってこれから身内の不幸を迎える。歳月につれて何と言っても過去の不幸から遠ざかりつつある夫の人生と、身内の不幸へと次第に追いつめられていく妻の人生とが、長年共に暮らしながらようやく接近する。そのあやうい、しかし微妙な味の境を、この連作は語ることへの嫌厭の間を縫って、おそらく主人公の、取り返しの情に導かれて、こまやかに描き出した。

いま一度、繊細なる小説嫌いの人に、一読をすすめたい。

（「読売新聞」平成六年十月二十四日）

『東語西話――室町文化寸描』今泉淑夫著

「高官無益なり」と大納言昇進の打診をにべもなく断った公家がいる。甘露寺親長、文明三年（一四七一）の、応仁の乱の最中である。乱中、歩行往反は見苦しいと言う。また拝賀の儀も叶わず、公事も行われず、何の役に随うべきか、と言う。当時五十歳前後のはずだが、七十歳で出家するその前年まで、実際に大納言の任に就いていない。さりとて厭世者ではなく、その後も諸方への人脈の更新に怠りなく、さらに時代に適応して一門の生きながらえるための方途を模索しているように見える。そのひとつが蹴鞠《けまり》の家の列に加わるための足固めであったと言えば、いかにも守旧派に聞こえるが、当時の公家としてはなかなかの、「リストラ」であった節がうかがわれる。

今泉淑夫著『東語西話――室町文化寸描』（吉川弘文館）から、私がごく緩慢に読み取ったところの事情である。自分の知識では歯の立たぬはずの書物に気長に取りついているというのは、人生が長くなったようで、佳いものである。退屈をおそれるのはまずしいことだ。

同じ文明三年、例の甘露寺親長が「高官無益」と言い放ったその直前に、彼の実子であり、先に同族の万里小路《までのこうじ》家の断絶をおそれて折角養子に遣った二十三歳の青年、右大弁参議まで昇った若き廷臣が養家を出奔、跡をくらましてしまっていた、と聞けば現代の読者はふきだすかもしれないが、そのような笑いを誘うようには、この書はかかれていない。そのような可笑しみの際立つようなテンポの中には、事柄はないのだ。

この出奔者が後の江南院龍霄《りゅうしょう》、この書の柱である一篇の主人公になる。六十一歳になり命旦夕に迫った頃、人のもとへ、徳利を四本持ってますが、いよいよの時にはその二本に足をもたせ、一本は枕にして、残る一本の頸をしかと握って往生するつもりです、と豪気なことを書きおくった人である。この人の絶え絶え残る足跡を、「実隆公記」ほかの室町期の公家日記に散見するところから、著者は綿密に慎重に、迂遠を忌まずにたどっていく。門外漢にはなかなか従いて行けない論考だが、文献に見え隠れする姿というものは、論考をしどろもどろにたどる者の心をいつか惹く。

さて廷臣ではなくなり、「出家」はしたが僧侶でもなく、歌をよくするが歌人でも連歌師でもなく、蹴鞠もよくしてその作法の知識を深めて重ぜられるようにもなるが一道の者として自己を限定することもなく、京と美濃とを住み分け、美濃では守護代斎藤氏に深くつながりながら、京でも諸権門に出入りして歓待され、遁世の者にはとても見えない。叔父の僧の差配する遣明船にも乗り組んで、その機にいささかの財をなしたらしい。京と美濃との間で、商賈《しょうこ》の業に手を染めた様子もある。零落の激しい京の公家たちからは、よほど福徳の者と見られたにちがいない。それ以上に、ひろい人脈と、身分のあいまいな者の自在さによって、諸事の仲介者としてたのみにされている。やがては甘露寺家を支える柱となったように、私などは見える。

無用の境へ身を放ったために、有用のはたらきをなすに至った人間がここに見られる。同様に有能なる仲介者の役をなした宗祇などよりも、何の道の者とも限定されないその分だけ、一段と徹底した存在だったのだろう。硬直したまいよいよの崩壊に瀕した公家社会を、いささか時代の現実に順応させることに功績のあった一人と言えるのだろう。また守旧ながらにそのような変わり者を許容し、あまつさえたのみにする旧体制の独特な柔軟さがおもしろい。

最後に、やはり江南院龍霄の仲介の労によって成ったという「春日社法楽五十首和歌」がこの書の中にそっくり引かれているのを、もう一度読み返してみて驚いた。美しいのだ。守旧の美ではある。しかし当時の守旧の内実をこの書によって少々のぞかせられた後だけに興味深かった。殊に龍霄の歌二首に清い丈が感じられた。

（「読売新聞」平成六年十一月二十一日）

『ディカーニカ近郷夜話』ゴーゴリ著

仕事がやや詰まってくると外へ出かけられない職業なので、書店へ足を運ぶこともすくない。近年、しばしば古い文庫本が復刊されるようになり、広告を見たり人から聞いたりして、ああ、懐かしい、読み返したいとは思うものの、私のような出不精が書店をのぞく頃には、たいてい、書棚に見えない。読者の要望があって復刊するわけなのだろうが、早々に売り切れてしまうと、それ以上の「人気」はないと、版元は見るのだろう。

このたびは私の心がけもよろしく、早目に手をまわして、ゴーゴリの『ディカーニカ近郷夜話』上下（岩波文庫）を手に入れた。じつは私の書庫のどこぞに古い版が押し込まれているはずなのだ。しかし閑を見て家の内を探せば、ひと月ほどはうかうかとたってしまう。それでは、また店で品切れの憂き目を見ることになる。古い文庫本はたいてい、そんなふうにして買いかさねるようだ。

私の少年期、十六、七歳の頃の愛読書なのだ。もっとも好きな本であった。復刊本を手に入れて奥付けを見れば、第七刷とあるが、初版は一九三七年、昭和十二年、私の生まれた年になる。訳者の平井肇氏は、そうなのだ、昭和二十年代の末に私がこの訳書を初めて読んだ時には、もうこの世に亡き人だった。たしか敗戦の年に、まだ壮年で、外地で亡くなっている。しかしロシア語を知らず英語もろくに読めぬ少年が、名訳と思った。文章に魅惑された。初恋の書とも言える。

ちなみに、『ディカーニカ近郷夜話』は文豪——ああ、この呼び名に、ほんとうにふさわしい——ゴーゴリの二十代初めの出世作であることを、このたび知った。いや、平井氏の解題を読んで四十年昔に知っていたはずだが、きれいに忘れていた。ディカーニカ、あるいはジカンカとはウクライナの、ゴーゴリゆかりの土地らしいが、正確には何処にあるのか、と、これも四十年来、確かめずにいる。そしてここに納められた七篇の物語も、読み返してみればスジをすっかり忘れていて、初めて読むようにいちいち惹きこまれた。しかしその文質の若き魅惑には冒頭から、つい昨日別れたばかりのような心持ちがした。

——小露西亜《ロシア》の夏の日の夢心地と、その絢爛《きらびやか》さ！　鳩羽《はとば》いろをした果しない蒼空《あおぞら》が、エロチックな穹窿《きゆうりゆう》となつて大地の上に身をかがめ、眼に見えぬ腕に佳人を抱きしめながら、うつつをぬかしてまどろむかとも思はれる、静けさと酷熱の中に燃える日盛りの、この堪へがたい暑さ！

高年になり少年期よりもより深く作品を読めるようになった、とばかり思うのは、大間違いである。ウクライナの夏の日、春の宵、真冬の夜の美しさにかかる時には、おのずと少年期の、人を想う感性のみずみずしさを呼び出して、それに導かれていた。悪魔や魔法使い（コルドウーン）や妖女（ウエージマ）のことも、その出没のけはいには、少年の感性のほうがさとい。恐がるのにも、笑うにも、少年のほうが早い。高年男は昔の魅惑におくれおくれて感じながら、さても登場人物たちの、お互いにいかにも心地良げに罵りあうことよ、と妙なところに感心している。

「こやつの親爺が橋のうへから悪魔にでも突き落されやあがればいい」とか。「この悪魔の悴どもめが、親爺の跡を追つて絞首台へあがる支度でもさらすがええ」とか。「忌々しい悪魔めが、貴様なんざあ、我が子の顔も見られねえで、くたばつてしまやがるとええだ」とか。さらには、「ああ、神様！　なんだつて、罪深いわしどもにこんな不仕合せを下さるだね？　この世の中はこのとほり碌でもねえものだらけなのに、まだその上に、あなた様は嬶《かか》あなんてものをお創造《つくり》になつただ」とか。

呪いと誓いと、霊を呼び出すのと鎮めるのとが、彼の地の言葉でも、おそらく一語に納まるのだろう。これが物語の生命である。

（「読売新聞」平成六年十二月十九日）

馬の文化叢書　第九巻「文学――馬と近代文学」解題

1994

一

解題はほとんど無用かと思われる。ただ読んでいただければ、どの作品にもどの小篇にも、馬に関心のある方ならばかならず、思わず点頭される箇所があるはずだ。また、思いがけぬ事柄や描写に目をひらかれることもあるだろう。そして通読の後、これも近代日本人の、馬についての体験の、ひとつの全体をなしていると感じていただければ、編者としては幸いである。

初めにこの「馬の文化叢書」の文学篇の編纂を依頼された時、私は日本文学における馬と解して、けっしてたやすい仕事とは思わなかったが、さほど難事とも考えなかった。まず「平家物語」の生《いけ》食《づき》・摺墨《するすみ》、さらに宇治川先陣の場面が浮かび、それがまたさまざま軍記の、精彩ある馬の描写をかずかず導き出してくるようだった。歌のほうへも思いは行った。

――逢坂の関の清水に影見えて

いまや引くらん望月の駒　貫之

このような馬を詠んだ名歌が、八代集や私家集の中を探せばいくつも見つかるはずだ。むろん万葉集にもあるだろう。さらに古代歌謡、神楽歌《かぐら》や催馬楽《さいばら》、あるいは「梁塵秘抄」の今様、時代を降れば「閑吟集」などの中にも、おもしろい馬の姿は見出せるかもしれない。俳諧俳句はその宝庫である。

――卯の花に芦毛の馬の夜明けかな　許六

さかのぼって連歌の内も探らなくてはならない。いや、源氏物語を初めとする物語の中にも、馬の姿の見える艶なる場面はあるにちがいない。「今昔物語」などの説話にはもうふんだんに馬が登場する。

などとあまりの豊富さを思って、はたしてさばききれるものか、と持てる者の歎息をつきかけたところへ、時代は近代、明治以後の文学に限定しますと補足されて、はたと思案に詰まった。

これはたちまちむずかしい課題となった。なぜなら、近代日本文学の展開はおおよそ、日本人の生活の中から馬の姿の消えて行った過程と重なるからである。西洋文明の受容によって社会は急激な変化を見た。そしてそれによって知識人たちの精神は追いつめられた。その苦悩の内に日本近代文学の展開の一大原動力はある。しかしここに馬が入りこむ余地はあるだろうか。たとえば日本近代文学の代表者とされる夏目漱石の「こころ」や「道草」や「明暗」の中に、そもそも馬の存在は可能だろうか。

しかも近代日本文学の大都市集中は、ほかのもろもろの近代の現象と比較してみてもはげしい。流入者たちによって年々ふくれあがっていった大都市の混乱の中から、近代日本文学はかなり急速に形造られて行った。むろんその間、農村および農民の文学も健在であった。また都市生活者となった文学者たちの中にも農村出身者がすくなからずいて、郷里のことをさまざまに語った。馬の見える文学の集を編もうとするならば、どうしてもそちらのほうの文学にたよらなくてはならない。しかし都市文学の中にもどうにかして馬の跡はたどれないものか、とこれが編者の思案であった。困難な試みと覚悟した。なぜなら、西洋文明を受容しながらその精神は受け止めかねたと言われるさまざまの事柄の内で、最たるもののひとつは、西洋の馬事文化ではないか、と思われたからだ。

二

なぜこの作品がこの集に採り入れられたのか、と読者がまず首をかしげられるのは、森鷗外の「鶏」であろう。左遷されて小倉にあった時代を淡々と振り返った佳篇ではある。しかし表題は「鶏」であって「馬」ではなく、馬は作中顔を現わさない。編者もこれを採るかどうかとだいぶ苦慮させられた。じつはこの集を編みにかかるにあたって、編者の念頭に真っ先に浮かんだ作品であるのだ。これを糸口とすれば、微妙な編集にすじみちがつけられるのではないか、と期待したほどだった。ところが読み返してみれば、記憶とは違って、馬はなかなか出て来ない。とうとう出ずじまいに終った。にもかかわらず、ここに描かれているのは紛れもなく、馬のいる生活なのだ。借家の裏庭の畠の西の隅に厩《うまや》がある。厩には別当部屋が附いている。馬は横浜から船に載せられて小倉に着いた。主人公と下女と別当の三人暮らしである。主人公は馬に乗って司令部へ出勤する。陸軍の少佐である。別当は東京からあらたに傭って来たという。厩からは馬の手入れをする金櫛の音が聞こえる。馬が足を踏み更えて蹄鉄が敷板を鳴らす音もしている。軍からは一人一日精米六合のほかに、馬にも定則の馬糧代が支給されているらしい。馬というもののいる都市生活者の日常を描いて、近代日本文学の中で貴重な小説である。読者はこの家の内に馬の存在を感じて初めて、その暮らしのたたずまいと、そして主人公の立居をこまやかに思い浮かべられるはずである。それは単に軍人の生活というばかりでない。職業柄という以上に深く、主人公は馬のいる生活に馴染んでいる様子なのだ。鷗外の旧武士階級という出自が思い併される。さればこそ、この生活態度であり、このストイックな達観、愉楽と諧謔である。また、倹約の暮らしを送りながら、別当や下女の狡智にいいようにされる迂闊さも、それに気がついた時の、騙した人間と騙された自分とをひとしく突き放すような、非情とも見える淡白さと、そこにやはりなにがしかひそむ哀感も、威儀をただして馬に乗ることが日常の姿勢にまで染みついた人間を思えばこそ、おもしろく読める。日本伝来の馬事文化の、名残りの姿と言えるだろう。それが同時に、西洋馬事文化の影響を形の上だけでも最も強く受けたはずの軍隊に身を置き、さらに当代きっての西欧的知性として世に通った人の作であった。

もう一篇、読者にはあるいは場違いのように感じられるかともおそれられるのが、幸田露伴の文章である。これは「露伴評釈芭蕉七部集」の中の、「猿蓑抄」の中の、「きり〳〵すの巻」の評釈から、第七句目の部分を採ったものである。あるいはまた読者はそれよりも先に、発表年順に並べた目次を眺めて、露伴の名がずいぶん後に、菊池寛や伊藤整よりも後に見えることに、訝りを覚えられるかもしれない。露伴は慶応三年（一八六七年）、漱石と同年の生まれであるが、没年は戦後の昭和二十二年（一九四七年）である。そしてこの芭蕉七部集の評釈は昭和四年仲秋とある露伴自身による跋によれば、今年たまたま旧業を継いで七部集を評解し終えたとあるが、その後も改訂を続けて一部ごとにあらためて発刊し、完結に至ったのは昭和二十二年、亡くなる年の春であったそうだ。

「露伴評釈芭蕉七部集」は芭蕉七部集の中の連句だけを評釈したものである。連句とは複数のメンバー（連衆）によって長句（五七五）と短句（七七）を交互によみつないでいく連詩のことであり、たとえばａｂｃと三句続くとすれば、ａｂとｂｃとでそれぞれひとつのまとまりをなし、しかもａｂからｂｃへ何らかの展開がなされるというかたちでさらによみつがれていく、と平たく言えばそういう趣向になる。「猿蓑」は「芭蕉七部集」中の五番目の集、「きり〳〵す」は「猿蓑」の中の三番目の連句、ここに採ったのはその第七句目の評釈であるが、第六句、第七句、第八句の、三句の運びをあげればつぎのようになる。

　鶯の音にたびら雪ふる　凡兆
乗出して肱《かひな》にあまる春の駒　去来
摩耶《まや》が高根に雲のかゝれる　野水

六句目の「たびら雪」とは、軽くて大きな雪のことだそうだ。八句目の摩耶の山とは現在の神戸市の東北にある七百米ほどの海抜の山だそうだ。これだけを参考にして、露伴の文章を読んでいただきたい。

さて、どうだろうか。《かひなにあまる》を、句の要《かなめ》とにらんだようで、《言葉づかひおもしろし》とほめる。《乗出して》という言葉の、おそらくあらたまりの感じから、《都よりせる馬》と《都人の乗馬》を導き出す。《春の駒》という言葉の、いきおいを指摘する。そしてまた《肱にあまる》にもどって、これを狂奔のありさまなどと解するのは拙劣であって、《たゞ吾が思ふやうにならぬを、優雅に且又馬上の姿情を具して云へるなり》と、制御しかねながらも、鶯の声も耳に入ればたびら雪にも感ずる、余裕《ゆとり》ある姿と取りなす。

露伴の七部集評釈は連句の愛読者や愛好者、評論家や専門家にとって、多々批判すべきところがあるらしいが、しかし人は批判しながらも、その滔々たる語り口、その闊達なる蘊蓄の傾け方、その言魂《ことだま》の躍動には、おしなべて讃嘆するようだ。露伴自身の名作と呼ぶ人もある。ここに見られる馬と騎乗者の姿の描出も、編者は乗馬について和洋にわたり一向に心得のない者だが、美酒をつがれたような魅惑を覚えさせられる。馬に乗る、馬とともに働く、馬を養い育てるといういとなみのほかに、馬を眺める、そして馬について語るという歓びもある。これも馬事文化のひとつである。

三

柳田国男の三つの小文も発表年順の構成のために目次に散在することになった。編者は民俗学篇の領分を侵さぬよう、小随想として風情のある三篇を文学篇のほうに選んだ。それはまた、編者が柳田国男という人を最後の文人の一人と見ているところからも来る。「馬の仕合吉《しあわせよし》」には馬に寄せる人の心情にたいする独特な——けわしくなくてむしろ穏やかな——突き放しが見られる。人は見境もなく、あれこれ違った仏像の、頭の真中に梔子の実に似た馬の首をつけて、すべて馬頭観音にしてしまう。それは馬の急死に驚き、そして怖れ、不安の念を和らげるためであるが、しょせん人間のためのものだ、と言う。数多くの馬が今でもなお路傍で命を終えている、と言う。そんな眼でもって、仕合吉と染めた馬の腹掛が眺められているのだ。人間の身勝手も知らぬものだから、馬は黙々として人に附いて、馬頭様の前を通っている、と。

しかし「名馬小耳」では、馬の耳の微妙な動きを、人が神秘なものと見る、その心の奥を探っている。神を迎えるために馬を引いて行き、馬が立ち止まって耳を振るのを見て、来臨のしるしとする風習が現にあるという。神に捧げられる生贄の耳を切る、あるいは生贄を屠《ほふ》る、そしてその場所に塚を築いて永く神徳を記念するという古い習俗が現われている。

「絵馬と馬」では、エマというものの起源が馬を絵に描いて献納したことにあるという説に疑問を呈する。そして馬の描かれていないエマは現にいくらでもあり、それらは病気の患部を表わしており、それゆえ、奉納と言っても献上であるわけがなく、祈願の表白であることを指摘する。しかしそのような反証をあげた上で、それでも一方には馬の絵を神仏に捧げる地方が多くて、それがエマという標準語の発生を促したという事実にもどり、その理由に興味を示す。馬を祭式に不可欠のものとした、そのもう一つ以前の原因を探り、馬というものがわれわれの祖先の宗教感情にとって重要な何物かであったであろうことを考える。

馬への感情をはるか祖先の心の奥底までたどろうとした小試論であるが、このような発想がこれより後の馬をめぐる文学の数々において、柳田国男を読むと読まざるにかかわらず、はるかに谺《こだま》していることが、このアンソロジーを読み進むにつれて感じ取られる。その意味でもこの集には捨て難い小文であった。

四

上林暁の二つの短篇、「馬を去勢する日」（昭和七年）と「馬の墓地」（昭和九年）は日本人の馬への心情にとって、いわば禁域に踏みこんだ作品である。馬を題材にしてこんな小説があったのか、と読者は驚かれるだろう。上林暁の諸短篇を長年愛読してきた編者もこのたび初めてこれにめぐり逢って一読讃嘆させられた。

日本には騸馬の習慣がなかった、という話を人から聞いたことがある。日本の馬事の歴史について編者が知るところはすくない。とにかく「馬を去勢する日」の中には、秋の彼岸の中日にあたる一日、村の元気な牡馬が七、八頭、庭の広い家に集められ、馬医の手により去勢を受ける情景がつぶさに描かれる。馬医は口髭などを生やし、普段ヤイトなどをしに来る隣村の馬医と違って、助手や農会の技手と一緒に、馬車に乗ってやってくる。郡役所の命令により牡馬の去勢のために村々を巡回しているらしい。近代の制度である。ちなみに上林暁は明治三十五年（一九〇二年）生、生地は高知県幡多郡田ノ口村、現大方町だという。足摺岬のほうへ近い海辺になる。

子供の「私」は怖いもの見たさから、最後の一頭の手術が終るまで、日の暮れかかるのも気がつかぬほどに熱心に見ている。その日馬医たちを乗せた馬車をひいて来た馬は、二、三年前まで少年の家で飼われていて斃馬同然になりかけていたのが、たった一円で売られた後たくましく育った馬であり、その馬にたいする懐かしさの情は見られるが、去勢そのものにたいして子供がどんな感情を抱いたか、読者には見定めがたい。ところが、ひきあげる馬医たちが馬車に乗りこみ、夜道の備えに赤いカンテラが点《とも》され、そのほのかな光の中に、家の馬であったその鹿毛の牡馬の股間が照らされて、そこにも睾丸がないことに気がついた時、少年にこんな感慨がある。

――すると、鹿毛も一人前の、ハイカラな馬になつてゐるやうな気がした。彼の家にゐた時分は、まだ睾丸も抜かず、ぢゝむさい馬だつたやうに追憶された。

「馬の墓地」は斃馬の肉を喰う話である。それを無上の喜びとする特異な男が主人公であるのだ。村は海辺の松原の風蔭《かざかげ》の平野に固まっている。漁業を兼ねるが、農村であるらしい。村には馬たちがいる。ところが主人公の家だけが松原の外側にある。当地では樽屋と呼んで、桶屋である。そのほかに籾臼も拵らえれば、下駄の歯替えもする。傭われれば船大工の真似もする。地引網の繕いもする。仕事熱心で通った男である。夜までこつこつと働く。だいぶ貯めたと噂される。細君と二人暮らしで、娘は大阪へ身売りされた。本人は、もう古くから村へ渡ってきた樽屋とあり、長年住みついてはいるが一代の流入者である。馬を持つ身ではない。

この男が、松原の向こうの村の馬のことなら知らぬということがない。病気の馬の消息なら、なおさらくわしく、馬の病状の一進一退には獣医以上に心を配っている。それというのも、斃馬の肉をひそかに喰う楽しみのためなのだ。

楽しみどころでない。死にかけた馬を見れば、「抑へても抑へても抑へきれない喜び」が心の底から湧き起るほどのものだ。

ところで、読み進むうちにわかることだが、村の斃馬の屍骸は浜の松原のさらに先の、小松原の並ぶ砂嘴（砂浜が海へ嘴状に突出したところか）に埋められる。そしてそれを掘り出すことは御法度、つまり、露見すれば警察に引っぱられる。

荒涼たるものはあるが哀しいような成行きの話である。村の馬の一頭が死に瀕する。かねてから主人公の憎んでいた男の馬である。しかも近頃大金を足して買い換えたばかりの馬である。いよいよ今日というその晩、主人公は前祝いの晩酌をやりながら夜が更けるのを待つ。ところが、人が静まってから「墓地」まで来て掘り返してみれば、すでに先客たちに荒された跡であった。その先はつぶさに読んでいただきたい。

夏だけに場面はよけいに凄惨になるが、あたりは深い静けさに領され、夜の波の音や川舟の音や網を打つ音や魚の跳ねる音が読者の耳の内にもくっきりと立ち、かならずしもやましさのせいとばかりも言えぬ男の孤独の内へ読者の心を惹きこむ。砂浜から悪態をついて家にもどり、乏しかった獲物を鍋にして酒を呑みながら、たまたま家で一夜の宿を接待することになった二人の癩病の巡礼の娘の、土間に敷いた筵の上に眠るその無心な寝姿に酔眼をやるうちに、あとからあとから涙が出てくる。

悪心と純心のひとつに融けあったような人物への関心はさておくとして、この小説がおのずと踏まえている村の生活の構図、馬を持つ暮らしの村民たちと、馬を持たぬ暮らしの流入・単独者との対照は、われわれの馬へ寄せる感情のどこかに、いまだに翳を落としてはいないだろうか。

五

馬とともに働く立場からの文学となると、馬の話も追いつめられたものになる。たとえば徳永直の「馬」（大正十四年）は、馬の泣く話である。十四と十一の兄弟が病気で寝ている父親に代って馬牽きの仕事に出る。夜の十時頃から発ち、氷詰めの魚を沢山積んだ八歳ぐらいの栗毛の馬を牽いて、七里ばかり離れた町へ夜明けまでに着かなくてはならない。途中で雨が降り出す。やがて土砂降りになる。そしていよいよ難所の、ぬかるみの急坂にかかる。馬も兄弟も疲れている。坂の七分までどうにか押しあげたところで、馬は前足を折りこんで泥の中に坐りこんでしまう。平首を擦りつけているというのは地面に首を伸ばしてしまうことだろうか。その馬の大きな眼に、涙がいっぱい溢れる。兄弟も馬の平首に取りついたままオイオイ泣き出す。

都市の青年の恋愛のおかしな結末を語った尾崎一雄の「馬は笑ふか」と並ぶと、いよいよ象徴的である。しかし徳永直の「馬」はこう結んでいる。

――馬は泣くばかりでなく、よく笑うことがあります。しかし東京あたりでは、笑うような、のんびりした馬は少ないようです。

馬を育てそして商う人間たちもまた一段と追いつめられた心になるようだ。馬という生き物、相場という生き物、どちらも変転の知れぬものに生活を賭ける緊張からだろう。

――上眼づかいを戻した鏡の面から、ぼっと油煙があがったので、おやと驚いて振り返ると、市場の受口の前にたかって糶《せり》馬の下検査を見物している人々のなかからどっと笑い声が上り、焼印を臀に捺された栗毛が熱がってぴょん〳〵後ろ足を蹴り飛ばしていた。

伊藤永之介の小説「馬」（昭和十四年）の中に見える一場面である。鏡というのは、糶の市場の入口のすぐ近くに建った急造の腰掛茶屋の店先で店の女が起き抜けの顔を向けている、安物の鏡台のことである。岩手の遠野まで汽車で三時間ばかりとあるから宮城の仙北郡あたりの糶市か。事変以来馬の値は急に跳ねあがったとあり、前年の市の景気も伝えられているので、昭和十三、四年の頃のことと推しはかられる。糶の市場の前には産馬通りと称する目抜きがあり、飲食店や馬引宿が見え、馬具、袋物、眼鏡、衣類、半端布《こぎれ》、木綿夜具などを商う屋台店で賑わっている。

馬の値が跳ねあがったと言ってもそれはそれなりに渋い事情はあるようで、取引きが軍馬、つまり重い馬を中心に動いているので、主として軽い馬を育成しているその辺の馬産地は恵まれない。お上はノルマン種を仕入れて、急に重い馬の生産を奨励しはじめたが、それまでのやり方をそうにわかには変えられない馬産者や農民たちの間に、困惑と不信が見える。無力感も兆しているようだ。それでも市場では赤毛氈を掛けたテーブルの真ん中辺に購買官（軍人か）が陣取って一足跳びに高値をつけると、「負けた」と仲買人たちは笑い、鑑定人はすぐに手を打って「軍馬御用」と叫び、人は良さそうな馬が入ってくれば「軍馬軍馬」とはやし立て、ひょろひょろの痩馬を見て「おや、こりゃいい馬だ、これだば軍馬間違いなしだ」とからかう声も受付のあたりで聞こえて、糶は盛りあがっている。

この旺盛なる糶の町の描出の中からも、高馬の育成に生活を賭けることになった人間の緊張と孤独は浮きあがってくる。土地の有力者からの預託のようだが、欲心という以上の強い情熱がはたらいているようであり、その情熱が実際にその人間を農民たちの心情のつながりから孤立させる。そしてまたその情熱が、いよいよ晴れの糶の日に、あたかも馬の死を呼びよせたかのような、不幸な事故が起こる。猥雑に近い市の空気を伝えながら、小説も「悲劇」の筋を踏んでいる。しかし作品の末尾の場面では瑕馬《きずうま》を糶場に巧みに牽いて、かりにも高値の声をあげさせ、馬喰たちの笑いを巻き起こし、見事に「喜劇」へ切りあげている。

軍馬の購買や徴発などで田馬や荷馬車が不足がちになった日中戦争開始直後の糶の風景を描いたのが伊藤永之介の「馬」なら、千葉治平の「馬市果てて」(昭和二十九年)はおそらく敗戦後数年、宮城のやはり仙北郡の、北仙北の馬市の立つ町から二里の山道を隔てた農村の人間に、軍馬の昔を懐かしがらせ、「んだ。輓馬が幅きかせるようになれば、馬市も終りだ」と嘆かせている。戦中にお上が奨励して馬産者たちを困惑させたアングロ種よりも、さらに重い馬しか求められなくなったのだろうか。米作のかたわら馬一頭を育てて馬市で相応の値がつくのをひたすら願っている農家の話である。じつは待ちに待っていた馬市の日が来たのに、先日南仙北でおこなわれた馬市で馬という馬が二束三文の安値で買い叩かれたという噂を耳にして、馬を牽いて出かける気力も失せてしまっているのだ。売られた馬の平均価格が米四俵の価にもならないという。

小説の中心が女性、農家の嫁になっているのも、時代をすでに象徴していると言うべきなのだろう。男たち、老いた舅は昔の意地にとらわれて足もとの現実を見ようとせず、よその馬市の不景気を聞かされれば、「ああ、止めたよ。きれいさっぱり止めたよ。けち臭え馬喰の息ふっかけて貰いたくねえからな」とあっさりあきらめてしまうありさまで、海軍から復員した夫は馬の扱いが下手なら百姓仕事も同様で、海軍の生活から気持が呑気になって帰って来たように妻の目には映る。役場か農協の事務員におさまりたいと、それればかり考えて暮らしている。家のことを考えて苦労するのは嫁一人で、舅が他人の愚痴にあおられて、馬を売るのを放棄してしまったのを奥で聞いた時には、思わず膝を床に落としたほどだった。それでも、何とか馬を売らねばならないと思っている。

馬市の果てたその翌日に馬喰たちが周辺の村まで足を伸ばし、農家の庭先に馬を求めて歩く。村に現われた三人の馬喰はいずれも腕こきの様子で、なかでも一人、仙北で名馬喰として鳴る親方がひそかについて来ている。その三人の身なりの描写が印象的である。また農家の庭先での取引きが、その呼吸も伝わるように描かれる。結局、舅の不承知で取引きは成らず、きっぱり見切りをつけてひきあげる馬喰たちの後を、思いつめた嫁が追いかけて親方に縋りついて哀願すると、老親方は女の気迫に動かされ、馬喰の心意気を呼びさまされ、鑼のただ中の気合いをこめて、「ようし！　この馬市あ、二万五千両だあツ！」と叫ぶことになるが、その前にその親方の口から時代への嘆きの声が聞かれる。

軍馬の抜けた馬市の相場は地元の運輸会社の商業資本にしゃぶりつくされ、農村不況の足もとを見すかして附け値次第で馬を引きさらっていく盗っ人のような馬ブローカーが増えたという。そう言う自分もしょせん当節の馬ブローカーの真似しかできないという。

百姓の馬にかけた深い苦労と情愛を思えば、胸中一片の信義がなくては済まぬ、と親方のつぶやくのが聞こえるが、この「胸中一片の信義」の来し方と行く末は、たどって見るに価すると思われる。

真山青果の「馬」や葉山嘉樹の「馬探し」も読者にとって幸運な出会いになるだろうと期待している。

六

もう二十年近く昔のこと、競馬というものを知らない知人を競馬場へ案内したところが、あいにく晩秋の冷たい雨の日になり、知人は泥まみれになって駆けて来る馬たちをなにか唖然とした面持《おももち》で眺め、ゴールを過ぎてもしばらく呆れたように馬たちを見送っていたが、目を返すと、「あれが、馬か」とつぶやいた。その知人は農村出身で幼い頃から農耕馬を見馴れて育った人であり、私は東京の生まれ育ちで長じてから競走馬というものになしくずしに馴染んで来た者であるが、サラブレッドへの知人の違和感はとっさに理解した。私にとっても、馬とはあのようなものでなかった。東京にも私の幼い頃には荷車を牽く馬はいくらでも見られた。それ以外の馬は知らなかったわけである。それでも、もしも小児の私に馬の絵を描かせたら、稚拙ながら、日常に見る荷馬車の馬よりも、見たこともないサラブレッドのほうへよほど寄った姿を投影していたのではないか、とそのような気がする。

育った環境にもよることだが、現在五十歳手前あたりから上の高年者にとっては、馬のイメージは過去の現実の馬に添うものと、理想の馬へ超えるものとの、二重像におのずとなるのではないか。幻の馬、幻想の馬はこの編書においても、泉鏡花の「高野聖」(明治三十三年)から、埴谷雄高の「闇のなかの黒い馬」(昭和三十八年)に至るまで、この二作を両極として、さまざまな濃淡によって現われる。泉鏡花と埴谷雄高を並べるとはおそらく、一般の評論や研究においてほとんど見あたらないことだろう。この両者をかりにも馬によってつないで眺めるのも、この編書のおもしろさである。

「高野聖」の馬は幻想の物語の中の幻想である。じつは馬でなくて、変身させられた人間であり、人の心と、そして愛欲の業《ごう》を持つ。これに配するに月下の美女を以ってする。その妖艶の魔力に馬は支配される、ひたすらそれに仕える。馬は人の愛欲の化身である。とそう取れる。作品の心に従えば、そう取るべきである。しかし馬に親しむこの編書の読者は、これをもっぱら馬の姿として見る眼を持つ。すると、現実の馬としても、その動作から身体の表情まで、簡潔ながらたっぷりと描かれているのがわかるだろう。馬のにおいも立ち昇る。馬がまだ十分に、生活の現実の一部をなしていた時代の作であることを思わせる。

「闇のなかの黒い馬」の黒馬は、「私」の黙想の真夜中過ぎに、冬の闇の遠い虚空から駆け降りてくる。音もなく、「私」の目覚める区劃へ入ってくる。私の幻想の馬、と作中まずそう呼ばれる。「私」は不眠の夜に、「いわば私の軀だけを材料とするところの感覚や意識に関する《冷厳な実験》」を試みている。ところが、あるとき、わずか数丁先の闇の空間をかすめる小さな——掌にのる模型ほどの——黒馬とのあいだに、思いがけぬ出来事が起ったという。出来事とあるからには、全体が黙想の内のことであるとしても、すくなくともそのとき、馬は「私」の外部にある存在として感覚されているはずである。そして「私」は黒馬とまっすぐに眼と眼を見合わす。そのとき、灼熱する何かが烈しく「私」を打つ。

——恐らくこのような種類の生物に接する機会は生涯あるまいと思われるほど永劫に医やされざる絶望と深い悲哀の混合したなかの限りもない諦念に充たされた、限りもない穏和な眼の光がそこにあつたからである。

おそらくこの編書の読者の眼はこの箇所に止まるだろう。そして自身の馬の体験の内を探ることだろう。

作品の末尾にもう一度、「私」にとっていまひとつだけ確かなこととして、この馬の限りもない穏和な眼があらわれる。

――ヴィーナスの帯の彼方、闇の果て、へまで私をつれてゆけるのは、暗黒の深い意味を知っているこの黒馬のみであるに違いない。

これは柳田国男が「名馬小耳」などで考察した、馬の耳の微妙な動きが人の心にもたらすものとも、無縁だろうか。埴谷雄高の文学は深遠難解であるが、馬をつくづくと眺めたことのある者には、この黒馬の眼は見える。悲哀はむろん、その絶望の静けさもわかる。このような超越の作品を、馬のつながりの中で読むのも、思いがけぬ理解が点《とも》って、楽しいものだ。

小島信夫の「馬」（昭和二十九年）は不思議な小説である。意味ばかりをたどって読めば、「闇のなかの黒い馬」よりももっと難解な話である。ある晩、家の主人《あるじ》が帰ってくると、家の敷地に、主人に断りもなしに、普請のための材木が積んである。「誰に置かせてやったの」と妻にたずねると、「私が置かせたのよ」と妻は答える。「そう、誰が建てるの」とたずねると、「そりゃ、あなたよ」と答える。「誰が住むのだ」とたずねると、「住むのはあなたよ」と答える。あげくには、「あなた、うれしくない。ほんとうはうれしいんでしょう」と妻に言われると、夫は妙なくすぐったい気持にならざるを得ない。かくして家の主人の不承知な改築が勝手に始まる。

当世、家の新築や購入、改築や改装や買いかえに苦労したことのある人なら、むろん自身の意思と責任と、そして稼ぎによっておこなったことであったにせよ、なにやら身に覚えのある節がないでもなし、書かれたことを書かれたなりに受け容れて読むうちに、いつか微苦笑を誘われていることだろう。

さて普請が終えると新築の二階家の、階上は人の住まいで、階下は馬小屋、いや、馬の部屋になっている。知人の競走馬をあずかることになった、と妻は言う。馬の下宿人であり、部屋代が入る。栗毛の三歳馬で競走の予定はさしあたりなく、名を五郎と呼ぶ。馬の部屋は上下水道、冷房完備、周囲の壁には血統を示す祖先馬たちの写真がかけられ、さらに主人のものであった書籍が大部分ここに移され、そのほかに馬に関する図書が書架を埋め、テーブルや安楽椅子もそろっている。このどっしりした椅子を、主人はいかにも馬小屋にふさわしいものと感じる。

競馬に親しい読者ならこの部屋のありさまに、思わず作中の主人の嫉妬の念に共感しながらも、なるほどと呻くかもしれない。なにしろ下宿人はサラブレッド、安く踏んでもアングロアラブである。しかも家の建つ高台からはまだ焼跡が見えて、そのむこうの道には今日も駄馬の通う姿も見えた時代である。やがて五郎の部屋に鍵がかかるようになり、入る時には「ちゃんとノックするものよ」と妻に言われる。やがて主人も、五郎の部屋へいきなり押し入ろうとしながら、ついノックをするようになる。

カフカ流の変身譚をかすめる小説だと思われる。馬はその存在が唐突というだけで、それ自身、幻想の影を帯びていない。また、主人が馬へ変身するわけでもない。いくらかは分身しているようだが、それよりも、馬が家の内にいることによって、主人は主人のまま変身、つまり日常の不条理な存在を露呈させられていくようだ。

小川国夫の「黒馬に新しい日を」（昭和四十四年）はまさに変身譚である。しかも馬に変身しながら、家に牽きもどされて、ひきつづき日常を、縁者たちの懊悩と、自分の失跡したのちの人の成り行きを、物言わぬ心で眺める。文章は幻想にたよることがすくなく、どこまでも平明に透明に現実を映していく。すでにして、映るすべてをそのままに吸いこんでいくような馬の澄んだ眼を思わせる。また、馬の姿を見る作者の眼は確かである。馬の姿をよほど熟知あるいは熟視した人の作品と言える。しかしここでも馬は彼方へ超える仲介者であり導き手である。変身した人の心はおそらく、馬の存在の中から、やがて因果の彼方へ超えていくのだろうか。

木下順二の「馬への挽歌――遠野で」（昭和四十三年）は、魅力ある随筆集「ぜんぶ馬の話」の中でも最も魅力あり、柳田国男の「遠野物語」を今の世にいま一度確かめ更新させた名篇であり、私などの解説を加える余地もないと思われるので、一篇の末尾に近く、著者木下氏が土地の老人たちのうたう古い馬子唄に耳を傾けながら、同じ柳田国男の「広遠野譚」の、巫女の神降しの唄と馬子の追分節との類似に着目した仮説が、単に亡びて行くものへの懐古としてではなく心のうちにうごめくのを感じた、その訳として記された言葉を引いておきたい。

――一足とびに飛んでいえば、なぜ人間は生き続け、また生き続けて行くのか、行かねばならぬのかという、私たちの今とこれからとにつながる、それは疑問であり感慨であった。

七

その木下氏も同じ随筆の中で、遠野の二歳馬の春の糶は、十年前には千二百頭であったのに昨年（昭和四十二年か）はわずか百二十頭になり、それもほとんど東京の屠場へ直送されると、地元で聞いたところを伝えている。

馬をほふる、これも馬と人間社会との、避けられぬ関係のひとつであり、馬に馴染んだ人間にとっては悪夢と感じられるが、しかし紛らわしようのない現実なのだ。

山口瞳の小説「アポッスル」（昭和四十三年）の中には、「小生」が人から聞いて記憶に留め、さらに自身の内でもふくらんだ暗い光景がある。馬たちは屠場の近くまで連れて来られると事を悟って動かなくなるものもあり暴れるものもあり、そこで誘導馬というものがあり、気の立った馬たちをしずめて導く役をなすが、その誘導馬もそれを何回もつとめるうちに厭気がさして役をなさなくなる。あるとき、若駒が暴れだし、屠場の門を出て品川から新橋方面へ一目散に駆け出すと、ほかの何頭かの馬たちと誘導馬が後に続き、群れをなして朝の銀座通りを暴走する……。悪夢のような幻想だが、人はこれを読んで、絶望の内の解放感に心が騒ぐのではないか。そのとき、いくらかは馬の身になっている。心の深くにあるこの幻想と、作中、人の現実の死が重なる。月曜日の朝に主人公をいきなり電話で呼び出して屠場見学の案内をしてくれた知人が、じつは金曜の晩から病院につめて、ついこの早朝、長年の思いの女性の死を看取った、その足で屠場までやって来たことを、主人公はやがて知らされる。

田久保英夫の小説「深い河」（昭和四十四年）は、人が馬とともに窮地に閉じこめられ、人は馬を殺さぬかぎりそこから脱出できぬという絶体絶命の話である。窮地と編者は言ったが、それは戦乱と平穏とのはざまにぽっかりと開いた、法や統治や社会道義から疎隔された空間である。時代は朝鮮動乱のただ中、昭和二十六年の秋、場所は九州の雲仙の高原にある米軍駐留地、主人公はそこにアルバイトに来ている学生、「要員」(employee) たちの一人、厩務要員である。土地の近所から徴集した馬たちを世話して佐世保へ、そこからおそらく半島へ、送り出す。難民や負傷兵用に不足した、血清を採るためである。小説の始まるところではしかし、主人公は夏を終えて引揚げる仲間たちと別れて、日本人の監督《チーフ》に頼まれて四頭の不合格馬のさしあたりの世話のために後に残り、すでに要員ではない。駐留地の外側に留まり、通行証も持たない。そこへ馬たちの一頭にスワンプ、伝染性貧血の徴候が出る。殺処分にしなくてはならぬ悪性の伝染病である。責任者の日本人チーフは学生を置いて逃げ出す。すでに二百頭余りの馬を米軍に納めた後のことであるのだ。主人公たちは馬の病気のことを初めは外に隠すが、やがて駐留地に届ける。しかしその軍からは、半島の激戦のほうへ頭を奪われているらしく、何の沙汰もない。「伝貧」の噂だけが地元へひろまったようで、牧草地の草を刈るにも盗人のようにやらなくてはならない。街へ訴えに行くにも、要員ではないので麓までの交通の便がない。孤絶の中で日に日に追いつめられる……。

こんなこともあり得たのだ。戦乱と平穏のはざまの疎隔の閉所へ人はいつ落としこまれ、必然というものの陰惨な素面に、孤立して対面しなくてはならぬことになるか知れない。四十年あまり経ってもいよいよ新しい恐怖である。

八

――生が終って死がはじまるのではなく、生が終れば死も終る。死は生につつまれていて、生と同時にしか実存しない。

これは寺山修司の、「モンタヴァル一家の血の呪いについて」（昭和四十二年）の中にみずから挿入した、死についての感想である。おそらく長年の感想であったのだろう。読む者にとって、死ねば死もなくなるという安心のほうに飛びついたりせずに、自分の生の底へ沈めてみるべき言葉である。

これだけ深い生死の感想が、すでに著者によってながらくいだかれていたものであるにせよ、モンタヴァルの血統をめぐる不幸は人の心を打つものであるにせよ、競走馬へ思念を傾けることによって、あらためて絞り出されてくるものだ。競馬にまつわる喜怒哀楽、人の心の機微、さらには奇行愚行をつぶさに伝える文章のおもしろさもさることながら、編者はこのような、人の思いが競馬というものを突き抜けて、曲折はさまざまだが、生死の深みへ、あるいは彼方へ超えて行く、あるいはつかのま超えて行きかかるところに、殊に惹かれる者である。寺山修司はこの文の仕舞いにホイットマンの詩を引いている。

――ちょうど霊魂が霊魂だけを理解するように。

競馬小説中の名作と言われる織田作之助の「競馬」（昭和二十一年）もそうではないか。人間の業《ごう》の話である。死んだ妻への恋情と嫉妬の業が妻の名の一代《かずよ》の、一の数字へと切り詰まって、主人公は競馬場で来る日も来る日も単勝一番を買い続ける。そして帰りの旅費もこれではたいたレースでついに一番の馬が、しかし追込馬のくせに四コーナーで先頭の馬に並びかけ、直線で先頭に立ってしまう。そして逃げて逃げて、とうとう逃げきった。単だ、単だ、大穴だ、大穴だと主人公は絶叫しながら、生前の妻をめぐる恋敵の影である男の、ジャンパーの肩に抱きついて涙を流す。

――嫉妬も恨みも忘れていた。

心はどこかへ超えていたはずである。

同じく競馬小説中の佳篇とされる虫明亜呂無の「シャガールの馬」（昭和四十六年）の中でも、主人公は有馬記念の大本命馬となるはずの馬がレースに負けるだろうことを、その馬の体の悪い予徴からして、知っている。死ぬだろうとも予感している。小説が進むにつれ、過去の死の表象がつぎつぎに去来して現在に翳を落とす。最後に主人公は有馬記念の当日の競馬場の窓口で、別れた女性がその後の人生に行き詰まり転機の願いをこめて、本命の馬券を買うよう主人公に託した十万円を、ほかの二頭の連勝へつぎこむ。この裏切りによってこの国を去ろうとするのだ。

――君とふたりして、行こう新世界……。

そんなメロディーを口ずさんでいるが、その女性には永久に会うことはないと思っているので、君とふたりしてであるわけがなく、またすでに馬の影を追って外国をへめぐった末に行き詰まって帰って来たらしい主人公には、新世界はないと想像される。何処へおもむくのか。

岩川隆の「窓口歳時記」（昭和五十七年）は、競馬場での奇人あるいは奇妙な達人の姿が見事に描かれ、それが特殊でありながら、馬券に思案をめぐらす客一般の心と生態とをやはり象徴しているので、つい我が身をかえりみて苦い笑いを誘われるところだが、なかでも、「馬券は背中でやるものだよ」と、馬でも馬場でもなく、背後のスタンドの客の雰囲気を感じ取ることが馬券買いの要だとする話には、編者はいたく心を惹かれた。辻占に通じる。群衆そのものからばかりでなく、群衆の間にそこはかとなく漂う不思議な気から、声を聞き取ろうとする巫覡《ふげき》の者、背中ながら予見者を連想させる。たしか柳田国男の伝える、市や辻には群衆に混じってこの世ならぬ者たちも往来しているという古い信仰も思い出させられた。競馬場で途方に暮れた者にとっては、なかなか現実味のある話なのだ。

最後に水上勉の名篇「雪みち」（昭和五十一年）の仕舞いの、娘が馬に乗り母親が馬を牽き、水《すい》勒《ろく》の手綱は馬と母親の間でぴんと張り、娘は時々手綱でその馬の歩調を早めさせ、母親は馬におくれまいと背をまげて顔をつき出すようにして歩き、西の方へ、西の方へと母娘して野をよぎる、その白銀一色の中の青栗毛を見送りながら、解題の筆を置きたい。

中山の坂をたどる男の姿は、見送らずともよい。

馬を巡る作品の採集に尽力された日本アート・センターの編集部の方々に心から感謝したい。編者一人の力では到底ここまで集まらなかったところだ。

（『馬の文化叢書　第九巻「文学――馬と近代文学」』馬事文化財団、平成六年）

土手——幻想の往来

1998

——土手の松に月大いなる猫の恋

昭和十二年に東京は麹町の土手三番町——のちに五番町——へ越してまもなくの頃と思われる内田百閒の句である。月の形をいくらでも大きく想像する程、この俳句はよくなる、と百閒はとぼけて自賛している。師匠の漱石の『猫』への思い出もある。首をくるのに甚《はなは》だ手頃な松の枝ぶりであるという。

家の表に出るとすぐ前に土手が、外濠の土手が見えた界隈らしい。その土手の内側の住まいにあって、百閒は暇さえあれば琴を弾いていた。郷里岡山で中学生の頃から馴染んだ琴である。土手勾《こう》当《とう》、土手之都《いち》と自称していた。

昭和二十年五月二十五日の夜、その土手の界隈も炎上した。東京最終の大空襲である。火が迫り、百閒は「家内」とともに、家を捨てて、吹きつける熱風の中を雙葉学園前の土手まで走った。一合だけ飲み残した一升壜を、片手にしっかり握っている。逃げまわる途中、苦しくなると、ポケットに持参の小さなコップへ「家内」についでもらって飲んだ。土手の道端でもときどき飲んで、夜の明けた頃、コップに一杯半で、お仕舞いになった。

百間――初めは百間――なる号からして、土手に縁がある。百間川とは岡山市の東北で旭川と分かれる、百間幅の放水路なのだそうだ。この土手のあたりに少年百間はしばしば来て多感な時を過ごしたそうだが、それよりも、夜の土手の影は少年の眠りの中で、どのように、ふくらんだことか。

――高い、大きな、暗い土手が、何処から何処へ行くのか解らない、静かに、冷たく、夜の中を走つてゐる。

百間三十二の歳に発表された短篇「冥途」の冒頭である。土手の下に一軒、小屋掛けの一膳飯屋がカンテラの光をひろげ、「私」の隣の腰掛けに四、五人連れの男たちが静かに談笑している。その声にいちいち私は心を揺すられ、涙をこぼさんばかりなのだが、振り返れば男たちの姿ははっきりしない。そして、

――時時土手の上を通るものがある。時をさした様に来て、ぢきに行つてしまふ。その時は、非常に淋しい影を射して身動きも出来ない。みんな黙つてしまつて、隣りの連れは抱き合ふ様に、身を寄せてゐる。私は、一人だから、手を組み合はせ、足を竦めて、ぢつとしてゐる。

「時をさした様に」の「さす」は、点《とも》すの意味だろうか、注ぐの意味だろうか。客たちは故人たちらしく、その内の重立った年寄りが亡父であったとやがてわかる。しかし土手を通るものとは、何か。

それから十三年後に刊行された第二創作集『旅順入城式』の内の、「昇天」にはこんな《情景》が見える。

――この頃毎日夕方に風が吹いて、ぢきに止んでしまふ。風の止んだ後が、急に恐ろしくなつて、部屋の中に身をすくめた儘、私は手を動かす事も出来ない。しんとした窓の外を人が通る時は、閉め切つた障子を透かして、その姿がありありと見える。静まり返つた往来に、動くもののない時は、

道を隔てた向うの土塀が、見る見る内に、私の窓に迫つてくる。

東京の町なかのことである。しかし「冥途」の内の、土手の上に物の通るけはい、通った後の静まりの恐ろしさと、不思議に重なる。人の往来の絶える時、道を隔てて私の窓に迫る土塀は、土手の影ではないか。閉めた障子を透かして、表を通る人の姿がありありと見えるとは、「冥途」の末尾の、亡父をふくめた客たちがぼっと薄白く明るむ土手の上を、ぼんやりした尾を引くように去っていくのと、正反対のようだが、しかし、《ぼんやりとしか見えない》と《ありありと見える》とが、たがいに通じあうのが、幽明の境というものではないか。いささか深い縁のある女人が、遠い郊外の結核療養所に、明日をも知れぬ命を養っている。

同じ創作集の内の「大尉殺し」では、三十何年も昔に殺された大尉が夜汽車に乗っている。下手人の男も大尉の前の坐席にいる。やがて汽車は高梁川《たかはし》にさしかかる。鉄橋の土手にひとかたまりの藪があり、汽車の接近に感じて動き出す。その時、凶行は起る。汽車は鉄橋を渡る。そして、――土手の藪の中にその響が残つて、汽車の行つてしまつた後まで、藪はいつまでもごうごうと鳴りながら、ゆらゆらと動いて止まらなかつた。

いつまでも、とはどれだけの間か。三十何年昔に汽車が鉄橋を渡った時から、おそらく、その凶行の時が「私」の心を怯えさせるかぎり、永劫のように、土手の藪は鳴り続ける。

「菊」の中には、百間が教鞭を取っていた大学の近くの、外濠の土手が見える。行事の準備のために連夜大学に居残っては、帰りに土手の、夜ごとの姿を眺める。

――外に出て見ると、いつの間にか冷たい雨が降り出してゐる事もあつた。強い砂風の所為《せゐ》で、土手裏のほの白い道が曲がつてゐる様に思はれる事もあつた。又穏やかな靄のために、道に沿つた濠端の土手がいやに膨れて大きくなつてゐる夜もあつた。

強風のために土手裏の道が曲がっているように思われるとは、おそらく土手はもともとわずかに湾曲していて、日頃はそれとも気づかれないが、風が横腹から吹きつける夜には、その湾曲が土手沿いの道の白さに感じられるということなのだろう。本来の姿をときおりあらわすというのも、変幻のひとつである。土手は変幻のところなのだ。そして人はその変幻におのずと呪縛される。

土手とは何だろう。大川の土手がある。小川や用水にも土手があった。田の畦も土手のひとつではないか。乾いた所と濡れた所とを仕切るのが土手だと言える。鉄道の土手もまず冠水を防ぐためのものだ。

昔、人は平地の湿潤を避けて山つきの地に暮らしたという。灌漑はまず水を捌くための工夫であったらしい。水を治めて、平地に田と村落がひろがる。町になり、土手は高くなり、やがて都市ができる。都市人の暮らしも、その成り立ちから考えれば、土手の内にある。

土手が高く長くなれば、それに沿って、とかく風が走る。陰を封ずれば、陽との均衡が破れて、空気が燥ぎやすくなるという説が、古くにはあったそうだ。土手の役目はたしかに陰を、水を封ずることにある。しかし土手そのものは乾湿の、陰陽の、境界である。その境を風が走る。風とともにさまざまなものの、においやけはいが通る。死者たちも往来する、と感じられる。それらの「声」にひとたび魅入られた者はのちに都市に住もうと、家並みを走る風の内にも、その静まりの内にも、土手の呼び声を聞く。

かく言う私も三十年来、武蔵野を蜿蜒とうねり続いたという往古の用水の土手から、ほど遠からぬ所に暮らしている。用水はとうに暗渠となり道路の下に埋めこまれ、風が通るばかりで、土手は影も失せたが。

（「FRONT」平成十年十二月号）

バラムの話

1999

旧約聖書の民数紀略の第二十二章に預言者バラムの話が見える。

モーゼの率るイスラエルの民が死海の東のモアブの国にまで迫った頃のことである。モアブの王バラクは敵の軍勢の強大さを恐れて、これをまずバラムによって呪わせようと考える。預言者というものは予言ばかりでなく祝福や呪咀も神から預って、これを人や民の上にくだしたものらしい。呪われた軍勢は敗れる。バラムはユーフラテスの流域の住人である。よほどの名声が鳴り響いていたようだ。

王の使者たちはバラムのもとに至る。高価な報酬の約束を携えてのことだろう。バラムは使者たちに一泊のもてなしをして、その間に、神の声に訊く。行くな、が神の答えだった。イスラエルの民を呪ってはならぬ、あの民はすでに祝福されているのだ、と。祝福されていれば、戦《いくさ》には勝つわけだ。

報告を受けたモアブの王は諦めず、さらに大勢の、さらに高位の臣下たちを使者に送る。すでに神の声を聞いたバラムは使者たちの申し出を断わる。たとえ金銀を家一杯に積まれようと、主なる神の命令に背くことはできぬ、と。しかし遠来の客にたいする礼か、使者たちにやはり一泊のもてなしをして、その間にまた、神の声に訊く。念のために、だったのだろう。すると、行け、と神は命じた。

人には推し量れぬ神の深慮ということでここはおさまるだろう。ここまでを話の一段目として、しかし二段目へ移って早々に、読む者はあらわな撞着にぶつかる。バラムがモアブへ発ったのを神は見て、怒った、とあるのだ。

神は怒って、バラムの道中へ天使を遣わす。バラムは二人の若者を伴に連れて、驢馬に乗って行く。その行く手に天使が抜刀《ぬきみ》をひっさげて立ちはだかる。その姿がバラムには見えない。伴の者たちにも見えぬらしい。驢馬だけが天使の形相に怯えて、道を逸れて野へ逃げかかる。バラムは驢馬を叩いて道へ戻らせる。すると行く手に天使がまた、葡萄畑の石垣と石垣との間で狭くなった道に立つ。驢馬はこれを道の片側へ避けようとして、バラムは片脚を驢馬の脇腹と石垣との間にはさみつけられ、かなり頭に来たことだろう、驢馬を叩いて先へ進ませる。天使はさらに先の、道が一段と狭まって、左右へ避けようもないところに立ち、驢馬は逃げ場を失って地面に膝をついてしまう。バラムはいよいよ怒り狂って驢馬を叩きまくる。すると神は驢馬に口を利かせ、これまで従順一方に仕えてきたのに、なんでこんな目に遭わなくてはならないのか、と驢馬は訴える。そこでバラムの目はひらき、天使の姿を認めて、地にひれ伏す。天使はバラムを咎めて、なぜ三度も驢馬を叩いたのか、もしもこの驢馬が避けようとしなかったら、わたしはお前の命を奪っていたことだろう、と責める。バラムは神をおそれる。ここからすぐに引き返すことを思う。

ところが天使の口を通して神のくだした命令は、行け、であった。モアブへ行けということである。しかし神がお前に言ったことのほかは、一切語るな、と再度戒める。

神の「不可解ななされよう」に、読む者は頭を抱えこむところだ。じつは同じ主題の、二系列の物語がここで交差しているのだそうだ。つまり、一段目は神の言葉にのみ従う正しき預言者バラムの話だという。行くなと禁じておいて、行けと命じた神の深謀もふくめて、筋は通る。それにたいして二段目は、神の言葉のかならずしも聞こえぬ、あまり正しくもない預言者バラムの話だという。モアブの王の約束した報酬に惹かれて、神の民を呪いに出かけたので、神は怒って天使を遣わした。最後のくだりの神の命令は、心を改めて引き返すことを思ったバラムを、ここであらためて預言者としてモアブへ、モアブの滅亡を告げに、おくりこむ、と取れる。ここで一段目と話は合流する。

なるほど、これで腑に落ちぬところはおおよそ落ちたことになる。しかし、ひきつづき拘《こだわ》っていたいような気はする。古来から無数の人間がそんな伝承の事情とも知らずに、書かれたままの筋で通して読んで、なやんできたわけだ。モアブへ行けとの命令に従ったまでのことであるのに、出かければ神は怒り、殺戮の天使をさしむける。しかも天使の姿は驢馬の目には見えているのに、預言者たる者の目にはまるで見えなかった。その上、驢馬のおかげがなければお前は命を絶たれていたところだ、と天使に後から脅される。この惨憺たる不条理が、困惑して読む者にとって、いつか深く覚えのあることのように、心に染みるのだ。

ここでまた命令に従って旅の道を進めれば、神はそのことでまた怒るのではないか、という危惧すら読者の内で尾を引くが、バラムはそのままモアブに至り、王の前で三度にわたり、イスラエルを祝福しモアブを呪うところの神託《オラクル》をくだすことになる。

敵陣を望む山上に立って敵に呪いをかけるという風習があったものと見える。古代中国の、遠くから敵を睨む、「望」にも通じることか。

アラムの人であるバラムとモアブの王がそれぞれ神のことを口にしながら、お互いに異った神を思っているような様子も見えないことも、興味を惹くところだ。

それにしてもモアブの王はバラムを、これほどのことまでされながら、どうして無事に返したのか。祖国滅亡の神託はたしかに王にも聞こえていた。しかし聞こえていて聞こえないというのも呪いの内であり、すでにイザヤの呪いを先取りしたことになるか。全体として凄さの内に哀しみと滑稽味のそこはかとなく混る話である。

（「文學界」平成十一年二月号）

思い出の映画『リチャード三世』

2010

近頃のことばかりか昔のこともめっきりあやふやになっているので、こまかいところの記憶に自信はないが、とにかくごく若い頃に、ローレンス・オリヴィエ主演の、『リチャード三世』を見ている。たしか、大学の受験が片づいて入学を待つばかりの、生涯で最も閑な端境にあたっていたので、昭和三十一年の三月のことになるか。所は京橋辺の、テアトル何であったかは忘れたが、洋画の封切館であった。

洋画邦画を問わず都心の封切館に行けるような分際では、当時の私はなかった。とぼしい小遣銭でせいぜい通ったのは、五反田名画座とか、ヱビス本庄とか、五十円ほどで入れる場末の映画館だった。GHQから返還された濠端の第一生命の建物のホールに、高校の授業のひけた後から友達と誘いあわせて、すでに往年の名画となっていた映画を見に通いもした。中学生の頃には、目黒の権之助坂の途中にあった目黒パレス座に、二流三流どころの西部劇などの二本立てを見にしげしげと足を運んだ。『リチャード三世』の切符は、都合が悪くなって行けなくなった人から、貰ったものらしい。

仕舞いのほうから話せば、修羅場でも見たような蒼ざめた気分で映画館を出てきた。折から戸外はめっきり春めいて霞みがちの暮れ方で、ふわふわと生温い空気の中、まだ鳥肌の立ちそうな体感を運んで、うわのそらの足にまかせ、銀座から数寄屋橋へ、濠端に出て日比谷へ、公園を抜けて虎ノ門の地下鉄の駅まで、いつのまにか来ていた。世の中は恐ろしい、人は怖い、歴史は酷《むご》い、とつぶやくだけでほかのことも思えない。空襲下を走らされてから十一年足らずの頃のことになる。

今から振り返れば、まだ時代柄、残酷さをそれほど剥き出しにした映画でもなかったように思われる。殺した上に赤ワインの樽の中に頭から押しこむという場面はあった。毛布をかぶせられて首を絞められた王子たちが、毛布の下で悶えながら動かなくなっていく場面もあった。しかし、これでもかこれでもか、と見せつけるでもない。むしろ恐怖をのぞかせる間合いの緩急が、観る者に戦慄を呼んだようだ。

即刻の処刑を宣告されたヘイスティングズ卿が断頭台の前にひざまずいて十字を切ると、次の場面は血にまみれた断頭台の前面を雑巾のようなもので拭うところだった。

そのヘイスティングズはその日、昼の内らしく会議の席上で、にわかに形相の変わったリチャードから、この男の首を見ぬうちは余は夕食を摂らぬぞ、と申し渡される。生首と食事、という取り合わせが、若い私の胃を捩らせた。そう言い捨てるとリチャードは席を立ち、呆然としているヘイスティングズに、懺悔をお急ぎください、とリチャードの手下がうながす。

その直前までリチャードは上機嫌そうにしている。会議に遅れてきて、ヘイスティングズ卿の代行なら上々、などと言う。席上の別の貴族に声をかけ、その邸の庭になった見事な苺をほめて、所望したりする。そのリチャードの今日の顔色を見て一同、ヘイスティングズをはじめとして、眉をひらく。

リチャードは大胆不敵のまた一方でじつは小心、優柔不断なところさえあり、その日の振舞いもそこからなしくずしに出たものではないか、小心さこそとかく人にたいしてよけいに残酷な仕打ちに走る、とそんなことを私が考えたのは、はるか後年のことになる。

ここまで来ると映画のことか原作のことか、記憶の判別がつきにくくなるが、ひとつだけ、映画の残像のように、リチャードが何かのはずみにちょっとした、お道化たような、冷ややかに狂ったような、しかも萎えたような、グロテスクな手つきをして見せた、そんな影が私の内にいかにも陰惨なものとして遺っている。いまさら確めるつもりもないが——。

（「小説現代」平成二十二年七月号）

『硝子戸の中』から

2010

「硝子戸の内」とは、漱石の終《つい》の栖《すみか》になる早稲田南町の家の書斎のことである。裏庭に面して縁側があり、寒い日には硝子戸が閉じられている。この新聞連載の随想の始まったのが一月の中頃のことで、漱石はその前年の暮れに風邪を引いてからほとんど表に出ず、毎日、この硝子戸の内にばかり坐っていたという。

大正四年、一九一五年の作品で、折しも欧州では第一次大戦がその前年に始まり、その影響で日本でも景気と不景気がめまぐるしく交互したそうで、世人は忙しかった。そんな多忙な人たちに向かって、このような「閑散な文字」を書きつらねることに、気がひけるようなことを漱石は冒頭でもらしている。

亡くなったのは翌大正五年の十二月、そのわずかな二年足らず前の、小春日和のような随想である。

早稲田南町から坂を下ったあたりの小川の端に床屋があり、漱石が初めてそこに入ると、店の主人の顔に見覚えのあるような気がする。聞けば、漱石の従兄にあたる人に昔、たいそう世話になったと言う。漱石は奇遇に驚く。その従兄は半年前に亡くなっている。このことを漱石が話すと、今度は店の主人が驚く。その従兄にまつわる、三十年も昔の牛込の寺町界隈の思い出話しになる。当時御作《おさく》という芸者がいた。若い漱石の心をいささか惹いたようだ。それがここの床屋の主人の姪だったと知れる。漱石がまた奇遇に驚いて、その女人の消息をたずねれば、とうの昔に、二十三歳で亡くなっているという。

——まだ死なずにいるものは、自分とあの床屋の亭主だけのような気がした。

これが書斎の硝子戸の中に戻った漱石の感慨である。

漱石の生家は早稲田南町から西へ下って、馬場下にあった。子供の頃の漱石の記憶では、小さな宿場としか思われぬほど、さびれきった町だったが、それでも内蔵造りの家が三、四軒はあったかという。薬種屋があった。内蔵造りではないが間口の広い酒屋があり、そこの娘さんの長唄のおさらいの声を、子供の漱石は春の日の午すぎなどに、自室の土蔵の白壁にもたれてうっとりと耳にしていた。鋤や鍬の柄などを扱うという棒屋があり、鍛冶屋があり、穴八幡のほうに野菜のせりの、やっちゃ場があった。

豆腐屋があり、油の臭いの染みた縄暖簾がかかり、門口を流れる排水が京都の疎水のように綺麗だった。赤く塗られた寺の門があり、奥は竹藪におおわれて見えないが、朝晩の勤行の鉦《かね》の音が聞こえてくる。とりわけ霧の多い秋から、木枯の吹く冬にかけて、寒々と冴えて子供の身に染みた。

豆腐屋の隣りには、講釈の寄席もあった。はずれた町にそんなもののあったことを、晩年の漱石は奇異なことに思っている。構えて造った寄席でなくて民家の座敷のようなところらしい。出る講釈師はいつでも、南麟という人ひとりだったという。客は十五人から二十人ぐらいのもので、子供の漱石もそこにまじっていた。

町の曲がり角に高い梯子が立っていて、上に古い半鐘が釣るしてあった。その半鐘のすぐ下は一膳飯屋があり、縄暖簾の隙間からあたたかそうな煮〆の香が煙とともに往来へ流れ、夕暮れの靄の中へ融けこんでいく。

晩年の漱石にとってとうに失われた光景もある。まして百年もくだった世に生きる者の知るところでない。にもかかわらず、漱石の文をたどるうちに、自分もいつか手を引かれて同じような町を通りながらあたりをつくづく眺めたような、そんな気がしてくるから不思議である。

所は都心へ飛んで日本橋、三越の向かいの横丁に寄席があり、昼席には講釈を掛けていて、浅草の養家に暮らしていたらしい少年の漱石はそこにも通った。これも大店の仕舞家のようなところの奥座敷のようで、高座の背後が縁側になり、中庭には梅の古木が井桁《いげた》の上へ枝を差し掛け、軒からは多少の空がのぞいて、庭の向かいは離れになっている。客は裕福な隠居たちらしい。見たこともない者にとっても、懐かしいような真昼の光景である。

そこで知った講釈師の一人の名を、漱石はおそらく晩年、三十年ほども隔てて、番組の中に見つけて聞きに行けば、その顔も芸風も昔とすこしも変わらない。進歩もしていないかわりに、退歩もしていない。聞きながら漱石は、二十世紀のこの急激な変化をたえず意識している自身を、その講釈師とひきくらべて、一種の黙想に耽っていたという。

われわれもまた我が身の、時代の侵蝕について、考えこまされはしないか。

（「一枚の繪」平成二十二年九月号）

「この人・この三冊」シュティフター

2011

①水晶　他三篇（シュティフター著、手塚富雄・藤村宏訳／岩波文庫）
②森の小道・二人の姉妹（シュティフター著、山崎章甫訳／岩波文庫）
③ブリギッタ・森の泉　他一篇（シュティフター著、宇多五郎・高安国世訳／岩波文庫）

若い頃に老人に言われたものだ。君たちは、そそくさと読んで、そそくさと理解しようとするので、見えるものも見えなくなる、と。さらに言う。遠い時代の書き手の、その時間の流れの内へ心がいくらかでも入りこめれば、見えないはずのものも見えてくるのだ、と。

なるほど、これこそ遠い時代の作品を読む際の秘訣か、と後年になり思い知らされたものの、いざおこなおうとなると、これがなかなかむずかしい。それには現代の人間の、時間の流れが急すぎる。前のめりにすぎるのだ。

アダルベルト・シュティフター。ボヘミア生まれ。一八〇五年生の、一八六八年没。我が国の江戸時代に当てれば、文化年間から明治維新までの生涯になる。それほど遠い時代の人でもない。

しかも我が国では古くから、かなりの多くの愛読者を持った人でもある。昭和の十年代にすでにその文庫本が出ている。そればかりか、いま手もとにある『水晶』の文庫本は、一九九三年を初版に、最近まで着実に版を重ねている。シュティフターの作品を手に取る若い人にとっては、かつては親の、あるいは祖父母の、愛読書であったのかもしれない。自然の描写への日本人の感受性は尽きないようだ。

シュティフターの作品を読んだ人の多くは、現代の人間としてどれだけ細部まで感じ取れたか知らないけれど、とにかく美しかった、と言うだろう。それが正直のところだ。読んで始めのうちは、あまりにも穏和な、あまりにも懇切な語り口に、そこは現代人のこととて、つい先を読み急いで、前のめりになり、空足《からあし》を踏みそうになるが、呼吸が合うにつれて、ゆっくりと流れに添わせてくれる。すると描写の節々から、美しさがほのめき出る。あるいは輝き出る。あくまでも静かな、透明な美しさである。どうかすると一瞬のうちに、永遠へおよぶ。やがて人はその美しさに触れて戦慄を覚えはじめる。

善意の人ばかりが出てくるということに、現代の読者には異和感もあるところだろう。しかし善意の人の内にこそ、生涯の運命の、深みはあらわれるとも言える。ひとすじ縄には行かぬ作家のようなのだ。

短篇集『石さまざま』から四篇をおさめた、『水晶』と題する文庫本をまずおすすめしたい。『石さまざま』の残りの二篇も探せばその飜訳があるはずだ。

（「毎日新聞」平成二十三年八月二十八日）

昨日読んだ文庫

2013

寝そべって本を読むとかえって味わいが深いことがある。しかし老骨、腹這いになって物を読むのが苦しくなった。そこで失礼して仰向けにならせてもらうわけだが、手に支えるには、単行本は重すぎる。どうしても文庫本になる。

近年の文庫本は字がゆるく組まれている。紙質もずいぶんよろしい。老いた眼には助かる。ところが、私が夜になり、ふと思い出して書棚の隅からひっぱり出してくるのは、とかく古い文庫本なのだ。たいてい旧字、旧仮名、活字もぎっしり詰まっている。紙質もざらざらと薄黒い。

そんな古い文庫本を顔の上に支えて読むうちに、ふいに咳きこむ。どうやら書棚から抜き取る時に長年の埃をよくも払わなかったせいもあるらしい。あるいは若い頃の風邪の菌が紙に付着して生存していたとも考えられる。しかし若い頃に罹かった感冒なら、その免疫性もまだわずかながらのこっていることだろう。それにしても、悪い紙質に詰まった文章が、こまかいことにこだわらなくなったせいか、昔よりもよほどすんなりと頭に入ってくる。いや、頭も通り抜けて、もっと深く入ることもある。

ここに昭和十三年初版の、同十五年第四版の文庫本がある。私の生まれた翌年の初刷りになる。小学校からの旧友の、亡父の愛蔵していたのが、もう老年の境に入った私に譲られた、何十冊かの文庫本のうちの一冊である。

『憂愁夫人』（岩波文庫）と題する。十九世紀末に発表された。ドイツの作家ヘルマン・ズーデルマンの長編小説である。日本でも早くから名高い作家のようだったが、当時の前衛性と通俗との間を揺れ動く作風であったらしく、森鷗外も高くは評価していない。敗戦後にもその翻訳が世界文学全集におさめられたが、ふん、通俗小説か、と生意気盛りの文学少年は見て過ぎた。

それが老年になって読んでみれば、至るところで長大息、立ちつくさせられた。波乱はあっても根は単調なものの中にこそ人の運命を、そして人生の深みを、老年は見る。

（「毎日新聞」平成二十五年十一月十七日）

出あいの風景

1992

たずねびととの時間

夜半まで痛みにうなされて、今朝は妙に白い病室で目をさました。戸外は静まりかえっている。やがて、着ぶくれた姉が入って来た。雪がもう深く積もったという。四十年も昔の、十五の歳の三月のことだ。家から近間の病院だったが、家族が朝早くやって来るというのは、心配な容態であったらしい。その姉も四年ほど前に亡くなった。

早くから目をあけて待つうちに、六時にチャイムが鳴って、「おはようございます。今日は何月何日、何曜日です」とアナウンスがあり、それを合図にラジオをつけると、なじみの音楽が流れて、また「おはようございます」と女性の声が呼びかける。これを聞いて、また一日が過ぎた、と息をつく。夜がつらいので、朝にならなくては、日を数える気になれない。昨年の三月の、病院で寝たきりだった頃のことだ。

あの時期にも、寝苦しい夜をすごすと、朝に雨の降っている日が多かった。そんな日こそ夜の明けてくれたのがありがたく、ラジオに耳をあずけながらまどろみ返すうちに、音楽番組が天気予報になり、ニュースになり、そして独特な口調につくづく聞き入っているような自分に気がつく。もと荏原区平塚七丁目にお住まいの何々さんの御家族——あの敗戦直後の「たずねびとの時間」の、声を耳から思い出しているのだ。じつに不思議な再会だった。しかし見舞いによく来てくれた長兄が半年後に亡くなるとは、夢にも思わなかった。

（「朝日新聞」平成四年四月六日）

雨の朝　暗い日常

薄暗い食堂で小学校からの旧友と朝食をとっていた。むかいの棟はどの窓にも灯がともらず、人はまだ寝ているのかと思っていたら、テラスのひとつに白い人影が動いて、出仕度を整えた女性が部屋の内へ入るのが見えた。「ドイツ人は暗さに眼が強くてね」と友人が言った。「この辺で朝から電灯のついているのは、たいてい日本人の家だよ」と。一昨年の秋、単身赴任の友人の住まいをデュッセルドルフに訪ねた時のことだ。

「われわれの子供の頃には、日本人も朝夕、なかなか電気をつけなかったものだったけれどな」と苦笑しあってその時には終わったが、それ以来、私の念頭にしばしば、雨降りの朝の暗い家の内の情景が半端に浮かぶようになった。雨の音の重くこもる中を、ラジオの声が細く流れて、家族六人が忙しく動きまわっている。何かがあったわけでなく、ごく日常の、出勤出校前の騒ぎのようだった。

暗い雨の日でも、朝っぱらから電気をつけるのは、取りこみ事でもあるようで、いやがられていた、とそんなことも思い出した。しかし記憶の情景の中では家族たちの動きが、何事もないはずなのに、やがて切迫感をおびてくる。それを私が四十何年後の現在から、一抹の哀しみをおぼえて眺めている。

訳がわからない。どうも、いかにも勤勉な様子そのものが、今になって淡い悲哀を呼ぶらしい。いつでもああして生きてきたかと。その六人の内、二人しかのこっていない。

（「朝日新聞」平成四年四月七日）

童顔

同年輩か、やや先輩にあたる知人たち、と言えば五十代からもう六十代にかかる年になるが、そのうちの何人かが近頃、母親を亡くした。その話を伝え聞いて、私はひそかに驚いた。女親に別れた息子、という像が一瞬、ちょっと甘ずっぱく、ひろがったものだ。自身はちょうど二十一年前に女親を亡くしている。

ここ十年ばかりパーティーというものにめっきり足が向かなくなっていた。しかしこんなことをしていたら、忙しくなるほどに家にこもりがちの稼業なので、知人友人と言っても、二年も三年も顔を合わせないことになってしまう。そう考え直したとたんに、病気になり、また欠礼がつづいた。ここのところようやく、ぼつぼつ出席するようになっている。

すると、知った顔をひさしぶりに見て、ほうと舌を巻くことがある。年を取ったな、と感心するわけだ。ときおり鏡の中の自分の顔を見て驚くのと一緒だが、外側に見えるだけ、印象はあざやかである。しかし髪が白くなったの薄くなったの、シワが増えたの目尻がどうのと、そんなことでは、いまさらないのだ。

顔の肌が淡く、線が柔らかになっている。この人は少年の頃に、こんな顔をしていたのか、と思わせる。本人にはそのつもりがなくても、顔そのものがひとりでに、はにかんでいる。はなやぎがおのずと、ないでもない。童顔が透けて出るのはいよいよ男盛りのしるしだという説がある。また、そういう時には心身ともにもろくなっているので要注意との説もある。

（「朝日新聞」平成四年四月八日）

自分を探す

三月から四月にかけて、折に触れて甘苦い郷愁のごときものを感じさせられるのは、幾歳になってものこる学校時代の習性だろうか。若い身ながらそれぞれ人生の岐路にさしかかる。岐路にかかるとは未来にかかわることのはずなのに、人はそこで郷愁に似た感情にとらえられる。

街や駅などで若い人の姿へとかく目が行くのもこの季節である。時代も風俗も昔とすっかり隔たってしまったが、季節感はそうそう変わるものでない。それをたよりに、若い頃の自分自身の姿を街頭に探しているらしい。そのもとにあるのは、どうしてこんなところに来ているのだろう、という現在の自分にたいするいぶかりである。昔のあれこれを思い出すよりも、若い頃の自分の姿の、その影にでも現在において出会えれば、ずいぶん得心が行くように思われるのだ。

これこれの出来事があったので、これこれの出会いがあったので、そしてこれこれのことを思ったので、と人は過去のことを胸中に記録して現在についての得心をできるかぎり調達しようとするが、それではすっぽりと抜け落ちてしまう過去の自分がある。むしろ何事もなく、ことさら物を思わず、街を歩いていた、そんな自分のほうに、未来の種はまかれたようなのだ。

世の中のことを辞退しながらその中へ入って行くという一時の老成が、今の青年にも見られる。認識が伴うわけではないが、後年の、出口に近づいた心理とよく似ている。

（「朝日新聞」平成四年四月九日）

キャロ

キャロと呼ばれるドイツ人の少年が、私の生まれた家の近所にいた。じつはその顔も姿も私の記憶にない。ただ姉や兄がキャロのことをよく話すのを聞いて、身近な弟と感じていたらしい。太平洋戦争が始まった頃には、もう姿を見かけなかったと思う。

そのキャロの手招きでもあったのか、奇妙な夢を見た。狭い映写室の中で、瓦礫の街を映したフィルムを見ていた。ドイツか、あるいはもっと東の国の、戦後の風景らしい。そこへ少年たちが十人ばかり群れてやって来る。どれも手足が痩せ細り、頭ばかりが大きい。なかでも一人、いたいけな感じの、幼児に近いのがいて、これがよく見ればキャロ、ではなくて私自身なのだ。少年の自分を自分で悲しみ眺めていた。ひもじさを紛らわすために一人で飛び跳ねはじめたのが、ことに不憫だった。それから目覚めかけて、あの子はやはり足が少し不自由なようだった、と悔やむような気持ちでいた。

この後悔の念は、父親の立場だった。敗戦の前年の夏、城下町の小路で、家族の先に立ってちょこちょこと駆ける私を父親が背後から眺めて、「戦争が終わったら、この子の足を医者に診せなくてはならんな」とつぶやいた。まもなくそれどころではなくなった。私もそれきり不自由もなく育ってしまった。

はて、何を告げたい夢なのだろう、と目が覚めきってからさすがにあやしんだ。二ヵ月後に入院することになろうとは思っていなかった。

（「朝日新聞」平成四年四月十日）

生前のつぶやき

1994

この猛暑の中、また親の一人を亡くした。私にとっては肉親ではないが、妻にとって父親、娘たちにとっては祖父なる人である。八十四歳の高齢だった。故人は病院から家にもどり、長年の妻と娘二人、嫁一人、孫娘三人、あわせて七人の女性たちに囲まれることになった。仕合わせのほうだったと思われる。

私自身はと言えば、三十代の初めに母親を亡くし、四十代のなかばで父親を、五十のすぐ手前で姉を、五十のなかばにかかり兄を亡くしている。その後この三年の間に従弟と祖父を亡くし、今また義父とも別れてみれば、自身が五十なかばをもう傾きつつある。

——いかにも死は老境からとほくはなれてゐるはずのものではない。だがまあ、かくも長い人生のうちに、死は軽視してさしつかへないものなのを悟らなかつたやうな老人こそまことに哀れなるかな。

これはキケロの「老境について」(吉田正通訳、昭和二十四年)の中の一文であるが、このような言葉のほうが現在の私の心境にはすっきりと通る。キケロとともに老境の悟りを誇るわけではさらさらない。むしろ、そう言われるほうの側である。哀れなるかな、と自身にたいしてつぶやくわけだ。しかし是非もない、と。

――死は一方にあつて、もし人の魂がこと〴〵く消えうせるのだとすれば、まったく無視してさしつかへないものであり、一方また魂をむかへてどこか永劫の来世のありかへとゆかせるものならば、むしろねがひもとめなくてはならぬことである。しかもまたそのほかの在り方としては、到底なにものも考へだされることができない。

これがキケロの、死は軽視してもさしつかえないということの論拠になる。世の古今東西を問わず、私は哲学というものにきわめて疎い人間であるが、これはおそらくキケロよりも古く、古代ギリシアの時代、あるいはもっと太古からあったひとつの論法ではないかと想像される。論法としてそれ自体完璧なのだ。しかしそれが人の心に通るためには、すくなくとも二つの条件がなくてはならない。その一は、魂と呼ぼうと霊と呼ぼうと、とにかく個々の人間の意識の持続性が、かりに死後すっかり解体消散して、あったという記憶も無論のこと留まらないことになっても、人はこれを恐れることはない、つまり、知ったことではないという、覚悟が成り立つことである。その二は、魂や霊を迎え取るところの永劫の来世があるとしても、そこには地獄のようなものは存在しない、つまり生前の罪業の持続や持ち越しはないということでなければならない。あるとすれば、話は別のことになる。

この二つの条件を踏まえきれないばっかりに、この完璧なる論法も個々の人間にとってたいてい《御利益》がはなはだ薄いことになる。魂やら霊やらの消滅が恐ろしいばっかりに、天国や極楽を希求するだけでなく、地獄すら抱きしめる。地獄に劣らず苦しそうな永劫の輪廻すら慰めになる。妄執に浮かばれぬ幽霊の話にも恐怖に慄えながら、疑いもなく喜びを覚えている。さらには、永劫の来世が万人に差別なき浄界であり、そこには地獄も生前の罪業もないと聞けば、つくづく現在の自分をかえりみて、それでは自分がまったく消滅するのにひとしいような気がして、こころもとなくなる。その消滅こそ解脱だ大悟だと言われても、それでは悟る甲斐がないのではないか、とつぶやいたりする。

とは言うものの、このキケロの論法はやはり古今東西の無数の人間が、折り折りに、それで以って死後への思いをしのいで来た論法には違いない。下世話の口調にも、いくらでも乗る。横丁の心学者落語のほうに見えるベニラボーナマロ先生も説くところだったかもしれない。熊公八公も、時には豪気な心持になり、うそぶいていたかもしれない。

――ナッ、死んで何もかもなくなっちまえば、それまでよ。なくなっちまったこともわからなくなるんだから、こちとらの知ったことじゃねえ。気がついたら、よいところに来てたとなりゃあ、こいつは御の字、これもこちとらの、今から取り越し苦労したって始まらねえことだ。

キケロにおいてはその論法を受け止めるものが、そのほかの在り方は人間の考え出《いだ》せることではないというういさぎよい断念であるのにひきかえ、この熊公八公の論法の締め括りには、「なに、今までだって、俺たちみてえのがたいていい、まちげえなく死んでるんだからよ」といささか乱暴なる《民主主義》になるという違いはあるだろう。私もいざとなれば、このクマハチ派になる。

しかしやはり腑に落ちぬところはある。死ねばそれまで、と考えている私はそのときどこにいるのか、どこから考えているのか。そう自問して、それはむろん今の自分が考えているのだ、生前の自分がそう考えているわけだ、と大まじめに自答してからふきだした。生前の自分、というのはおかしい。これではすでにして死者を眺めていることになる。誰が？　生前の自分が……？

生者が生者であるかぎりは、自身の死のことを考えることはできない、というところまでいったんひきさがってみよう。そこで、それでも死のことを考えるのはどういうことか、とまたたずねる。人が死のことを考える時には、自身が、幾分か死者になっているのだ、とこれは答えになるか。幾分か死者であるという、ありようは可能か。

一般通用の思考によれば、生者であれば死者でなく、死者であれば生者でない。もうひとつつきつめてしまえば、死者というのは表象であり言葉であり、存在ではない。そうと決まれば、これはもうさっぱりしたものであり、「死ねばそれまで」などと、死者の身になり、生前の生者というような奇怪な存在になり、考えることもないのだ。

しかし表象の生命ほど強いものはない。どうかすると、この自分の生命よりも、表象の生命のほうが、より生きているのではないか、と疑われることがある。自分が死んでしまえば、このもろもろの表象もすべて消滅するとは、いざ病いなどに追いこまれてみるとかえって、なかなか一断には割りきれないものだ。死んでも死にきれない、などという嘆きが、《生前》にあるではないか。妄執のこととはかぎらないのだ。

先日、「つゆ存じませんでして」と人の悔みの言葉を耳にして、その時には何の不思議も感じなかったが、だんだんに首をかしげだした。死者は人が来て悔みを述べていることを知らない。自分が病気をしていたことも、死んだことも、もう知らない。この死者の《知らない》と、この生者の《つゆ知らずにいた》とは、それ自体、通じあうものなのではないか。この私も今ここにいて、大勢の生者の現在をつゆ知らずにいる。つゆ知らないと驚いて、とっさに顔を浮かべられる人の場合はともかく、そうでなければ、知らないということをも知らない。ということは、私は無数の人間たちにたいして死者にひとしい。無数の人間、ひいてはほとんど森羅万象において。私はいま現在死んでいる、ひたむきに死んでいる。そんな埒もないことを思うにつれ、妙な静寂の中へひきこまれ、しかしこの無数の死は一体、誰の死と言えるのだ、と憮然としてたずねた。

（「imago」平成六年九月号）

浅野川

1988

金沢に住むことになり二ヵ月も過ぎて、若いだけに街の案内もおおよそ呑みこんだつもりの頃、もう通い馴れたはずの小路を、目的と正反対の方角へすたすたと歩き出した自分に、やがて気がついてあきれることがあった。ついでながら、あの土地では小路のことを、「しょうじ」と呼ぶ。

また、昼の日中の大通で立ちどまり、天を見あげて、首をかしげる事があった。太陽が北から照っているが、まさか……と。まもなく、これもたわいのない見当違いだとさとって苦笑させられる。街を流れる川のせいなのだ。

というのも、日本海側では、川はたいてい南から北へ流れる。じつにあたり前のことだが、太平洋側に育った人間は、川の流れて行く方向が南だととっさに見る。それが、その場ではすぐに修正しても、川辺から離れて街の中心へ来た頃になり、いきなり南北の取っ違いとなって出る。南北が狂えば、東西も怪しくなるわけだ。それでもつかのま、妙な心地へひきこまれる。

浅野川は金沢の街の東寄りを、おおよそ南東から北西へつらぬく。西寄りには犀川がそれとほぼ平行して流れ、この二つの川にはさまれて、旧城下町は展開した。町の中央には、これも二つの川とほぼ平行して南東からつづく台地がゆるやかに、まるい膝のように押し出し、その南の端《はな》にあたる山上に、金沢城はそびえていた。加賀百万石の、まさに膝もとの町である。

浅野川は情緒と、犀川の繁華にくらべて言う人があった。たしかに犀川が陽とすれば、浅野川は陰である。また、城下町の通例として、町の境のすぐ外側に、花街がさかえる。金沢でも浅野川の東岸には東の廓《くるわ》、犀川の西岸には西の廓があり、「東」のほうが「西」よりも上等であることは、加賀藩時代からの相場だったそうだ。「ひがし」に行く時には五円札を額にはれ、「にし」で遊ぶ時には五十銭銀貨を手にしっかり握りしめていろ、と往年の賑わいを、一万円札の時代になっても、体験者の思い出話に聞かされたものだ。

浅野川の中心ともいえるのが浅野川大橋、その西の橋詰にむかし番所があったようで、今でもそのあたりは橋場《はしば》町と、町の名にのこっている。その大橋のひとつ手前の小路を右へ折れてまもなくのところに、私は印房の二階に下宿していた。もう二十五年も昔のことになる。その小路は材木町と呼んで、壁と壁を接して並ぶ商店や仕舞屋にはさまれてくねくねと、橋場町のほうから来れば当時は七町目から一町目まで、一キロ半、十町ほどもつづいた。この長い小路の町がまた、浅野川の流れに西から寄り添うようにしている。

岸からひとつ隔てられてはいるが川の町、川筋によって定められた町だった。小路の西側の家並のすぐ裏手には、はるか上流で採られた、疎水が流れている。家々は間口にくらべて奥行がたいそう深くて、たいていは店の端にある格子戸から、細長い土間がまっすぐにつづいて、岸側の壁に付いて煮炊きの場があり、奥へ入るほどに天窓の明かりに頼ってうす暗く、つきあたりに板戸が見えて、そこをあけるとすぐに疎水の、石垣の岸に出る。昔は流れる水も清くて、家々の水場であったにちがいない。

この疎水がしかし大水の時には、親の川の暴れる道ともなったという。大橋の手前で川の水位が、疎水の出口の水門の高さを越えて、家々の裏手へ逆流してくる。土間に流れこんだかと思うと、階段を駆けのぼる踵を追うような速さで、黒い水がひたひたとあがってきた、と下宿の主人は話した。

　平生はそんな荒ぶりも想像できない穏やかな地味な川なのだ。大河でもなく、急流でもなく、ほどほどの嵩の水が河原に浅くひろがって、晴れた日には上流からきらきらとさざめいて寄せ、その向こうには水源地の山々がずいぶん近く、標高は千メートルにも満たないのに、高山の顔をのぞかせる。大橋の上手一キロほどの間に、常盤橋、天神橋、梅ノ橋と、三つの橋がどれもこぢんまりとかかりその東岸には卯辰《うたつ》山と呼んで、高さはないが姿のゆたかな山がうずくまっている。その中腹までひと登りして見おろすと、川筋のきらめきとともに、小路を縦横に入り組ませてひしめく家々の、北国の艶やかな黒瓦が、屋根ごとに、いや瓦一枚ずつ、川波のように輝いて流れの方向へつらなり、材木町ばかりでなくてあたり一帯、玄蕃《げんば》町も味噌蔵町も、横山町も御小人《おこびと》町も小《こ》将《しょう》町も、家それぞれ暗く奥まった土間を抱きこみながら、すべて流域の町、町そのものが流れのように見える。

　しかし雨の多い土地なのだ。梅雨時よりも、十月の中頃から冬にかけて、曇天雨天、霙《みぞれ》の月がうちつづき、雷が鳴って、霰が落ちて、雪になり、しかしさほどの大雪にもならず、春が来るまでは、はっきりとしない。日本海から押しあがった黒雲の塊が群れをなして街の上を低くかすめ、はげしくわきかえり、重みに堪えかねたように雨を落しながら、南の山丘をめざして走る。一日のうちも天候は定まりなく、朝から降りしきっていたのがふと、頭上の雲が割れて、抜けるように青い空がのぞき、陽さえ差して、このまま晴れるのかと思うと、まもなく前よりいっそう暗く閉ざされる。暮れ方には西空の、妙な高さに雲がひとすじ赤く染まるのが、やはり晴れるともなく夜に入り、また軒を叩いて降りしきる。翌朝、目を覚まして、すこしもかわらず降る音を耳にする。

終日、雨のくりかえし寄せる方角へ向かって、川がひたすら流れて行く、雨脚の中へ雨脚の中へとひたむきに水を送りこむ、とそんなふうに見える日々がある。暮れ方に天神橋のたもとに傘をさして立って、しばし小降りの中からちょうど梅ノ橋が流失したままの頃のことで、下流のほうをはるかに眺めていると、天から川面へ垂れかかる灰色の靄に、大橋がふいに掻き消された。あきれて瞠るうちに、いきなり傘から足もとの路上を叩いて、霰があたり一面に弾けまわり、その勢いにすっかりつつみこまれた頃には、前方ではすでに、大橋の影が浮き出しかかり、見る見るくっきりと、雨の中に掛った。やがてまわりでも霰の音がおさまって、対岸のほうを見渡すと、わずかな間を境として、家々の灯がともっている。そう見えたのがじつは、西の空からつかのま、窓々にわずかに差した夕映えとわかった。この三重眼鏡橋の、三つのアーチのうち二つまでが雪によってふさがれたのは、昭和三十八年一月の豪雪の時だった。一週間あまり日夜降りに降りつづいて、ついには市中で積雪二〇〇センチ、つまり平均して二メートルの雪がこの家屋密集の街に積もったのだ。家ごとに雪おろしをしなくては、戸窓の開け閉てが不自由になるどころか、二階の屋根の抜けるおそれがある。その雪を落とす場所といって、旧市内では、少々の中庭のある家のほかは、たいてい家の前の小路しかない。小路には両側からおろされた雪が溜まり、通る人の足に踏みかためられながら、やがては一階の軒を越し、店の内からは、庇の高さに人の往来を見るかたちになる。さて、大雪がおさまりかけたとみると、昔はそのまま融けるのを待ったそうだが、今の暮らしではそうはいかない。小路の入口のほうから順々に、ひと区画ずつ両側の家の壮年男子が総出して、世話役の店の内に一升瓶を並べて据えた上で、氷におとらず固くなった雪を切り出し、大通のほうからバケツで入って来る小型ダンプに放りこむ。このダンプの往復を、わずかな区間のうちでも、幾度となくくりかえす。そのダンプがまた雪を捨てに行く先は、河原しかないのだ。

東の橋のたもとから投げこまれた雪がだんだんに岸から押し出され、アーチのふたつを埋めて、三つ目にかかり、川は西の岸に片寄せられ細く流れ、このままではどうなることかと暮れごとに心配されたが、翌朝来てみると、はるか上流から雪間をくぐってきたはずの冷たい水でも、やはり流れそのものの運動エネルギーの力か、昨日押し出した分ほどの雪は融かしている。川のおかげで、街は助かった。

しかし峠を越したと見えた雪がまたぶりかえし、人は徒労感にとりつかれたように雪おろしもやめ、ただ手をこまねいて眺める日があった。そんな夜には雪の降りしきる中で、町々はしんしんと静まる。あまりの静寂に寝床の中から耳を澄ますと、白一色に埋もれた市街をつらぬいて、灰色の川の流れだけがひとすじ生きているのが、聞えるような心地がしたものだ。

さて、浅野川大橋のより下流には、まず中の橋と呼んで、私の暮らした当時はやはり名ばかりで流失のままになっていたが、今は人だけの通れる新しい橋がかかっている。その西の岸には、小体な料亭をつらねた主計《かずえ》町があり、昔はただ彦三《ひこそ》と呼ばれた彦三町がある。母衣《ほろ》町などというのも町名から失われた。東の岸は今では大橋の上手の、旧東廓のあるあたりから一色に東山という町名になっているが、以前はひろく馬場と呼ばれていた。名のとおりなら、旧藩時代の馬のお稽古どころになるはずだが、廃藩以後はいっときそこらあたりも花やいだらしい。芝居小屋もあった、と幼少の頃の記憶を地元育ちの人から耳にしたこともあるが、私が金沢に住まっていた頃には、散歩に来ると、ごく地味な町風の界隈と感じられた。今来てみると、ここもふくめて大橋下流の東岸一帯が、街の内側よりもかえって古い町らしい雰囲気に、現代人の目には映る。

中の橋の先が小橋。若い頃の私は下流のほうへ散歩に出ても、この橋まで来ると、そこで一服して、ひきかえしたものだ。というのも、この橋の下に可動式の堰があり、その手前で水が淀んで、やや陰気になるせいだ、と近年来てみて気がついた。おまけに、川はこの橋のあたりから東へ大きくくねって、橋の上から見通しがきかなくなるので、なんとなく、ここで終ったような気分になったのにちがいない。堰には昭和三十五年三月竣成と記されてある。してみると、私がこの地に着任した、そのひと月たらず前のことになる。おそらく、近代になってから下流にも密集してきた町々を、くりかえす出水からまもるために、造られたものなのだろう。地図を見ると、大橋あたりよりも、この堰の下流のほうが細くなっていく。それまではこの上下で川はどんなふうに流れていたのか、私はそれ以前のことを知らないわけだ。

この堰の下手には下手の風情がある。そのことさえ、近いところに住みながら、知らなかったことになる。若い頃の興は、盛んではあるが、尽きる時にはたちまち尽きる。見かぎるのもまた早い。生活のにおいのあまりに染みた風景は、やはり苦手であるのだろう。ところが多くの川というものは、いよいよ旧市内を抜けようとするその手前あたりで、生活のにおいがもっと深く、風景そのものに淀むもののようだ。そして年を重ねた人間は、若い頃よりも、そのにおいにおのずとひかれる。興ともつかず憂鬱さともつかず、その両方のまじった気持にみちびかれて、なかば退屈しながらどこまでも流れを下へたどるには、若い健脚よりも、人生にようやく疲れかけた足の方が向いている。

小橋の東岸が小橋町、西側が瓢箪町。その東の小橋町から、都心への新造バイパスを横断して、昌永町から浅野本町に入ると、様子がまたすこし変ってくる。ひきつづき町風のところへ、あちこち畑がのこっているわけでもないのに、田園に近い雰囲気がそこはかとなく漂う。生垣のつづく長い小路がところどころにのぞいて、柿の木などがひなびた枝ぶりを見せている。そんな境めいた風景を楽しみながら歩くうちに、どこからいきなりあらわれたのか、速い流れに行きあたり、これはどうやら堰のあたりから採って北の田園へ送る用水のようで、その流れがひとくねりして家間へたちまちまた隠れるその曲がり目に、小さな姿のよい神社があった。近寄って眺めると、そうも小さな社ではない。しかもうしろに、狭いながらにかなりうっそうとした杜《もり》をせおっている。なかでも黒松の巨木が目にとまった。高くて大枝を分けるところが、ふとぶと瘤立っていた。

やがて昌永橋に出た。ここから川幅がまた狭まる。数年前に、ここまでは足を運んだ。季節はちょうど十一月の中頃で、雨がのべつ走り、雷が鳴って、霰がはじけた。わずかにできた岸の州から浅瀬にかけて、荒れた海を避けて鷗たちが群れていた。それがときおり五、六羽ずつ舞いあがり、雷を孕んでわきかえる暗雲に感じたように、翼を鋭く傾けてはひねり、川の上を斜に滑って翔けた。何事もないのに、烈しい情景だった。今年やっと来たのは九月の彼岸前、北陸日和の好天で、なごりの夕涼みか、州には鷺と烏と、妙な取りあわせが、それぞれに遊んでいる。日は暮れかけたが、まだ狭い惰性は尽きていないようなので、もうひと足だけ先へ伸ばすことにした。

つぎが中島大橋。大橋とはいいながら、これはまた一段と短い橋だ。市内で浅野川にかかる橋の中で、いちばん短いほうなのではないか。それでも大橋と呼ばれているのは、ひょっとして、はるか昔、川はここらあたりで広い河原へ出るか、あるいは湿地に蜘蛛手にひろがるかして、その上へ長い荒造りの木の橋が渡されていた、そのなごりかもしれない。この橋の上に立つと初めて、北陸線の鉄橋が見える。駅の構内の信号待ちの列車がその上に停まっていた。河口はまだまだ先だ。いや、この川にははっきりとした河口もなくて、末は河北潟に流れこんでしまう。金沢港のある河口は、河北潟の口とも、浅野川の口ともつかない。そう言えばあの浜には、妙になつかしげな料亭があり、芸伎の打つ太鼓音が砂へ海へ響き渡っていた。葦間を分けて、色っぽい小舟も通ったとか。仕舞にまで、艶の匂う川である。

しかし今日はまず、この橋までよかろう。考えてみれば、鉄道の見えるところまで浅野川をくだるのに、若い頃から二十五年もかかったことになる。さて、これからまた流れをすこしさかのぼって、彦三の町まで、これも二十五年近く見ていない知人の宅を、たずねることにするか。

対岸を眺めやると、家々がこちらへ暮らしの表情を向け、小さな裏庭から木立ちがゆたかな樹冠を川面へさしかけ、コンクリートの堤防の上には、家ごとに、丹精した鉢植がたくさん並べられていた。

（「FRONT」昭和六十三年十一月号）

水の匂いの路筋

1997

小鳥屋橋という名の小さな橋がある。そういきなり言われても、金沢の町を知らない人は困るだろう。土地に思い出の多い人間はしばしばそんな話の切り出し方をするものだ。土地の一点がふいに念頭に浮かんで、そのささやかな風景の記憶の思いがけぬ鮮やかさに驚いて、案内を知らぬ人の前でつい、「あの橋……」という心で口にしてしまうのだ。まず大目に見て、細い小路に掛かる石橋をぽつんと思い浮かべていただきたい。ただし、小路はこの城下町ではショウジと呼ぶ。

二歩ほどで渡りきれそうな橋なのだ。通る人はほとんど橋とも気がつかない。しかし橋の上から左右を見れば、小路の西側の家並みの裏手に沿って来る用水が石垣にあたって直角にこちらへ折れ、家と家の間を割って流れて橋の下をくぐり、また家の間を分けてまもなく水門へ、浅野川へ落ちるのが見えるだろう。今は同じ情景ではないかもしれない。橋の近くの、その二階に私が下宿していた印房、ハンコ屋さんの家もとうに取り壊された。

金沢の城下町の左右を、東は浅野川が、西は犀川がそれぞれ南から北へ流れる。その両流域を分ける台地が中央の平地へ押し出して、その先端にあたる山の上に昔は城があり、まさにその膝元を幾重にも取り巻くかたちで町は展開している。このふたつの川はおたがいに雰囲気を異にし、しかも情緒はひとしく濃《こま》やかである、とは土地を愛する人たちの口にするところである。浅野川には泉鏡花や徳田秋聲が育ち、犀川には室生犀星が育っている。旅の客にしても、東と西とでは、たとえば酒の味が違ってくるような心持すらする。しかし町を東西に横断するなら、一方の川の雰囲気のなごりがまだ抜けぬうちに、もう一方の川の雰囲気の中へすでに踏み入っている、というほどの距離である。金沢は川の町でもある。

しかしまた、水の流れの好きな人にとっては、金沢は用水の町とも言える。ここでまた小鳥屋橋の上に立っていただきたい。城東の浅野川界隈を流れる用水の、終点に近いところにあたる。浅野川大橋にも近い。現在は橋場町に入るが、昔は材木町七丁目、ここから南へ一丁目まで、くねくねと切れこむ小路に沿って長い長い町が続いていた。用水は小鳥屋橋のあたりで姿をのぞかせるだけで、その上流は右手の家並みのかげに隠れる。表からは見えない用水である。壁を接して軒を並べる家々は間口の割に奥行きが深くて、格子戸から細長く土間が続き、ナガシやカマドの前を通り、白い光をひろげる天窓の下を過ぎると、つきあたった木戸があり、開ければ用水の岸に出る。おそらく今は昔の風景なのだろう。用水も近年の護岸工事によって様子を変えているかもしれない。しかし小路はほとんどそのままである。あたかも用水の流れそのもののようにくねりつづいている。小路を歩けば、用水を見たのにひとしい。

西側の家並みと背中合わせには、用水をはさんでやはり細長く、材木町の五丁目から三丁目にかけて沿って、昔の町名では味噌蔵町、味噌蔵町裏があり、東側は七丁目から五丁目へかけて奥へ長く玄蕃町があり、四丁目あたりで小さな四辻がふたつ続き、西は味噌蔵町へ東は横山町へ至るが、どちらの方へ折れても路はいよいよ細く鉤の手に入り組んで、独特の雰囲気の三辻などもあり、そのあたりでたしか小さな橋を渡り、用水がしばしのぞいたように覚えている。

二丁目で賢坂辻《けんさかつじ》にかかり、今は兼六園下から太い道路が走っているが、昔はそれほどの通りでもなく、そこをまっすぐに突っ切ると、西の奥が小将町、東の奥が御小人町、裏御小人町と、客の耳にも懐かしいように響く名の町々があり、やがて一丁目で材木町は尽きて、小路はそのまま天神町へ移り、四丁目から一丁目までまた細長い町になるが、用水は材木町の一丁目の辺で右へ、さらにすぐ先で左へ、鉤の手に折れて、木曽町から大学病院のほうまでさかのぼれる。

いずれも水の匂いのする界隈だった。大雪の日に高い所から見渡すと、まさに雪の野を流れる川の姿を、小路があらわすように見えたものだ。

西の犀川の界隈にも用水は枝を分けている。観光に金沢を訪れる人はかならず長町の旧武家屋敷街へ足を運んで、そこに流れる用水の清涼さに目を惹かれるだろう。さて、その流れにしばし沿って閑静な路を散策し、屋敷街も尽きて、香林坊の繁栄の中へ入りかけると、どこをどうめぐってきたものか、また用水に出会う。じつはこれが、はるか先ではひとつになるが、その辺では並んで流れる別々の用水なのだ。

その香林坊を抜ける用水のほうを上流へたどれば、まもなく大通りを三差路の手前で斜めにくぐり、向かいの小路に入り、沿って歩くうちにしばらく見失われるが、路を流れのつもりでさらにたどって行けば、いずれ出会う。市役所の裏手でまた流れを左手に見て、やがて表通りのほうへ折れる路に掛かる橋の上に立てば、上流のほうへ、市街の真只中ながら人里をやや離れたような、季節により色とりどりの草木の繁る溪谷めいた風景が望める。橋を過ぎると、見えなくなる。

これとは別の筋の流れに出てしまうこともあるだろう。香林坊の大通りを渡って用水沿いに入ったあたりを昔は柿木畠《かきのきばたけ》と呼んだが、下柿木畠と上柿木畠があり、その境目で用水は流れを分ける。

いや、分けるとはさかのぼる人間の主観であって、南から二筋の流れが下って来てここで合わさるわけだ。さて、こちらの用水をたどるとなると、これは蜿々と、犀川のかなり上流まで、家並みを分けて続き、しかもまた幾筋かの流れを合わせるので、さかのぼる者にとっては果てしもないようになるが、しかし閑さえあれば半日もかかって用水の跡を探れば、おのずとどれだけ町に親しむことになることか。町が用水をつくったのか、用水が町をつくったのか、とそんなことまで考えたくなる。

あるいは近年この用水をたどっていない私は大きな時代錯誤を犯しているのであって、この筋のあらかたが暗渠となって隠されているのかもしれない。しかしたとえそうであっても、この界隈に微妙に入り込む小路は多く残っているはずで、路のつらなり、家のつらなりを、水の流れをたどる感覚で眺めることはできるだろう。

人の路は、水の路と、たがいにおおよそ寄り添いあっていると、この城下町については言えるのではないか。

（「FRONT」平成九年一月号）

破られぬ静寂のなかへ

1998

都留さんの名前を私が口にすると、秋篠寺御住職の堀内祥永師のお顔には想起の影も浮かばなかった。無理もないことだ。秋篠寺についてはかずかずの著作や写真集が世に出ているので、師としては、いくら取材を受けたからと言って、その関係者をいちいち覚えていられるものではない。そう思って私が口をつぐむと、しかし、師は思い出したともない表情のまま、「あのお方も、長生きしておられたら」とつぶやかれた。庫裏《くり》の障子には早春の日が照ったり翳ったり、庭には風花でも運んできそうな寒風が走っていた。

昭和五〇年の二月に、『秋篠寺』と題する立派な本が一〇〇〇部限定で、芸立出版という小さな会社から発刊されている。写真は高橋由貴彦氏、文章は千貝純弘氏、草野心平氏も詩を寄せて、いずれもすぐれたものである。その版元の主人が、私と文学同人誌「白描」の仲間であった、都留敬宜氏なのだ。情熱的な詩人だった。ドイツ文学と哲学に造詣が深かった。酔うとバリトンを響かせて「冬の旅」を歌った。『秋篠寺』上梓の当時は、四〇代の半ばにかかっていたはずだ。ほとんど主人ひとりで切り回しているような出版社ながら、長年の夢と思い入れを果たしたかたちになる。

私財もずいぶんつぎこんだかと思われる。一世一代の仕事だったと言えるかもしれない。

その都留さんと私が最後に会ったのは、それから十年ほど後、やはり文学同人だった人の葬式の折りだった。その翌年か翌々年、その時の故人の未亡人の訃音を私に電話で伝えてくれたのが、私の聞いた都留さんの最後の声だった。それからたしか数年後——しかし私は都留さん自身の訃音を遠くから、おくれて伝え聞くばかりになった。ところがつい昨年のことだったか、六〇への坂をのぼり詰めつつあった私の前へ、さるパーティの会場で、若い端正な男性が近づいてきて、「都留です。父がお世話になりました」と名乗った。「おいくつになられました」と私はたずねたきり言葉が出なくなった。もう三〇代だという。人の顔をこれほどつくづくと眺めたことも近頃ない。

堀内祥永師の話されたところでは、『秋篠寺』の上梓の折、宮内庁からお買いあげの注文があり、芸立出版主人が恐縮して、献上のつもりで宮内庁にあがると、献上には及ばず、やはりお買いあげとなったが、現在の両陛下、当時の皇太子、皇太子妃両殿下がさっそく親しく御閲覧になったそうだ。秋篠宮家が創設される十五年前のことになる。

私にとっても、秋篠寺は二〇年ぶりになる。伎芸天像の前に立てば、四〇歳の昔にくらべて、姿かたちを捉える眼の力はよほど衰えた。見る者には見る者の、眼の造形力というものがあるわけだが、その力がもはやゆるやかにしかはたらかない。まず、茫然としたように、視線をあずけたきり、眺めるばかりになる。見つめることが、しばらくできないのだ。やがて少しずつ視覚をしぼるにつれ、姿かたちが、容貌が浮き出して、唯一無二のような、永遠のような、像を結びかかり、二〇年前にはこんなにも強く眼を瞠ったのかと自分でいまさら驚かされる境まで行きはするのだが、そこで眼の力はゆるんで、寂しげに拡散して、もとの茫然にもどる。そんなことの繰り返しになる。まるで見ることによって、二〇年の歳月を往復しているかのようだ。

しかし、そのあげくに、見る力に去られて茫然と眺める今こそ、自分は初めて、この像の前に率直に立ったことになるのではないか、とそんなことの思われる瞬間がある。

翌日はよく晴れて風も暖かく、佐保路を目指して、朝の九時に猿沢の池に近い宿を発ち、公園まで上がった時、あちこちに群れる鹿たちを眺め、奈良の市内をつぶさに歩くのも二〇年ぶりであることに気がついた。その間に幾度も奈良で遊んだように思いこんでいた。実際に奈良の宿に泊まったこともあったが、暮れ方に着いて、朝には大和のあちこちへと向かうことになった。そのつどうしろ髪を引かれながら、ついこの前来たことだからとか、また近いうちに来るだろうことだからとか、そんなことを思って振り切った。そうこうするうちに、二〇年が経ってしまった。

南大門を抜けて、大仏殿へ向かう。曾遊の地は、その間の歳月を感じさせると同時に、そんな歳月はまるでなかったような心にもさせる。老いたという感覚と、それにしては自分は変わらないという驚きとがかわるがわる起こり、お互いを増幅させる。それでも、三月堂を思って、右手の岡へ眼をやった時には、自分にはいま、あの不空羂索《ふくうけんじやく》観音像を見つめ抜く心身の力があるだろうか、と首をかしげた。大仏殿の中門の前を左に折れた時には、修学旅行の昔が昨日のことのように思い出され、年を取るのは徒労か、と苦笑させられた。西の回廊の外を北へたどると、やがて左手に戒壇院の建物がみえてきて、いま通り過ぎたら、もう来られないのではないか、とわびしいような心になりかけた時、院内では四〇歳の自分が壇上を去りかねて、広目天と顔をまだ突き合わせているような、奇っ怪な想像が湧いた。それにしても、二〇年ぶりと数えはしたが、その間に一度この辺にきているのではないかと疑いだすと、記憶というものもはかないようで、しきりにあきれるうちに、しかし無事に、途中どこへも惹きこまれず、転害門にたどりついた。

何とも古風な趣きの転害門を抜け手貝町に出ると、早春の日に肩を暖められて、楽な心地になった。道は北へゆるくのぼっていく。

輾磑《てがい》をのぼる奈良の入口　洒堂

知った土地のような気分で歩いているが、実は私にとって、ここからは初めての界隈なのだ。洒堂の句にしても、これは連句であり、前の句は東の空から笹の葉の色に明けわたる情景であるから、山を越えてきたとすれば、坂をくだって奈良に入りそうな見当だが、しかし、「のぼる」のほうが「詩」にはなる。

まもなく左へ折れる道をたどると、一段と急な長い坂となり、これが奈良坂だろうか。

奈良坂や畑うつ山の八重ざくら　旦藁

桜にはよほど早い季節だが、坂は日向になり、風も吹かず、ゆっくりとのぼっていると、薄紅色の明るさにつつまれているような睡気が降りてくる。般若寺の美しい楼門が見えてきた。門の前に立つと、奥の正面に十三重の石塔がそびえる。

般若寺の名を聞けば私などのまず連想するのは、治承四年、平重衡《たいらのしげひら》を総大将とする平家の大軍が、この寺を中心に防禦線を構えた南都勢に襲いかかり、夜にまで激戦の続いた末に民家に火が放たれ、この戦火がやがて大仏殿にまでおよぶ、十二月は末の「奈良炎上」の『平家物語』の記述だが、般若寺の隆盛はその後も絶えず、今では文殊菩薩像を本尊とする本堂や、経蔵や、笠塔婆などを、楼門と十三重石塔の陰にかくまうような、静かな寺となっている。たくさんの石仏が一郭に並んでいる。

奈良坂の上には奈良豆比古《づひこ》神社があり、翁舞《おきなまい》が奈良阪町の翁講によって伝えられているそうだ。小ぶりだが姿の清らかな三社の神殿が奥に並び、拝殿には酒が供えられ、ちょうど氏子の年配者たちが十人ほど集まり、正午前から火を焚いて、何かの支度にかかっていた。たずねると、「ろうじゅう」だという。月に一度ずつ、氏子の大人たちが五〇人ばかり集まるのだそうだ。親切にも宴の席までのぞかせてくれた。広い座敷に膳がずらりと、これも清らかに並び、上座の三席には、赤い、ふっくらと厚い座布団が敷いてある。そこに一老、二老、三老が座るのだそうだ。なるほど、長生きとは、めでたいものだ。社の裏手の杜には、妖しいように巨大な、色っぽいように寂びた、樟《くすのき》の老木が傾き立っている。唖然としながら「ナガイキ、シタロカ」と呟いたものだ。

不退寺の聖観音像を眺めるにつれて、これは艶なるお顔立ちだ、とたんたんに感じ入った。奈良豆比古神社からここまで岡の上の道をたどり、岡の根の民家の間を縫うようにして、二時間も歩いてきただろうか。ひきつづき春の光には恵まれた。途中、興福院《こんぶいん》では寺内のたたずまいを眺めるより先に、静けさのなかへ惹きこまれた。見るということは、まず耳を澄ますことなのか、その静けさはその後も私の行く道に付き添い、車とすれ違っても破れない。

業平《なりひら》寺とも呼ばれ、在原業平の建立と伝えられる。そこからの連想もおのずとはたらいているのだろう。しかしここの観音さまの艶美に触れるには、向かい合ってから、少々間がかかる。まず容貌が捉えがたい。そしてようやく浮かびあがってくるのが両の眼の、幽玄の深みの差す峻厳さである。やがてその峻厳と不可思議な一体をなして、豊饒の艶美がふくらむ。

業平朝臣の自作と伝えられ、その伝の真偽は知れないが、人がそのように信じたということは、業平という存在を逆に照らすことになる。昔ありきの好色漢《まめおとこ》とはかぎらぬ。平城天皇の孫にあたり、藤原摂関家の押さえこみに最後の楯をついた反逆児、と歴史から読めるが、そればかりでもない。この聖観音の艶美はともかく、内面の深みの、暗いような峻厳さを、人が投影し得るような、そのような人物であったのかもしれない。

ここからもうほど遠からぬ法華寺の、十一面観音像を見たいという心がしきりに起こった。秘仏になっているというので、この旅では、拝めない。二〇年前の旅ではしかと拝んだ。あるいは二〇年も心の内におさめていたのだから、還暦を越した今では、それでもう満足なのかもしれない。生涯、拝む折もないように思われた。

（「太陽」平成十年五月号）

だから競馬はやめられない

1996

東京競馬場は昭和八年の誕生というから、私よりも四つ年長になる。その新設からまもない頃、私の父親は競馬の開催の日のたびに府中へかよっていた。競馬をやりに行くのではない。馬券を買うのは御法度の職分である。日本の競馬会の大功労者安田伊左衛門と姓を同じくする財閥の銀行の、若き銀行員であった。馬券の売り上げを預かりに行くわけだ。

預かりに行くのと、払いこみに行くのと、親子でも、大いに立場が違うな、と私はその話を父親の晩年に初めて聞かされてあきれた。新宿の支店から甲州街道を自動車で飛ばして行ったそうだ。畑の中のひどい埃道だった、と父親はそんなことばかりを思い出していた。競馬のことはまるで知らない。それでよくつとまったな、と息子はひそかに憎まれ口を叩き、いや、だからつとまるのか、とつぶやいてまたあきれた。

競馬場というところに初めて足を踏み入れた時、獣の臭いが鼻を衝いた。動物園の臭いと一緒だ、と思った。その足で大勢の人だかりのあるところへ通りかかり、何かと思って人垣を掻き分けてのぞくと、ちょうど下見場《パドック》の馬たちに騎手たちがまたがったところで、その派手な色取りの勝負服がサーカスを連想させ、馬たちが騎手をのせて回りはじめると、まるでメリーゴーラウンドじゃないか、と目を瞠らされた。そんな幼な心を呼びさます雰囲気の中で、大の男たちが真剣な目つきで考えているのが、また面白かった。三十年も昔、真夏の福島の、午後の炎天下のことだった。私は昼さがりに一人で下駄ばきで歩いて、競馬場までやって来た。帰り道は、馬券を二レースも取って、もう十年もかよいなれたような姿になっていた。

競馬の客の臭いのようなものは、子供の頃から多少、知るところがあった。終戦直後の三年ばかり、私の一家は都下の八王子に仮住まいしていたが、八王子にも競馬場があった。八王子の東、豊田との間にあったようで、「東京」へ行く満員電車がさびしい豊田の駅に停まると、左手の窓の外に、いましがたすれ違った下り電車から降りたらしい男たちが、畑の畦を近道に取ってぞろぞろとつながり、低い丘のほうへ向かうのが、ときどき見受けられた。ふだんは人の姿もほとんど見えない田園に、いきなり灰色の群れが湧いて出たような、不思議な眺めに感じられた。競馬場のほうから学校に通ってくる生徒がいて、拾ってきたハズレ馬券を見せて、客がどんなに興奮するか、自分もいまさら興奮した顔で話すこともあった。最終レースになると門に番人が立たなくなり、子供が入りこむのも大目に見られるそうだ。馬券を当てた客たちは、取った取ったと叫んで、金に換えるところまで駆けて行く。つまずいて転ぶのもある。それでも、取った取ったと叫んで、また駆け出す。それを聞いて私は、叫ぶのは嬉しいからだろうけれど、走るというのは、早く窓口へ行かなくては、売り切れみたいになって、もらえなくなるのだろうな、とそんな想像をしたのも子供心に御時世柄であった。

私の家の近所にも競馬好きの小父さんが二人いて、よく連れ立っていそいそと競馬場へ出かけた。

男たちの多くがまだ頭には戦闘帽をかぶり、足には軍靴をはいていた時代だった。一人は独身だが、もう一人は所帯持ちで子供もあり、亭主の競馬場がよいをいまいましく思っていたはずのおカミさんから、赤ん坊を押しつけられる。あの土地は機織《はたお》りが盛んで、女の腕に稼ぎがあったせいか、男が子をおぶって出かける光景はめずらしくなかった。それにしても、この小父さんは鳥打帽《ハンチング》をかぶり、古背広を着こんで、足もとは軍靴をひきずり、そして赤い綿入れのネンネコ半天に子を背負って、男が賭事に出かける時に特有の、神妙にはりつめた顔つきで出かけるその姿は、子供の目にもおかしかった。後年、私は東映のヤクザ映画を見ていて、高倉健や鶴田浩二が意を決して勝負へと立ち出でる颯爽とした場面のたびに、あれに鳥打帽をかぶせて軍靴をはかせて、赤ん坊をおぶわせたら、どんなものだろうと、ついよけいなことを思って、「鑑賞」をさまたげられたものだ。

ある暮れ方のこと、競馬場へ行ったはずのこの二人の小父さんが、ともに深刻な顔つきをして裏木戸から入ってきた。薄暗くなりかけた狭い中庭に並んで突っ立ったきり、物も言わない。やがてその目つきもなにやら茫然としてきたかと思うと、いきなり声を揃えて、笑い出した。やはり物も言わず、けたたましく。しかし取りとめもなく、いつまでもいつまでも笑っていた。それからようやく、「あぶなかったなあ。もう駄目だと思った」とつぶやいて顔を見かわし、しばし沈黙したあと、いまさら恐怖に取り憑かれたように、いよいよ物狂おしく、また笑い出した。

なんでも、半日負け続けて、最終レースに二人でやぶれかぶれの一点勝負に出たところが、直線、もうゴール近く、買ったとおりの二頭が抜け出した。しめたと叫んだその瞬間、しかし大外からもう一頭、いきおいよく突っ込んでくる。脚いろが断然まさる。ゴールで三頭横一線になった時には、もう目をつぶってしまった。それが、バタバタになった先の二頭がどうにかこうにか、追い込みを押さえこんでいた。その時になって、小便をもらしたか、と思ったという。途中でどこかに寄ると、運を取られるような気がして、二人して脇目もふらず、ほんとに物に追われるように、まっすぐ帰ってきたという。まもなく、家で酒盛りが始まった。近所の子供たちもつられて、はしゃぎ出した。

競馬場へ足を踏み入れると獣の臭いがするものかどうか、私の鼻はとうの昔に嗅ぎ分けられなくなっている。馬や騎手たちの姿に、若い世代の人がサーカスやらメリーゴーラウンドへの郷愁をそそられるものか、それも知らない。さらに、競馬の客たちにいまでも、それらしい臭いがまつわりつくものか、自分も三十年来その客の一人となってしまった私には、感じ分けがつけられるはずもない。しかし一般に、その臭いはよほど薄れた。ほとんど消えた、と言ってもよいのではないか。

競馬場へ行く客たちは、予想紙でもひろげていなければ、それとはもう見分けられないだろう。運命の重荷を一身に担ったような、深刻で、しかもかすかな哀愁の差す顔つきで競馬場へ向かう人が昔は多々あり、この私もしばしば、恥かしながら、その一人であった。「父は兵庫へおもむかん。かの地の浦にて討死せん」と、楠正成の心である。いまでも、駅から競馬場へつながる長い清潔な連絡通路を渡る時に、決戦へ向かう悲愴なような足取りにおのずとなっている自分に気がついて、苦笑させられることがある。周囲の雰囲気もかまわず、時代錯誤もいいところだ。

帰り道のほうも、それぞれの競馬場にはいくすじかのオケラ街道があるものだが、その街道をたどる人の数も、大レースでないかぎり、昔にくらべてめっきりすくなくなった。ぞろぞろとつらなっていても、それはしばらくの間で、最終レースから半時間すれば、閑散としてくる。駅からのアプローチがよくなったせいである。競馬帰りの客たちの大部分を、地元へ「放つ」ことなく、隔離された通路から駅へ送りこんでしまう。それにしても、客たちの引き足もすっかり早くなった。「撤退」する客たちの間から、今日のレースについて、無念残念の、うらみつらみの、繰り言もあまり聞かれない。地元の酒場も、あいた席を見つけるのに、苦労もない。切り上げのさっぱりした競馬になった。

話はいきなり飛ぶようだが、今から十二年前の昭和五十九年。一九八四年五月の日本ダービーで、かのシンボリルドルフが二冠目を制した。その日、大本命だったルドルフが四コーナー手前で行き脚がつかず、馬群の中でさがる様子さえ見せて、満場騒然となったものだ。結局、ルドルフは遅れ目にコーナーをまわり、直線の外側にコースを取ると、その脚にみるみる勢いがついて、はるか前方でデッドヒートを演じるスズマッハ、フジノフウウン、スズパレード、ニシノライデンの四頭をたちまち捕え、たちまち斬り捨て、その烈風のあおりをくらって、四頭はルドルフに近い外側から着順が落ちたものだが、さてあの日、東京競馬場にレースの模様を映し出す大型ディスプレイ、いわゆるターフビジョンがすでにあったかどうか。これを長い競馬仲間にたずねると、まだなかったという人もあり、もうあったという人もあり、記憶がまちまちなのだ。私の記憶も揺らいだ。そこで記録にあたって見たら、東京競馬場にターフビジョンが完成したのは同じ昭和五十九年の、九月とある。

あのルドルフのダービーの日に、ターフビジョンはまだ競馬場になかった。となるとスタンドの客は四コーナー手前でのルドルフの危機を、肉眼で見て取って沸いたことになる。双眼鏡を持っている者など、百人に一人もいないだろう。スタンドあるいはスタンド前から東京競馬場の四コーナーのむこうを望んだことのある人なら、あまりにも遠くて、個々の馬たちの位置取りなど、とても見分けられるものではないことを知っているだろう。それにぎっしりと詰まった客たちの間にはさみこまれて、ターフビジョンがなければ、レースを人の頭の間から、垣間見るだけで我慢しなくてはならない。

それでも、見えたのだ。なにか、哀しいような話ではないか。欲に取っ憑かれた目と言われてしまえばそれまでだが、馬券を握りしめている人間の、せつない目の力ではあった。馬群が向正面を行くうちから、自分の買った馬はどの辺にいるか、そして本命馬はと、じつはほとんど見て取れはしないのだが、一心な目がその形勢を漠と感受する。そして四コーナーへ馬群がなだれる時、いよいよせっぱづまった目は、六百メートル、五百メートルの距離から、しかも馬群のあのような勢いの中に、自分の大事な馬、あるいはレースの主役とされる馬の動静を、一瞬のうちに見て取るのだ。いや、たいていの客は背伸びをしいしい、人の頭の間からきれぎれにレースをのぞくばかりだ。レースの山場、クリティカル・ポイントを自分の目でとらえられた客はむしろ少数である。しかしこの客たちが「ルドルフが停まった」とつぶやくと、その「危機感」はたちまち八方へひろがる。人の頭や背に視野をふさがれた客たちにも、その光景が一瞬、見えたのだ。見えた、としか言いようがない。

そんなものまで見えるほどに心身の張りつめた人間たちが、独特な臭いを発していないわけがない。シンボリルドルフと言えば、古い客たちにとってはごく近年の、新しい時代の馬に思われるが、あの頃はまだそうであったのだ。

競馬のほうも御時世がすっかり変わった。それでもこの競馬客の臭いがまだ比較的残っているのは、ビッグレースの中では、有馬記念ではないか、と私は思っている。どんな臭いかと聞かれれば、私の答えはどうしても時代遅れになるが、ボサボサの髪の、カサカサの顔の、ヨレヨレのコートの、クシャクシャの予想紙の、臭いとでも言えばよいか。この予想紙には執念深いような検討の跡のほか、ミカンの汁の飛んだ跡、酒のこぼれた跡、火鉢やストーブについ近づけすぎてうっすらと焦がした跡などが見える。どうかすると悩ましいような香りも染みついている。いや、そんなもの、いまどき、ありはしない。今の客はもっとゆとりがあり、勝負に恬淡として、身の始末もよろしい。それでも有馬記念になるとそのような雰囲気が客の間にそこはかとなく漂うのは、やはり年の瀬のせいか。年末の狂奔を繰り返しながら年を積み重ねてきたこの社会の体質のなごりか。狂奔と一体の倦怠の臭いでもある。

競馬客の臭いがいまでも濃く漂うのはしかし有馬記念よりも、開催日ごとの、最終レースだろう。それも日曜よりは土曜日、晴れよりは雨の日風の日、とくに寒い時節の、たとえば九百万条件の平場のダートの短距離戦の、パドックのあたりである。負けがこんで引くに引けなくなった客たち、といまどきそればかりでもなかろうが、ここまで居残った客の大半は、まる一日あるいは半日、レースの結果に飜弄されてきた人間たちである。とにかく、真剣に馬を見る。その凄いような目に、いじめられてきた子供のような、哀しみの色が差す。

こんなことを言えば、心中さぞや穏やかでなかろう、と人は憐れむだろう。たしかに、穏やかとは申せない。しかし同時に、不思議に静かになる。穏やかならざるままに、心が澄みかえるのだ。そして目はよく見える。馬体がくっきりと映る。ただし、これだけ見えながら、自分はわずかな差で馬券をはずすだろう、という予感がやはり静かにある。

競馬場に来る時には、楽しむつもりで来る。勝ったり負けたり、負けるレースのほうがはるかに多いけれど、一喜一憂して、終れば、まあ面白かった、と思って日暮れの道を帰る。近年ではたいていそんな客の気質である。しかしくつろいで遊んでいるうちに、こんなこともある。パドックで人気薄の馬が二頭、目についた。ばかなと振り払っても、しつこく目についてくる。そこで、まさかこんなものが来るものか、と思いながら、この二頭で馬券を一点だけ押さえておくと、直線でなんと、この二頭が抜けてくる。二頭でほかの馬たちを突き放し、水があいた。この時の人の気持には、恐怖感に近いものがある。すると怯えがかえってワザワイをひき寄せるがごとく、最後方から一頭の馬が脚を伸ばしてくる。なかなかの脚だが、前に届くほどのものではない、とややゆとりを持ち直して眺めると、馬もまたこちらのゆとりに答えたか、のびのびとスピードに乗って、距離はみるみる縮まり、ゴールではお目当ての二頭の間にわずかながら、割りこんでしまった。

これがスタートで完全に出遅れた馬なのだ。ちょっと気には掛かっていた馬だが、先行しなくては脚の活きないタイプなので、出遅れてしまえば片づいた、と思っていたが、ややハイペースになった馬群の争いの後方圏外に置かれて、おのずと脚を溜め、直線の途中で目覚めたように、やったこともない追い込みを、二着ながら、決めたわけだ。

よくあることだ。ふん、ついてねえ、とんだ厄病神が割りこんだものだ、と人はつぶやいて、つぎのレースへ心を向ける。すると、パドックでまた人気薄の馬が二頭、目についてくる。そこで考えなおす。今のレースは馬券こそはずれたが実質は的中させているではないか、とすれば今日は自分の目を信用してよい、と。しかし今度は慎重に、人気筋の馬たちもよく見て、三頭にしぼり、そのうちの一頭を切り、先の馬たちと四頭で六点買いにすると、直線を先頭で駆けあがって来るのが、切り捨てた馬だ。先行したが、脚はもうバタバタだ。その何馬身か後で、いつでもかわせるゆとりを見せてじっくり控えているのが例の二頭だ。ほかの二頭もその辺に来ている。どこからでも来い、である。長い直線だ、と人も落着きはらって眺めていると、しかしいつまでも馬たちの形勢は変わらない。先頭を行く馬が停まりそうで停まらず、そのままゴール前まで来てしまい、そこで先頭だけがようやく変わってゴールインとなった。三着がハナ差、四着五着がアタマ差、二着以外はすべて、買った馬が来た。道中、超スローペースであった。

まやかしに遭ったような心持で、パドックに立っても馬が目に入らない。その目の前をやがて、あふれんばかりの気合を内に秘めた一頭の馬が通る。もう一度回わって来たのを見れば、馬体の張りも他に抜きん出ている。オッズを眺めると、単勝で二十倍を超えている。複勝ですらかなりつく……。

こんな日には、人は最高に馬が見えている。そして最高に馬が見えている日には、人はわずかな差で、確実に馬券をはずし続ける。そしてはずすほどに、馬券の買い方が純粋になり過激になり、切り詰まり、それでまたよけいにはずれる。是非もないことだ。

こうして最終レースまで来てしまった客たちの姿が今の競馬場でも何人も見受けられる。若い人たちも多い。もはや、運にもてあそばれる自分をひっそり見ているのだ。

しかしこれも佳《よ》い日、と思わなくてはならない。この心境をつぶさに知った人間は、やはり一味違ってくる。

（「現代」平成八年七月号）

馬券的中の恐ろしさ

2009

我が人生最良の日というのが、さぞや、あったでしょう、と人にたずねられる。長年競馬を楽しんでいると知られているので、そちらの見当、つまり馬券の大当たりの経験のことを聞いているのだ。そんな日も人にはあるようだけれど、年々、先送りにしてます、と答えることにしている。

人生最良というほどの華々しい日は私の競馬歴にはない。人が大きな馬券を取ったところを間近から目撃したことはある。それこそ人生最良と言ってもよい的中だった。取った当人はむろん興奮する。はしゃぐ。饒舌になる。レースの経緯や、自分がどういう筋道を考えてこの馬券を買ったかを、喋りまくる。場内テレビにレースのリプレイが映し出されると、勝利の味を噛みしめるように見つめる。レースが直線の勝負所にかかれば、いまさら息を呑む。そしてリプレイを見おわると、それまでの饒舌と打って変わって、黙りこむ。なんだか呆然と肩で息をつくようにしている。

おいおい、早く馬券を金に換えてこないと、ただいまのレースは間違いでしたので取り消しにしますと発表されかねないぞ、とそばからからかわれても、着順確定の後なのに、ひるんだように笑うばかりだ。

あれは大きな危機を間一髪のがれてきた者の顔に似ている。それも、知らずにすり抜けてきて、今になり立ちすくんだ顔である。考えてみればそれもそのはずで、馬の取捨選択から、馬券の組み合わせの思案から、ゴールまでのレースの経過を通して、一点の穴馬券が的中するまでには、どれだけ多くの「深淵」を、しかも「墜落」に間一髪の差で、通り抜けなくてはならぬことか。実際にそのとおりの結果になっても、後からたどり返せば、ほとんどあり得ぬこととしか思えない。

その人、その夜は仲間におごらされることになり、酒の席で上機嫌にふるまっては、ときどき考えこむようにしていたが、宴も果てて帰り道にふっとつぶやいたものだ。

こんなことがあるので、人生、怖いよな、と。おそらく、それからはしばらく、すべての事に慎重になったことだろう。

私などはそんな怖いような大的中も知らず、一日の最終レースにちょっといい馬券を当てれば大いに満悦、それどころか、その日はもう負けようにもレースがないので、慢心すらする。こんなちっぽけな儲けで天下でも取ったような気分になるのだから、可愛いいものだ、とみずからを笑いながら、いや、ひょっとしたら、これ以上の自足の日はこの先、自分にはないのかもしれないと考える。競馬場からの帰り道の夕景色が美しければ、なおさらのことだ。

今は故人となった私の先輩で、一時期、馬が当たりに当たりまくったという人がいる。昭和の二十年代のことらしい。月給はおろか、ボーナスにひとしい額まで馬券で取ってしまうことがあったという。駄法螺のように聞こえるかもしれないが、たとえば千円の馬券が当たって十倍の払い戻しになれば一万円、この計算は昔も今も変わりがない。今の一万円は競馬の後で酒場に寄って一人二人におごればたちまち飛んでしまうが、当時の一万円は若い者の月給の額に値する。まして二十倍三十倍ともなれば、ボーナスの額の域に入る。しかもこちらは遅配や減額ということがない。

先輩はこれを昔話しとして述懐していたが、自慢話の口調ではなかった。淡々としたうちに哀しみがこもる。ある時から――経済成長が始まった頃だと思われるが――その競馬のツキがぱったりと落ちたという。しかし哀しみはそこから来るもののようではなかった。

インパール作戦からの生還者であった。この先輩が亡くなった後で、私は考えたものだ。かなりの配当の馬券を取るにつけて、この馬券の的中した確率と、自身がインパールから生還した確率とを、とっさに較べはしなかったか。数字に出して計算などはしなかっただろう。そんなことをしても意味はない。しかし、馬券が当ったことよりも、自身が今この競馬場にいることのほうが、不思議に感じられたのではないか。

これは自足と言うべきか、それとも、寒々と風に吹き抜けられる心か。私も小児の頃にかなり際どい間合いで周囲の炎上からのがれている。振り向いて焼夷弾の着弾を目にしたこともある。不断の痛みに私が呻く病室の外で、親たちが医者から因果をふくめられていたこともある。

無事無痛には、どこか恍惚感がある。そのつど人生最良の時と思わなくてはならないか。

（「文藝春秋」平成二十一年二月号）

言葉の失せた世界

2009

おそらくその道のエキスパートたちが集まって、なぜ、初めから破綻ふくみと知れるはずの信用拡大へ走ったのか、といまさら呆れる人がいる。それにたいして、エキスパートというものはシステムの、それぞれに精密な部分にはよく通じていて機敏に対応するが、全体を見ない、いや、全体には無関心のようだ、と指摘する人がいる。それに重ねて、人間の思慮分別が利かなくなる、そういうシステムはあるのかもしれない、とつぶやく人があり、これは一段とおそろしい。つられて、言葉のはたらきも失せる世界があるのかもしれない、と私は考えた。

端的な話、初めにサブプライムローンなる言葉があり、信用貸しの危険度を示す用語であるらしいが、これを低所得者向けの高利金融という実《じつ》の見える名で呼んでいれば、それ自体すでに破綻ふくみであり、膨張によってのみ維持され、いずれ限界に至るということは、意識からはずれなかったのではないか。このように実体をむしろ塞ぐ用語の、しかもつぎつぎの新造に、実業と言われる世界が掻きまわされたその結果が、このたびの破綻ではないか。

狂言綺語という自己規定が古来から文学や芸能の側にある。私なども作家のはしくれとして、自分の書く物も狂言綺語の内だと思っている。狂言綺語であればこそ、言葉を頽《くず》してはならない、といましめている。言葉を尽くそうとすれば、しばしば言語と非言語の境にまで追いつめられる。どうしても沈思黙考にくらべれば饒舌なはずの業《わざ》が、無言の域に踏みこみかける。これでは自己否定になるよりほかにない。しかし、周囲の実の世界のほうが、騒がしいなりに音声を欠いているように聞こえる。

（「図書」平成二十一年五月号）

鐘の声

2015

これは私と同年配の、もう八十歳に近い人の話になるが、幼い頃の遊び場と言えば、狭い路地のようなところでなければ、お寺の境内だったという。

下町の育ちの人である。小ぢんまりとした巷のお寺で、境内もひろくはないが南へ向いていたので、とりわけ冬場には子供の溜まり場となった。背中におぶった赤ん坊をゆすりながら境内を行きつ戻りつする老女の姿も見えた。お堂の裏手には墓地があった。卒塔婆の先端がのぞく。春ともなれば墓地から陽炎《かげろう》が立つ。その光景が今になり懐かしく思い出される。陽炎の中で遊んでいたような気がする。すべて、空襲によって焼き払われた。

山の手のほうになるが、私も敗戦の直後の一時期、お寺の多い界隈に暮らした。江戸期に市街地から「山」のほうへ越してきた寺院らしい。すでに古色蒼然としたお寺もあったが、空襲に焼かれて新普請のお寺もあった。

あちこちに焼け跡があったので子供たちは遊び場に不自由はしなかったが、興に乗れば町から町へと走りまわる。お寺の境内から墓地を、群れをなし歓声をあげて駆け抜ける。けしからん餓鬼どもである。その罰だが、墓地でしたたかに転んだことがある。その疵から高熱を出した。親は眉をひそめていた。しかし子供は懲りない。暮れ方に仲間と墓地を抜けて帰ってくることもあった。

青年期までは引っ越しの多い人生だった。それが、三十歳の頃にもう一度越して、まだ仮の住まいのように思ううちに、いつしか五十年近く居ついたきり、現在に至る。

あたりに三箇寺ばかりあるが、どれも歩いては半時間近くかかる。ここに住まう間、作家としてさまざまに書いてきたが、通夜や葬式のことは別にして、お寺が情景として出てきた作品は、一篇もないような気がする。明治や大正、昭和の初期までの先人たちの小説を読むと、お寺のある情景がよく出てくる。さりげなく描かれているが、読む私の眼はそこに留まる。

私の生まれる頃にはもう失われた情景らしいが、なにやら深い見覚えがある。私自身がそこに立って、つくづく眺めているような、そんな心地がしてくる。それにつけても、今の世で小説などを書くのは、なんと味気ないことか、とつい溜め息ももれる。

お寺が近くにないことには、町がどうも町にならない、と思うこともある。

たまにヨーロッパの都市をたずねれば、その街の中心の大教会のほかに、あちこちに小教会がある。「町内」ごとにあるように見える。暮れ方の買い物帰りの女性がひざまづいて祈っている。人のいないベンチにぽつんと坐っている老人の姿も見える。

東南アジアの大都市の、高層ビルものぞく巷にイスラムの、モスクとは別の礼拝所らしいところがあり、そこへ昼間から人があがりこんでくつろいでいる。あがる前に、水場で足を洗う。ヒンドゥー教の寺院もあり、強い色彩の聖像の立ち並ぶ薄暗いお堂の中で、何人もが坐りこんで休んでいる。

お寺の鐘の音というものを、東京で生まれ育った私は日常に聞いた覚えがない。あるいは遠くにかすかに聞こえていたのを、忘れているのかもしれない。

戦争が本土に迫る頃に、寺々の鐘が軍需のために供出させられたと聞く。梵鐘が融かされて砲弾などに化したわけだ。たとえ供出をまぬがれたとしても、おおっぴらに鐘を撞くのははばかられたのだろう。

永井荷風が、昭和の十年の頃のことと思われるが、東京の鐘の音のことを随想の中に書いている。芝の増上寺から麻布の高台へ伝わってくる鐘の音らしい。二、三日荒れた木枯らしが、冬の日の暮れるとともにぱったりと止んだその静まりの中を、最初のひと撞きがコーンとはっきり耳についてきた、という。さらに、糠雨の雫が庭の若葉の、葉末から音もなく滴る薄暗い昼過ぎに、鐘の音がいつもよりいっそう遠く柔らかに聞こえてくる、とある。さらにまた、秋も末に近く、ひと宵ごとに力を増すような西風に、とぎれて聞こえてくる鐘の声の、寂寥感を荷風は噛みしめている様子である。それにつけても、我が身に迫る老いと、戦乱へ傾く世の移りとを感じさせられたらしい。そして随想の結びは、

――たまたま鐘の声を耳にする時、わたくしは何の理由もなく、むかしの人々と同じやうな心持で、鐘の声を聴く最後の一人ではないかといふやうな心細い気がしてならない……。

昭和十一年、荷風の五十七の歳の作品である。その翌年に私は生まれている。そのわずか八年後の昭和二十年に、荷風の麻布の住まいも、郊外の私の家も、空襲で焼き払われた。あるいは、近頃しきりに鐘の音が耳につくようになった荷風の感慨の内には、東京の炎上の予感がふくまれていたのかもしれない。

私にとってはしょせん、知らぬ鐘の音である。それなのに、冬の冴えた空気にくっきりと響く、あるいは初夏の小雨の中にやわらかにふくらむ、あるいは晩秋の風にとぎれがちに運ばれてくる、

そんな遠い鐘の音へ、私もつくづく耳をやったことがあるような気がする。

往古の歌集を読むうちに、鐘の音を詠みこんだ歌に出会うと、いましがた聞こえたかのように、遠くへ耳をやることがある。

千年もの時空を渡ってくる鐘の声ということになるか。花の頃の、霞を洩れる鐘の音、という。恍惚感を誘う。入相《いりあい》の鐘をつくづくと、今日もこうして過ぎたかと聞く。寝覚めに聞く鐘、これには年を取るほどに身につまされる。わびしい。しかし何かと事にまぎれる人生にあって、我に返った心地もするのではないか。

——諸行無常の鐘の声　聞いて驚く人もなし
そんな歌謡が近世にはあったそうだ。これが世の人の常であろう。しかしひとつの寺の鐘を、その声の渡る範囲の里や街の人が揃って耳にする。聞くともなく聞く。それだけでも功徳ではなかったか。ほんのつかのまの、意識にもならぬ、悟りというものはある。悟りとまでは行かなくても、しばしのあらたまりはあるだろう。諸行無常の声は、哀しみではあるが、人生に行き詰まった者には、救いでもあるはずだ。

今の世の寺院は朝夕に鐘を撞くわけにもいかないのだろう。山寺でもないかぎり、やかましいとの苦情が近隣から出ると思われる。まして夜中や夜明けに鐘を鳴らせば、寝覚めがちの高年者から、あの音を聞いていると、わびしくてしかたがない、と泣きつかれるかもしれない。

西洋の旅の宿で私も幾度となく、街の教会の鳴らす夜の時鐘に眠りを破られた。あれはわびしいものだ。梵鐘のような幽玄な音色にとぼしいので、なおさらのことだ。しかし鐘の音の残りを数えるうちに、柄にもなく、来し方行く末を思わせられる。自身の過去よりさかのぼる来し方のように、そして自分の生涯をも超える行く末のように、しばしば感ずる境はある。いまこの鐘の声を、何人もの、見知らぬ人たちが寝覚めて聞いているのだろうと思えば、わびしさもやすらぐ。

——明《あく》るやら西も東も鐘の声　野水

芭蕉七部集の、連句の内に見える。

「明るやら」とあるのは、未明に寝覚めして物を思ううちに、鐘の音が聞こえてきて、夜の白々と明け染めたのを知るということだろう。鐘の音へ耳をやる人物は、その前の句に「盗人の妻」とあるから、あわれである。「明るやら」というつぶやきも、女人の唇を思わせる。そして「西も東も鐘の声」とは、昔の市街は、あるいは里も、そんな暮らしだったのだろう。

朝夕の鐘の音も聞かぬ現代の大都市に住まう者として、うらやましい気がする。今でも鐘の音を聞いて暮らす土地があるなら、いよいようらやましい。

しかし今の世に寺院というものがあるからには、音にならなくても鐘の声は、おのずとある、とそう思いたい。寺院そのものが、鐘の声ではないか。諸行無常を告げるばかりではない。来世のことはさて措き、過去の衆生の存在を、今の衆生に感じさせる。過去の衆生の重みが掛かったほうが、根から浮きがちの今の人間は、生きやすいのかもしれない。

（「月刊住職」平成二十七年四月号）

日記

2017

十一月十九日（日）晴れたり曇ったり

今日でちょうど八十歳になった。日記と言っても、めったに外出もしなくなり身辺もまず平穏なので、とりわけて書きつけることもない。じつは一日の内にも生涯の事が詰まっているのかもしれないが、思い出せばキリもない。八十を過ぎてまだ生きている自分が不思議でならない、とつぶやいた先輩がいた。

十一月二十日（月）曇り、寒し

仕事は毎日、細々とながら続けている。手の動きがめっきり遅くなった。頭はなおさらである。ありふれた漢字がにわかに思い出せなくなる。じつは正しく書いておきながら、これでよかったのかしら、と迷うこともある。文字が遠のいていく。意味も遠のいていく。あるいは長年の習いが薄れて、遠い初心に還っていくということか。

十一月二十一日（火）曇り

北風が吹いて寒い。近所の並木路の欅《けやき》もあらかた葉を落とした。その並木路もその由来を聞けば、そこを毎日、正午前によたよたと行きつ戻りつしているこの年寄りと、似たり寄ったりの年齢らしい。このあたりに越してから五十年近くになるが、その間、十何年に一度ぐらいずつ、ある日、樹がすっかり大きくなるのに驚く。そんなふうにして、自身も年を取ってきた。迂闊のように。

十一月二十二日（水）曇り

風もなく冷えこむ。まるでもう年末に感じられる。今回の仕事もしまいのほうにかかっているが、書いているとすすんでいるのかいないのか、わからないようになる。前へ行きながら後ずさりしているような気にもなる。向こう岸が見えてからが遠い。どうしても越せない瀬に感じられるところがある。年のせいでもあるが、しかし考えてみれば、何十年も似たようなことを繰り返してきた。

十一月二十三日（木）晴れ

朝のうち雨。正午前にあがり、午後から晴れる。相変わらず仕事は続けている。隔月の四十枚程度の仕事が今では重労働にも感じられる。昨年の夏に病気をして以来、二度書き、いったん了えたところから、清書するようにしている。字の乱れのこともあるが、初めにずいぶん丁寧に書いたつもりが、読み返してみればあれこれ昏乱が見える。とりわけ事の前後、時間の錯誤が目につく。これではならじと正すことになるが、はたしてこれでよいのか。錯誤と思われたほうに、実相はあるのかもしれない。人は自分の言ったところを、自分で知らないともいう。まして、ことさらに書き置いたことは、自分の認知の外へ出ると思うべきか。ここもう十何年、刊行された自身の作品をめったに手に取らなくなっている。もうすこし先まで生きていれば、なにやら不可解なものとしてつくづく眺めるようになるのかもしれない。

十一月二十四日（金）晴れ

すっかり枯れたかと見えた樹の枝にわずかに残った黄葉が日の光を浴びて、今を盛りのように照りかかる。路上に散り敷いた枯葉を両手に集めては風の中へ放って歓声をあげる幼い子たちの姿を、今年も見ることになった。午後から仕事にかかって、行きなずむうちに、いつか日が暮れている。夜も本を読んでいるうちに、いまさらそんなに熱中しているわけでもないのに、気がつけば夜半に近くなっている。年寄りの時間の経ち方か。いや、若い頃から、そんなものだった。作家というものになってしまってここまで来たことを、柄にもないようでも、なるようにしてなったのだろうとは思うが、ひとつ悔まれるのは、もしもこの道に入っていなければ、古今東西の詩文を、虚心とまでいかなくても、もっと闊達に読めただろうということである。今の世の小説書きも詩文家のはしくれ、相手は横綱でこちらは幕下でも、せめて三分ぐらいには取れないものか、とケチな負けん気がはたらくものらしい。これもまもなく消えることだろう。

十一月二十五日（土）晴れ

天気が良いようなので、午後から外出することにした。用事もある。出かける前に、たどる道を思う。駅から駅へ、かなりの「旅程」に思われる。いよいよ人中に入れば、日頃蟄居の身には世の中の、まさに渦中を行くにひとしい。人の邪魔にならぬよう、道さまたげにならぬよう、もっぱらそのことに注意する。そのうちにおのずと足弱者の勘が出てくるようで、人の中にありながら人に触れず、ただひとり野をとぼとぼと行く心地になる。帰ってきた浦島である。よくよく知った道が、初めての道に見える。かすかな忘失感に、これもかすかながら恍惚のようなものがないでもない。

さて、この辻はどちらへ折れるのだったか、というような。

（「新潮」平成三十年三月号）

我が病と世の災いと

2019

この四月の初め、まだ改元の前のこと、数人が集まった中で、平成という年間はその輪郭がどうもはっきりとつかめないように感じられる、と言う声を聞いた。私などはまして戦前、昭和一二年の生まれなので、昭和から平成へかけての年月を数えようとすると、まず西暦へ換算しなくてはならず、手間がかかる。丁寧に数えたつもりでも、どうかすると何年かのずれが出て来て、首をかしげさせられる。気がついてみれば、一九九一年つまり平成三年を平成元年と思いこんだのが、間違いのもとだった。

一九九一年と言えば、それまで足掛け六年も続いた過剰景気、のちにバブルと呼ばれたものがはじけた年になる。その年の初めに私自身も頸椎、首の骨が長年の重みに堪えかねたか壊れて、入院五〇日、そのうち半月ほどは仰向けのままの安静を守らされるという憂き目を見た。折りから第一次湾岸戦争が始まり、病院の内でもテレビの報道の声が流れ、激しい戦闘という言葉がのべつくりかえされ、まるで戦闘を形容するのに、激しいという言葉しかないかのようだった。さらに、我が国の泡景気の崩壊するのに前後して、旧ソ連の解体が伝えられ、そんなことまで起こるものかと驚かされた。これからも何があるか知れないと思った。

そんな世の変動があり、私も病中にいささか起死回生の思いをさせられたが、この一九九一年を次の時代の始まりと取り、平成の三年であるのに元年と、後年に思い出すようになったようだ。平成七年には阪神淡路の大震災があり、地下鉄サリン事件もあり、これまた平成の始まりのように思われることもある。

好況であろうと不況であろうと、東西の冷戦の構造が崩れようと、もともと時代遅れのような私の暮らしには変わりもなかったが、なにやら戦後の世界がいよいよ傾きかけたように感じられ、これからはとにかく自分の仕事にさらにしっかりと取り組むよりほかに道はない、とだいぶ心細い気持であたりを見まわせば、世の中は行き詰まっているようでもあり、相変わらず繁盛しているようでもあり、曖昧な雰囲気だった。

さるほどに平成九年の一〇月の末に、東京の近県に取材に出かけることがあり、正午頃に取材先に着くと、つけ放しのテレビから、ちょうど火曜日のことで、月曜になるアメリカのウォール街の、株の暴落の報道が大きな音で流れている。そう言えばこの秋にいくつかの企業が破綻したのを、こんなことだったのかと思い合わせた。その暮れ方、取材を終えて新幹線の駅まで来ると、キヨスクに並んだ夕刊から、株の暴落の見出しの躍っている前を、出張の帰りらしいスーツ姿の人たちが新聞に目もくれず足速に通り過ぎていく。新幹線が走り出してしばらくして車内を見まわしても、誰一人として、夕刊をひろげていない。

おそらく、出張先でも株の暴落の話で持ちきりで、おたくの会社は大丈夫ですかなどと言われて、もうウンザリしているのだろう、と思った。我が身の行く末を考えるにしても、新聞にわずらわされず、ひとりきりになったほうがよいのに違いない、と。そう思う私自身も、我が身の行く末を案ずるにしても材料がなく、いままで通り細々とやるよりほかはない、とつぶやくばかりだった。それからひと月後の、一一月末の三連休の初日に、大手の証券会社の破綻が伝えられた。後に聞いたところによれば、おおかたの社員は休日の自宅のテレビでこのことを初めて知ったという。

どういう因縁だか、私は丈夫な人間なのだが時折り大病に捕まることがあり、それが世の変わり目と前後する。前世紀の末には眼をわずらって手術をくりかえすことになり、その入院中に、ある破綻に瀕した企業の重役が心労の果てにか早朝に命を絶ったという報道があり、早朝に生涯の根気が尽きたかと暗然とさせられ、しかし、その朝の危機をどうにか紛らわして過ごしたなら年月はまた流れるのではないかとも思った。

その一〇年後にはまた別の病気で入院を余儀なくされ、それも無事に済んで何年かした後、東日本大震災が起こった。大津波の寄せたのが三月一一日の午後、東京の本所深川方面の大空襲が三月一〇日の未明、わずか一日の違いだが六六年の隔たりになると数えるうちに、平成も二三年になったかと驚いた。あれからも八年が経ち、平成は尽きようとしている。

（「朝日新聞」令和元年五月一日）

Ⅲ

芥川龍之介賞選評

1986-2005

自縄自縛の手答え（第九十四回）

上質の作文との声があった。愚痴の粘りに多少辟易する声も聞えた。それでもこの「過越しの祭」がほかの作品よりはやや抜けた支持を集めた。何事かにしかと触れたという、手答えが買われたのだと思う。

二十年昔に「自由」を求めて日本からアメリカに渡ってきた日本人女性が、その「自由」の中で選んだはずの配偶者が属するユダヤ人の一族に、「自由」を阻まれるという皮肉である。日本に振り捨ててきたつもりの宗教的な因習と、そして血族の結束が、義理（イン・ロー）の関係となって、無遠慮かつ露骨に家庭の内に踏みこんでくる。その甚しさに、読者もしばし唖然と眺めさせられる。うしろの幽霊がいつのまにか前にまわりこんで、いっそうなまなましい姿となって立ち現われたような、そんなやりきれなさにひきこまれる。その辺の筆力には確かなものがある。

しかも、現代の日本人の目には異常とも映るこの宗教的・血族的結束もまた、彼らの「自由」を求め、「自由」を守るためのものであった。そのことは作中できちんと意識され踏まえられているはずで、だからこその表題、だからこその冒頭の出エジプト記からの引用であるわけだ。となると、もうひとつ、それは現在でも、外部の人間にとっては形骸化された因習と見えても、内部の人間にとっては、生存競争を生き抜くためのものではないか、という疑いが起る。そしてそこから逆に照らしかえせば、このような結束を徹底して忌み嫌う人間たちの、「自由」や「個性」とは、どのような姿を現わすものなのか……。

このことが作品の結末に、かかわってくる。しかし読み手の私も、主人公のかりそめの脱走には息をこらし、外に出て吸いこんだ空気は、主人公とともに、理屈抜きに甘かった。それからが問題なのだろう。この二十年昔さながらの、「希望に溢れた陽気なまち」の空気も、いまだにアパートの一劃に集まって彼らの歴史の歌をうたいつづけるユダヤ人一族のような存在と、その現在の成り立ちにおいて、無関係のものなのか。

（受賞作「過越しの祭」米谷ふみ子／候補作「小説伝」小林恭二、「卵」佐佐木邦子、「犬かけて」辻原登、「果つる日」石和鷹、「ベッドタイムアイズ」山田詠美、「エチオピアからの手紙」南木佳士）

（「文藝春秋」昭和六十一年三月号）

「欠損」をめぐる文学（第九十五回）

時間をかけて審議した結果、受賞作なしと決定した。最終の二作、山田詠美氏の「ジェシーの背骨」と藤本恵子氏の「比叡を仰ぐ」にしぼられるまでは、村田喜代子氏の「熱愛」がやや長く話題になったのを除いて、事の運びはむしろ速やかだった。受賞かどうかの詰めに来て審査は難航した。入江を見出しかねて困惑したというほうが妥当だろう。

私としては村田喜代子氏の「熱愛」に関心を抱いた。疑問から先に挙げれば、まず表題が不可解である。作品との関連をどう意味づけようと、表題として立っているとは言えない。つぎに、これは美点が難点につながる例であるが、あざやかな比喩形象が至るところに見える、しかし、一事をめぐって重なりすぎる。例を一々あげつらういとまはないが、この比喩形象の豊饒さ、あるいはひしめきは、おそらく、この作品が中心として、「ない」ということをめぐる、という事情から来るものだろう。

「無」ではなく、作中幾度かその言葉が使われる、「欠損」のことである。パートナーのオートバイが断崖から転落した、としかほかに、主人公にとっても作品としても考えられない。これがまだ「出来事」とならず、さしあたり「欠損」と感じられている。この感覚にはなまじではない深みがある。比喩形象の豊饒さの源泉であると思われる。しかも、さしあたりとは言うものの、事件となった後《のち》から、振り返られていない。後からの目にたいして閉ざされて、「欠損」そのものとして、どこまでも深く沈んでいきそうなけはいがある。ここまで来ると、作品の美点難点を超えた、時代の人間の問題と見られる。

山田詠美氏の作品中、《彼女は彼が憎しみの空気に対して鈍感である事を悟った》という言葉があり私の目を惹いた。読みすすむうちにしかし、この男性の人物が自他の憎悪にたいしてきわめて神経質であり、逃避反応のあまり、その点での「不能」に陥っていることが分かる。その「不能」に対して女性の人物のさまざまな反応があると読める。この作品もまた「欠損」のほうを踏まえて立とうとする小説か。

（「文藝春秋」昭和六十一年九月号）

（受賞作なし／候補作「風の詩」中村淳、「ボラ蔵の翼」海辺鷹彦、「ドンナ・アンナ」島田雅彦、「サンセット・ビーチ・ホテル」新井満、「ジェシーの背骨」山田詠美、「熱愛」村田喜代子、「比叡を仰ぐ」藤本恵子）

アンセクシュアルな現実（第九十六回）

予選通過七作の内、多田尋子氏の「白い部屋」に、私はもっとも興味をひかれた。しかしさて選考会ではこれをどう推したものか、読後からすでに困惑させられた。作品の結構を説明するとなると、小説として通常ほとんど致命的と取られかねない欠如を、数えあげざるを得ない。主なるものをあげれば、性的な不能に屈折した様子も見えない夫と、それにまた苦悩を覚えたふうもない妻との、軋轢もない快活な共生、それ自体はおそるべき主題ではあるが、そうした夫婦がともに過ごした十七年、さらに妻が未亡人としてひとりで暮した七年、おおよそそう数えられる歳月が作中、読者にとって、葛藤の形跡としてたどろうとするならば、無歳月に近い。それでも作品の文章の、やはり歳月をはらんだ、淡泊ながらの独特な粘着性が私には捨てがたくて、これは欠如としか受け取られないものをかけ値なしの現実として基に据えた作品ではないか、本来小説としては描きようもない現実の、せめてその輪郭なりをも表わそうと試みたのではないか、と選考会の席上、われながら苦しい弁じ方をしたところが、先輩諸委員からかすかながら同意を得たのは、むしろ意外だった。

結局は、この一作では作者の抱えた現実性の深浅を見定められないとして見送られた。私も強く推す自信はなかった。この作品からのひとつの暗示として、きわめてアンセクシュアルな領分が、小説にたいしても表現を求めて迫りつつあるけはいは感じられた。性をさまざまな相において描くにも、まず無性へ追いこまれかけた性を基にしなくてはならない、そんなところまで小説もすでに追いこまれているのかもしれない。その光をあててみると、ほかの六作からも、あたらしい現実の影がより濃く浮かびかかるように思われた。ただし、作者たちは無性への傾斜を、自身のこととして認めるかどうか。

（受賞作なし／候補作「豚神祀り」山本昌代、「盟友」村田喜代子、「ホーム・パーティ」干刈あがた、「白い部屋」多田尋子、「未確認尾行物体」島田雅彦、「蝶々の纏足」山田詠美、「苺」新井満）

（「文藝春秋」昭和六十二年三月号）

融合と分離と沈黙と（第九十七回）

八十歳の祖母の、首から上を、十七歳の孫娘が同じく首から上だけを浮かべて、この老人にとっては今この時でさえもなかば夢の中にあり、自分という孫娘などはいちばん新しい夢なのかも知れないとながめる。村田喜代子氏の「鍋の中」の、田舎の大鍋ならぬ風呂の中の一場面である。そのとたんに目の前の少女の首を通して老人の古い記憶の扉がひらき、孫娘というのがじつは老人の妹の、その娘の子であったと打明けられる。その虚実が結局は知れない。知る知らぬ以前の境へ流れていく。老人の古い記憶は鮮明かつ詳細、情感も濃やかに伴ったまま、すでに大きさで人物の弁別がゆるんで、物語の豊饒さの中に融合しかけている。少女にとって出生の謎に苦しむ機縁とはならず、大鍋の混沌を足下あるいは身の内にのぞいた夏の体験となる。老人の記憶の内部に起る著しい差違が、逆にたどれば、本人あるいはその生家の、どの辺の事情に由来するものなのか、また作品を通しての少女の口調のどこに、現在の作者の声が節目となって凝縮しているのか、読む側としてはもどかしいところだが、祖母と四人の孫たちの「合宿」の中で料理役をひきうけた少女が日々、老人の口にも少年の口にもどうにか折り合ったゴッタ煮めいたものをこしらえた古い大鍋の、その太さに相通じるものを、選者たちは作中から感じ受けて、それぞれ控え目ながらに推した。

ついで票を集めた新井満氏の「ヴェクサシオン」について私は、音声と映像の分離しがちな、いや、いったん分離させせてから結合させせなくてはならないCF製作の世界に住まう人間の《虚の苦》に関心を惹かれ、沈黙と馴染む新しい音楽の救いにも誘われたが、聾者の少女もふくめてそれらすべての中心にある沈黙のおそろしさの、その説明こそひととおりなされているものの、その切迫は表現されていない、そのことを作品の基本的な欠如と見た。家具がそこにあるようにある音楽とは、やすらぎである以上に、この作品の内部では悪夢であるはずなのだ。沈黙と反復との。

〈受賞作「鍋の中」村田喜代子／候補作「あしたの熱に身もほそり」飯田章、「東明の浜」尾崎昌躬、「草地の家々」飛鳥ゆう、「春のたより」山本昌代、「緑色の渚」夫馬基彦、「ヴェクサシオン」

新井満）

（「文藝春秋」昭和六十二年九月号）

「ぼく」小説ふたつ（第九十八回）

「ぼく」を主人公とした二作が受賞となった。しかも「スティル・ライフ」は四十代の作者、「長男の出家」は五十代の作者、いずれも物を書くことに相当のキャリアを積んだ手になる。

　とくに「長男の出家」の主人公の「ぼく」は、作品の現在において、高校生になる長男をもつ。三十代の前半に結婚したとあるので、五十歳に手の届く男性である。この長男が小学校の三年生の頃に、僧になりたいと言い出す。実際に、中学生のうちに、僧になった。得度を受け、頭を剃り、名も変わり、寺の後継ぎに定められたので姓も変わる。やがて戸籍も実家から抜かれる。初めのうちは僧形のまま家から宗教学校へ通い、家では親に「良海さん」と呼ばれるが、高校生にかかる頃か、文字どおり家を出て寺に入る。

　年頃の子を持つ親としても、今の世における「入信」に関心を寄せる者としても、その経緯をつぶさに聞きたくなるところだ。しかし書きあらわされたかぎり、経緯がほんとうに経緯になっているか、なりゆきに主人公の葛藤がほんとうに伴っているか、微妙である。そのつど結果が先行して経緯が後からいそぎ調達される。事に後《おく》れて始まる主人公の葛藤は既成事実の中で、当事者にしては客観にすぎる想念へ空転する。これもまた、息子の出家という契機から、宗教的なものから照らされたい親の、親子関係の、ひいては人の実相と取るべきか。あるいは身も蓋もない、葛藤回避の現実と受け取って、読者は身につまされたとするか。後者の目で読んでも興味深い作品ではある。

「スティル・ライフ」もまた、つとめて無機的に伸ばした延長線上に、「救い」あるいは「安心」を望む作品と思われる。ひとつの透明な歌として私は読んでその純度に満足させられたが、しかし宇宙からの無限の目は、救いとなる前にまず、往来を歩くことすら困難にさせるものなのではないか。また、被害者が存在するかぎり、人は見られている、つまり透明人間のごとくにはなり得ないのではないか。

（受賞作「スティル・ライフ」池澤夏樹、「長男の出家」三浦清宏／候補作「カワセミ」図子英雄、「BARBER・ニューはま」清水邦夫、「ジョナリアの噂」吉田直哉、「金色の海」夫馬基彦、「遠方より」谷口哲秋）

（「文藝春秋」昭和六十三年三月号）

失われたことへの自足（第九十九回）

「尋ね人の時間」という名のラジオ番組が敗戦直後にあった。戦災の中ではぐれた人の行く方を尋ね、また自分の所在を知らせる番組で、一時は毎日、天気予報に劣らぬ頻度で放送されていたかと思う。せつに尋ねる人のある者も、さしあたりはない者も、この番組が始まると、おのずと聞き耳を立てたものだ。

この受賞作の「尋ね人の時間」は、主人公が以前に出版した写真集の表題から来るようで、その写真集は無人の風景から成るという。そこにいるべき人の失われた風景、というところなのだろう。ところで、「失われた」がそのまま「尋ねる」に通じるかどうか、ここが戦乱直後の「尋ね人」とは違って、今の世に暮す人間の、心の虚弱さの露呈するところだ。ここで、作家として、失われたことへの自足をその荒涼をもろに表現しきったとしたら、人がその消極性をどう非難しようと、これはこれであざやかな功績と言える。しかし、失われたことの、その説明に自足をもとめる作品は、文章の清新さへの苦心によって、かろうじて通俗性の傾斜を、揺りもどしつつ支える、あやうい試みとなるはずだ。その支えあげの緊張について、私はこの受賞作にもうひとつ得心が行かなかった。

受賞作に次いでは、やはり中年男性作家の手になる、「紅葉の秋の」が選考の話題にあがった。この作品も、離婚によって再度跡切れた人生の、その隙《ひま》をどう先へつなげるか、先へつなぐことにより後へもさかのぼってつなげるか、それがテーマであり、主人公の男性には単独者の自足への傾きも見えるが、すでに一人の、やはり離婚歴のある一種懸命の女性が前にいる。この両者の、もとめあいとうとみあい、そのからみが見どころだが、たとえば障害児たちの遠足の昼食を眺める場面で、「たいてい母親が目を釣上げ、父親が困惑した暗い表情で見ている」とある、この主人公の観察などは、男の暗い困惑に付くあまり、眼の《年代》が大幅に狂ってはいないか。大事なことだと私には思われるが、どんなものか。

（受賞作「尋ね人の時間」新井満／候補作「端午」佐伯一麦、「雪迎え」岩森道子、「紅葉の秋の」夫馬基彦、「四日間」坂谷照美、「うたかた」吉本ばなな）

（「文藝春秋」昭和六十三年九月号）

百回目は——（第百回）

言語にたいする嫌厭に苦しめば、物が考えられなくなる。それどころか、心身が病む。それが昂ずれば、話す人間たちの中を、立って歩くこともできなくなるほどのものだ。李良枝氏の「由熙」は、言語に病む人間の描出に一面からまともに立ち向かって、読み甲斐のある作品であった。主人公の防禦と分裂は、その肉体にまで及んで、ところどころで表現されきった。暗誦を以って把握に替えなくてはならぬ言語の窮地は、じつは同国語の村にあっても、言語上の異邦人の立場になくても、無縁の地獄ではないのだ。テーマの切実さからして、文章も立った。しかし最後の部分で、在日韓国人の言語分裂の根もとへ、一人の生粋の韓国人を、仮構とは言いながら、人物さながら取りこんでしまった。これがあるために私はこの価値ある作品を、韓国語のために日本語のために、授賞作としては採らなかった。

南木佳士氏の「ダイヤモンドダスト」は、佳い作品である。この作家の美質の、寒冷に冴えた感性が作中にゆるやかに行き渡り、神経の軋みがようやくおさまったという境地か。作品の流れに沿って、人が順々に、穏やかに死んでいく。読者もそれに心を和《なご》まされる、こともできる。しかしやはり最後の、ある朝、水車が停まりまた人が死んだ、という感動の仕舞いは、どんなものか。この二つの死の、時差のほうに、せっかく表現に苦しむ者なら、力をかけるべきなのだ。実際の人の死と、生きのこった者の底に沈む人の死と、この間の差異の表わしがたさをよくよく心得た作家だと見うけられる。その差異を、索漠とした時差において表わすことが、小説にとって、わずかにできることなのではないか、と私は思う者だ。

司修氏の「バー螺旋のホステス笑子の周辺」は、手のこんだ達者の作品と誤解されたようだ。じつは羞恥と憤怒、そのあまりにシャイ、そのまたあまりに腰の重くならざるを得ないこころが、「花屋さん」という呼びかけを合図に、人を救うという喜劇の舞いを、重い腰のまま舞い出したのだ。荒涼の境まで、鬱々として爍《はしや》ぎきった。私はこれを推した。

（受賞作「ダイヤモンドダスト」南木佳士、「由熙（ユヒ）」李良枝／候補作「バー螺旋のホステス笑子の周辺」司修、「月潟鎌を買いにいく旅」清水邦夫、「サンクチュアリ」吉本ばなな、「香水蘭」岩森道子、「単身者たち」多田尋子、「黄昏のストーム・シーディング」大岡玲）

（「文藝春秋」平成元年三月号）

行き詰まればこそ（第百一回）

今回は予選通過作の中から候補作として推すべき作品を私は見つけられなかった。そこで、それぞれの作品の読後の感想と印象を選考会の場まで用心深く運んで、私の評価はいちおうのものとして、選考員諸氏の意見を聞きながら練り返して見ようと思ったが、どの作品についても強い推挙には出会わなかった。

文才はさまざま、意匠と感覚もさまざま、効果もさまざま、部分部分の美質は、まあ挙げるには事欠かない。選考員もまず丁寧に、好意の方から作品にあたっていたと思う。しかし推挙がどれも、途中からポッキリと折れるかたちになった。

大事なところで稚さがあらわれる、と私は見た。

想念なり情念なりの鋲がしっかり利いていなくてはならない継ぎ目が、稚拙な通俗性の、糊づけとなっている。全体が稚拙ならば、これもあどけない表情を添えるところだが、作品はそれぞれに年の顔を露わしているので、読むほうとしては興醒めのこととなる。作者の現在とさほど必然的にはつながっていない稚さなのではないか、と私は見る。作品の節目という箇所《くだり》があり、作者の踏ばりどころであり、それ以上に、行き詰まりどころである。作品の要所で行き詰まればこそ、表現力は更新される、とこれは終われば涼しく言えることであって、最中にはまるでもっぱら徒労感と取っ組みあっているようなやるせなさを嚙まされる。その時である。踏まえるのは自分一人を、ばかりでない。不特定の読者を当然、思いうかべる。その時、わかりやすくてあどけないものを好む、その逆に、受け手に集中と緊張を求めるものをうとむ、そんな風潮に、くたびれて誘いこまれることはないか。

今回は敢えて個別の作品の選評を控えて、「旧人」の自戒もこめて、これを記させてもらった。文学上のタックス・ペイヤーという言葉が念頭に去来している。

（受賞作なし／候補作「完璧な病室」小川洋子、「水上往還」崎山多美、「さして重要でない一日」伊井直行、「裔の子」多田尋子、「帰れぬ人びと」鷺沢萠、「わが美しのポイズンヴィル」大岡玲、「静かな家」魚住陽子、「うちのお母んがお茶を飲む」荻野アンナ）

（「文藝春秋」平成元年九月号）

雑感（第百二回）

小説として勘所がおのずと良く押さえられたことが、「ネコババのいる町で」の、表題はぞっとしないが、まず選者たちに平均的な支持を受けた理由だと思われる。私にとっても苦楽のアヤは歯切れよく読めた。この手柄が一度ぎりのものか、作者の言葉の年輪によるものか、後者だと私は確信するが、よくは分からない。

もう一席を「表層生活」と「ドアを閉めるな」とが争うかたちになった。人の思考が数的な処理により現実を、無限接近の道から窮めようとする。「われ思う」の事柄である。「われ思う」ならば、さまざまな「故に」につながれて、「われあり」の事柄にからむ。「われあり」はまた、よほど主観的な立場でなければ、「物あり」の事柄を伴う。「表層生活」はこの見当への試みの小説であるはずだ。しかし仕掛けが楽天的にすぎないか。シミュレーションによりかくも単刀に現実突入を計る「専門家」というのは、人物の設定としてそもそも無理なのではないか。仕舞いにマザー・コンプレクスの臭いだけが濃く残った。

「ドアを閉めるな」は海外留学生の、やはり自尊心の傷手になるのか、赤剝けの寒さが随所から伝わって、私にとっては読んでいてひどくわびしい小説だった。事に叩かれるにつけて、退行現象が起るらしい。それを作中の人物たちがどうしのいでいるか。何よりも作者は表現にあたって、みじめったらしさをどうまぬがれるか。その結果、才気溢れる作品とはなった。実際に選者の多くが作品の才を認めた。私の読み取ったかぎりでは、この才の正体は、表現が小児退行の難所にかかるたびに、自身を外へ振りぎみに、それ自体少々稚く、何といってもやはり甲高く舵を切る、そのハンドルさばきにあるように思われる。今の世ではそれが才として通りやすいという現実もまたある。「白蛇の家」は、モティーフの微妙さを推しはかると、作品の結構を整えることに急き過《せ》ぎたように思われた。

（受賞作「ネコババのいる町で」瀧澤美恵子、「表層生活」大岡玲／候補作「植物工場」長竹裕子、「白蛇の家」多田尋子、「流離譚」中村隆資、「ドアを閉めるな」荻野アンナ、「ダイヴィングプール」小川洋子）

（「文藝春秋」平成二年三月号）

感想（第百三回）

着いたところが桃花源村。辻原登氏の「村の名前」はアプローチの小説である。中国は湖南省、洞庭湖のさらに西、沅江の流域であるらしい。到着するまでにも道は遼遠で、道中不可解なことがつきまとうが、到着した後も村の真相へのアプローチはさらに続く。接近するほどに遠くなる。謎はまさり、土地の人間は壁となる。この点で、帰属するために来たわけではないが、陶淵明よりもカフカに似た気味がある。「城」の主人公とて仕事のために来たわけだ。しかし当局との関係を糾《ただ》そうとするうちに、敗北を重ね、いつか帰属をもとめる、はてしもない、不条理な奔走になっていた。「村の名前」もアプローチのかぎりにおいては、訝りの戦慄に導かれる。人の姿が不可解なままに、よく際立つ。作品の目は冴えている。ところが、作品の終盤あたりで、主人公は村の内部、「古層」の只中にいるではないか。見えないはずのものが見え、聞えないはずのものが聞え、湖南の奥地が奥美濃の故地につながり、感想がややありきたりになる。この仕舞いを私は取らない。

清水邦夫氏の「風鳥」は作者の、自身が長年芝居にかかわることになった由縁へのいまさら深い静かな訝りから発するものではないか、と私は感じた。「風鳥」なる奇人の姿をよくよく眺めると、そのおこなう芸は大黒舞いであるが、芝居がかりの情熱に取り憑かれて生涯落着けなかった一人の人間の姿が見えてくる。芝居がかりとはつくづく不思議なものだとつぶやく作者の目が注がれている様子だ。自身をたずねる旅なので、筆致は淡い。一連の作のうちであり、全体を結ぶことは急がないのだろう。候補作として俎上にのせられるのも迷惑そうな作品の顔である。

奥泉光氏の「滝」は宗教の、初期教団についての社会学の筋から読むと、はなはだ興味深い、そして酷い内容の小説であった。少年信者たちが無限域へ迷い出かかるとき、その場に、「操縦」のあんばいを心得た大人の一人も居合せないとは、さらに無残な話である。

（受賞作「村の名前」辻原登／候補作「ショート・サーキット」佐伯一麦、「滝」奥泉光、「風鳥」清水邦夫、「冷めない紅茶」小川洋子、「スペインの城」荻野アンナ、「渇水」河林満）

（「文藝春秋」平成二年九月号）

LOVEの小説（第百四回）

今回、私は有爲エンジェル氏の「踊ろう、マヤ」を、当選にまで至るとの確信は持ち得なかったが、とにかく予選通過作品中の筆頭に置いた。人好きのする作品ではないと思われる。自己愛の様態を表現することにおいては、この国の文学はさまざまな筆致を微妙に展開してきた。それをこの作品はさっぱりはずしている。したがって荒けずりの形《なり》をしている。しかし荒く立っている。直立しているものの微妙さはまたある、と私は感じた。

テーマは「愛」である。Love という英語を作者は作中にあらわに出《いだ》した。これも人には好かれないやり方ではあるが、ダテにやったのではない。I love you なる主格目的格間の力動の相において「愛」を表わすということは、自明の態度のようで、じつはこの国の文学の中では稀少の部類に属する。近年、いよいよまれである。

作中、たとえば、母親と少女が朝帰りの道でかわす会話を読んでいただきたい。それぞれ話す言葉が、たがいに流れて寄りあい融けあうということなしに、縦に平行して立って、はるか上天か、ひょっとして下方、深淵にまで至らなくては交わらないのではないかと感じさせる。このやや荒涼の感を帯びた緊張は貴重なものだ、と私は思う。

親たちの「我《が》」を増幅して体現したがごとき少女。感性そのもの、肉体そのものとなった自己愛がほとんど「非我」の境へ超えかけた存在。この童女を母親がおのれの自己愛の中へ取りこもうとして、取りこみかねているうちに、生死の境を異にして、さらに繰り越される。まだアイロニーを以って眺める境地ではとてもないようだ。それなりの年輪はある。

鷺沢萠氏の「葉桜の日」は、達者な小説である。若くて達者なのは、悪いことではない。何かしらの気韻も伝わった。そのうちにもっと、断念の「節くれ」もできてくることだろう。

（受賞作「妊娠カレンダー」小川洋子／候補作「踊ろう、マヤ」有爲エンジェル、「葉桜の日」鷺沢萠、「ドライヴしない？」村上政彦、「七面鳥の森」福元正實、「琥珀の町」稲葉真弓、「シマ籠る」崎山多美）

（「文藝春秋」平成三年三月号）

選評（第百五回）

病みあがりの、物事がまだやや遠くに感じられる心境のせいもあるのか、私にはこのたびの予選通過作六篇の、口調がお互いに似通っているように聞こえた。どの作品も若づくりの、締まりのゆるい饒舌を共通してふくんでいるように思われる。しかも作者たちはそれぞれに、相当の年齢を重ねている。若いほうの人でも、弱年とは言いがたい。

受賞作の「自動起床装置」は、青年の口調を擬している。語り手を青年にしたのは、テーマの重さからして、適切であったか、と疑問を投げかけた選者がいた。私も同感である。その結構は認めてかかるにしても、若造りの饒舌がひとり歩きする箇所には辟易させられる。当世の若い者はこんなもの、という見立てがあるのだろう。しかし眠りと目覚めについてこれほどの思いを、認識と感受性をめぐらす青年たちが、そうそう締まりのゆるい精神の持主とも思われない。語り手の人物にまず骨を通すことも、虚構の大事である。とくに冒頭は、締まりのない饒舌を得意とする青年たちでも、読むに堪えないと思うだろう。

もうひとつの受賞作「背負い水」も、口の達者な作品である。作品がつらいところへさしかかると、機智がはじける。むしろ頓知頓才というべきか。とにかく自己韜晦の反射運動が乱反射ぎみに起こる。読者をいたずらにつらがらせまいとする神経も旺盛に働いている。しかし、読んでいるとつらくなる、とそんな感想をもらした選者がいた。いたましいようで、というふくみである。泣きの変形だと私も感じた。年を稚くしてしのぐという態の哀しみである。人を疲れさせ、しまいには同情をひいてしまうというのは、やはり作者の考慮すべきところだろう。
六篇それぞれにテーマはしっかりある。しかしどれも、そのゆるい口調ではあつかいきれぬ重みのテーマだと思われる。

（受賞作「自動起床装置」辺見庸、「背負い水」荻野アンナ／候補作「ナイスボール」村上政彦、「別々の皿」魚住陽子、「静かな部屋」長竹裕子、「体温」多田尋子）

（「文藝春秋」平成三年九月号）

「暴力の舟」を推す（第百六回）

アナクロニズムの域にまで古び形骸化したとき、ようやく典型として現にあらわれる時代の人物像というものは、やはりあるのだろうな、と考えさせたのが、奥泉光の「暴力の舟」であった。しかも愉快な人物像ではない。魅力にも――おそらく必然的に――とぼしい。同情やら哀感やらを呼ぶでもない。むしろ人の攻撃を誘う。もしも人がこの人物の性向をそれぞれわずかずつでも分有しているとすれば、自己攻撃欲の源のひとつになるだろう、という態のものである。
このような人物を非共感的に、どちらかと言えばむしろ攻撃者の側に立って、人物像としては目の前にありながら醜悪なるアナクロに属するという意識をしっかり保ちつつ、しかもその人物への関心と言うべきか、その人物にたいする《自分たち》の反応への関心と言うべきか、とにかく関心を失わずになぞりつづけ、しまいに、この人物こそ、その度しがたき《言葉》もふくめて、それなりに純正であったという、かならずしも救いでなく、憂鬱なる是認に至る。途中幾度も破綻に瀕しながら、つくろわずにすすんで、ここまで漕ぎつけたのは、この作品の手柄だと思われる。まだ嫌悪のうちに目をそむけでもしなければ、やがて撲《なぐ》りかかりたくなるような、そのような人物と、その攻撃性から逆照される時代の内面とを、作品はめぐっているはずなので、作品の完成度は期しがたい。ハレーションはこれでまだしも抑えられたほうだ。

人の攻撃性を誘惑するのはほんとうのところ、この人物の、「言葉」のどのような質であるのか、という難問が詰められずに終ったようだが、問いの輪郭はのこった、つまり表わされた。旧約の預言者たちの像が作者の念頭に去来しているらしいところを見れば、もっと深い認識がありげである。ただし、とくにこのテーマは、ぎりぎりの「敬虔」の念か、それに代わるものを保っていないと、安易な「冒瀆」へ流れるおそれがある。

（受賞作「至高聖所《アバトーン》」松村栄子／候補作「南港」藤本恵子、「暴力の舟」奥泉光、「青空」村上政彦、「夕映え」田野武裕、「毀れた絵具箱」多田尋子）

（「文藝春秋」平成四年三月号）

無機的なものをくぐって（第百七回）

初めの何ページかでは粗雑な表現が随所でひっかかって、もう投げだしたいような気持にさせられたが、辛抱して読み進むうちにおいおいひきこまれて、後半ではかなりの共感も覚えた、と受賞作の「運転士」について、選者の何人かがその評価をそんなふうにも語った。これは選者たちが相当の忍耐をもって事にあたっていることを示す言葉であるが、それと同時に、作品の冒頭にはその作品全体の、あるいはそれにあたる作者その人の、意識や情念の緊張が集約して表現されてあるのが、あらまほしい、という「理想」がいまでは新人にとっても旧人にとっても、なかなか成りがたいという事情を伝えるものなのだろう。

予選通過作品七篇のうち、この受賞作と「量子のベルカント」と「樹木内侵入臨床士」の三篇がいずれも、従来の小説観からすれば無機的、あるいは非人格的にならざるを得ないと危惧されるような題材、環境、態度をあえてくぐろうとしている。くぐった先でようやく、最初のテーマがここに顕現したがごとく、しかし作品の意識としては原像として、見出されたものは、私の読み取ったところでは、集合的なものへ融けかかった、それでも一人の人格の危機である。それもグロテスクな幼児性に固着したまま、いまや壊頽《かいたい》に瀕している人格の危機である。これは時代の危機として、私みたいな者に言わせると古めかしい表現になるが、のっぴきならぬ域へもはや入って来たようだ。

同じ事はほかの通過作にも、それぞれ異った様相で見られる。どれも健闘しているが、造形の困難な境域でもある。私としては、音の脅迫にたいしてずいぶん闊達な態度を守って、救いらしきところへ浮上した「量子のベルカント」に惹かれたが、無機的な整合の世界と、それで内面を支える人物へ綿密に付いて、それによって作品の情念のボルテージをじわじわと高めた、「運転士」のほうがやはり一枚上か。

（受賞作「運転士」藤原智美／候補作「アンダーソン家のヨメ」野中柊、「量子のベルカント」村上政彦、「昔の地図」塩野米松、「ほんとうの夏」鷺沢萠、「ペルソナ」多和田葉子、「樹木内侵入臨床士」安斎あざみ）

（「文藝春秋」平成四年九月号）

試みるうちに超える（第百八回）

三度目にはしぶくなるということではないが、奥泉氏のこれまで二回の候補作を選考委員諸氏の不評の中で推した私が、このたびは諸氏の比較的好評の中で、評価をやや控えるかたちになった。作品が深みへ踏み入ろうとするところで、テーマが微妙に破れたのではないか、と私は考えるのだ。若い主人公とその亡父と叔父と、土俗の呪力の強そうな農村の血をひく三人がそれぞれに、キリスト教にかかわっている。都会育ちの主人公の見るかぎりでは、その機縁は三人それぞれであるとさしあたり考えるよりほかにないが、三人ともに——叔父は生涯を通じて、主人公はいまおもむろに、そして主人公の次第に想像するところでは亡父もあるいはかつて——土俗との葛藤に苦しめられる、強いテーマである。そこで私が関心を寄せるのは、このテーマの力動（ダイナミック）のことなのだ。すると、これは単に三者のそれぞれの内面の信仰をめぐることなのか、それよりも、何らかの「因縁」により三者の内にひとしく埋めこまれた、布教者のパトスをめぐることではないのか、という問いが生じる。作品そのものが誘発する問いなのだ。叔父はきわめて柔和な人物に描かれ、その穏やかな鬱屈は読んで好ましく感じられるが、その聖職への執着は、単なる信仰の誠実さをもうひとつ超えるものなのではないか。そして主人公は、もしも叔父とそのパトスを共有していないとしたら、自身のキリスト教への傾斜を、「危機」と感じるだろうか。また、存在の罪の自覚として、議論のはてに人の弱みを徹底的に衝いてしまった舌鋒のあやまちが思い出されているのも、おのずと暗示に富むところだ。このベクトルを古層の方向へ、過去の無名の在地の説法者たちの影にまで力強く突き出していれば、という高目の要求が動いて、選考途中では評価を留保ぎみになったが、最終的には受賞にふさわしい作品と、私は判断した。

（受賞作「犬婿入り」多和田葉子／候補作「流れる家」魚住陽子、「消える島」小浜清志、「ゆうべの神様」角田光代、「チョコレット・オーガズム」野中柊、「三つ目の鯰」奥泉光）

（「文藝春秋」平成五年三月号）

寂寥への到達（第百九回）

今回はまっすぐに、吉目木晴彦氏の「寂寥郊野」を推すことができた。落着いた筆致である。急がず迫らず、部分を肥大もさせず、過度な突っこみも避けて、終始卒直に、よく限定して描きながら、一組の老夫婦の人生の全体像を表現した。なかなか大きな全体像である。しかも、たっぷりとした呼吸で結ばれた。

主人公夫妻の、意志の人生が描かれている。このことは私にとって妙に新鮮だった。おそらく、人生の感情の諸相へ分け入ることに長けた小説に、私が馴染みすぎたせいだろう。人生を公明で淳良な、そして積極的なストーリーとして形造っていこうとする意志が、主人の事業の失敗により挫折し、不良な営利をおこなっていたとの烙印を捺されることにより地域から孤立しかかり、さらに主婦のアルツハイマー病の症候が進むことにより、夫婦として、そして社会にたいしてもなかば、言語の疎通まで奪われかけている。しかしこの危機に瀕して、夫婦の意志の人生がいま一度、ぎりぎり追いつめられ、切りつめられ、ほとんど意味を失いつつある境で、くっきりと表われる。そこがこの小説の魅力であろうと思われる。そして作品のしまいのほうで、しばし意識の澄明さを取り戻した主婦の言葉。
「ここは、私達の家なの。私達が生きている限りはね。私もディックも、誰かに与えられた役割を演じなければならないというわけじゃないの。そのうちに彼も気がつくわよ」
これは意志の人生による、自己否定と取るべきなのだろうか。そうも取れるのだろうが、私にはむしろ、孤立の寂寥の中での、ひとつの到達、成就のように感じられた。やがて疎通の道もほとんど絶えた妻にたいして、対話の形を守りつづける夫の姿にも、意志をようやく超えた、寂寥感の自足が見えるような気がする。

（受賞作「寂寥郊野」吉目木晴彦／候補作「ピンク・バス」角田光代、「オレオレの日」塩野米松、「海で三番目に強いもの」久間十義、「分界線」村上政彦、「穀雨」河林満）

（「文藝春秋」平成五年九月号）

虚構への再接近（第百十回）

「石の来歴」には、われもまた死の専制の下にありき、というようなエピグラムを、私なら振りたくなるところだ。死地に追いこまれて、自身も死の執行人の役に従った、とも疑える旧兵士が帰国後に戦時の記憶を排除して、家業を実直に守り、かたわら、石の採集にうちこむことになる。微妙な話である。その傾倒の内にも、死の専制は忍びこんでいるおそれがある。石が人の生死を超越した救済の光を真に放つためには、いま一度、死の専制が出現しなくてはならぬ、とそんな運命のけはいである。

ある情熱《パトス》が作家に呼びかける。世の至るところから叫び立てているようにさえ感じられるが、さてその情熱にふさわしい運命の形を周囲に見つけ出すことはむずかしい。その時、とりあえず情熱の感覚から出発して、それに振りまわされながら、運命を虚構していくという道はある。途上の作だが、受賞はよろこぶべきだ。

この作品を推すが、これが文学かどうかは留保したい、とある新人賞の選考会でそんな微妙な発言を耳にしたことがある。もう十年近く昔のことになるが、今ではかなり高い水準において、よほどきりつまったかたちで、言葉にすれば同じことになる微妙さが現われつつある。石黒達昌氏の無表題作の、偽書の緊張には、私も大いに関心をもった。

（受賞作「石の来歴」奥泉光／候補作「もう一つの扉」角田光代、「二百回忌」笙野頼子、「平成3年5月2日、後天性免疫不全症候群にて急逝された明寺伸彦博士、並びに……」石黒達昌、「19分25秒」引間徹、「母なる凪と父なる時化」辻仁成）

（「文藝春秋」平成六年三月号）

難所にかかる（第百十一回）

このたびの受賞の両作を見ると、むやみに強調することは控えたいが、若い世代の文学がある段階に差しかかってきたことは否定しがたい。新しいとは敢えて言わず、むしろ難儀な段階と呼んだほうがふさわしいだろう。また、四十に近い作家をつかまえて若い世代の中に括りこむのもどうかと思われるが、今の世で「若さ」の問題が集約してあらわれるのはまさにこの四十への急坂においてではないか、と私は見ている。

どちらの作品も小説になる以前の境を、いきなり小説の瀬戸際としてひきうけているように見られる。小説の前提の域での曲折なしにストレイトに小説を書きたくはないという意志のことになるが、それが批評者の立場に留まっているのではなくて、まさにこの意志によってただちに小説に取りつくので、小説になるかならぬかのところから小説は始まる。方法論的な模索というよりは、土俵際から始まる相撲のようなものだ。喩えついでに言えば、土俵際だけがあって、土俵の内もない、とぐらいに思わなくてはならない。

もうひとつ、両作品に共通のものとして、成熟不全の問題がある。テーマとしておのずと据わった。露呈したのとは大いに違う。これは時代の自己認識に入りつつあると言ってもよいのだろう。未成年の未決定を前に押し出しながら、文章がかなり強くなっているのも、そのあらわれだと思われる。

しかし小説を書くことのむずかしさは、なかなか小説にならないというところよりも、どうひねっても小説になってしまうところにあるようだ。反小説的な道を容赦もなく取る作品が、どこかで小説的なものに支えられると、読む側はそれでほっとするかもしれない。しかし書くほうにとっては、そこで作品の本性が問われるので、危処でもある。小説の域の内に入ると、かなり通俗的になりかかるのが、ひとつひねった「自己否定」のごとくに思われる。

（「文藝春秋」平成六年九月号）

（受賞作「タイムスリップ・コンビナート」笙野頼子、「おどるでく」室井光広／候補作「アメリカの夜」阿部和重、「後生橋」小浜清志、「不幸の探究」中原文夫、「空っぽの巣」塩野米松、「これは餡パンではない」三浦俊彦）

選評（第百十二回）

この選評を書こうとしている今もこのたびの大震災の、市街炎上の光景が念頭に浮かぶ。私も家の内で安楽にテレビの報道を見ていた一人である。映像の体験に過ぎないが、幼少の頃の空襲の《現在》が同じ戦慄で甦った。その時、自分にとってこの五十年は空白なのではないか、と疑念が掠めた。それが空白なら、今の私は幽霊になる。しかしそう思わせるだけの、ブラックホールめいたものがたしかに私の内にある。おそろしいことだ。

今回の選考会で私は「地下鉄の軍曹」を推した。作者が悪戦苦闘しているその相手が、どうやら《空白》そのものであるらしいということに、私なりに感ずるところがあった。《空白》の素面を暴こうとして、さまざまな物を投げこんだ。一々のレアリティーを主張する了見は作者にはなかったと思われる。構成の手ごたえよりも、どこまで行っても確かなものに触れぬその徒労絶望を、文章のはしゃぎに変えて押しまくった。作品の仕舞いでようやく叫びが立った。その声が私には聞えた。幽霊とは騒がしいものである。

つぎに「蜜林レース」を推した。これも《無・意味》をつぎつぎに投げこんでいるところに、私は気迫を感じた。これも言語の気迫かと思われる。《意味》に捕まるまいと、大わらわである。喰い物を投げ散らしながら悪鬼から逃げる話が思い出された。しかし追いかける鬼の相貌がやや稚く見えた。

作品の懸命の一所を感じあてるには、読むほうもよほど忍耐がいる。

（受賞作なし／候補作「キオミ」内田春菊、「光の形象」伊達一行、「地下鉄の軍曹」引間徹、「蜜林レース」三浦俊彦、「ドッグ・ウォーカー」中村邦生）

（「文藝春秋」平成七年三月号）

終息なのか先触れなのか（第百十三回）

「ジェロニモの十字架」を私は推した。虚構の立て方に間違いがあった。ルール違反に近いものを犯したとも言える。「僕」という虚構には作品の隅々まで神経が使われるべきだった。「僕が声を失ったこと」を冒頭から打ち出したほうが、むしろ虚構の筋は守られたのかもしれない。しかし、卑劣と尊厳がひとつの病いであるような、人格は描かれた。これも惨憺たる宗教的人格と言わなくてはならない。それだけの説得力は作品にある。貴重なことだ。地下道で握り飯を喰う男の姿の背後に、人の心に通底する空虚の沈黙がもうひとつ深く描かれたなら、「教祖」の声はもっと高く響いたはずだ。

受賞作の「この人の閾」は、今の世の神経の屈曲が行き着いたひとつの末のような、妙にやわらいだ表現の巧みさを見せた。しかし、これは出発点なのだろう。表現の対象である日常が、すでに土台から揺すられている。三年後に、これを読んだら、どうだろうか。前提からして受け容れられなくなっている、おそれもある。

（受賞作「この人の閾《いき》」保坂和志／候補作「フルハウス」柳美里、「外回り」藤沢周、「漂流物」車谷長吉、「婆」川上弘美、「ジェロニモの十字架」青来有一）

（「文藝春秋」平成七年九月号）

屈伸の間（第百十四回）

いま、この文章を工事の騒音の合い間に書いている。家から逃げ出す機を失った。朝起きた時からもうドリルの音に耳をやられている。音がしばらく止んでも、緊張が耳の奥にのこる。今の世の中で物を書くのは、こういうことでもあるのか。内外の騒音の中では意味の脈絡を保つのに苦労する。ようやく保っても、その苦労が文章の流れを不自然なものにしているのではないか、という不安をともなう。

候補作の六篇ともにそれぞれ、方法を探っていると思われる。表われは言葉の乱射となる時でも、根は息をひそめるような、方法の模索なのだろう。方法は後からついてくる、と思い切ったとしても、自分の表現が可能になる境域をどうにかしぼりこむまでに、だいぶの力を費やしているはずだ。つまり、いずれも「よく考えた」作品である。よく考えたあげくに乱暴に走るということもあるので、見かけにはよらない。

労は多く功は少ないという憂き目を、作家は数嘗《な》めさせられる。そういう時期がある。あるいは、おしなべて、そういう時代があるのかもしれない。読者の側からすれば、書き手の労に感ずるために読むわけではないので、功の少ないということは、味気ないことになる。それでも書き手は――これも見かけによらず――かなりしんねりと、自分なりの方法を考えないわけにいかない。辛気臭いのだ。屈伸という言葉を借りれば、これは屈である。退屈の屈にも通じる。しかし伸びるためのものである。

功が少ないというのはおそらく、屈が伸へ転ずる際の間合いにかかわることなのだろう。それがすこしずつはずれると、屈の苦労のわりには、作中、時間が伸びない。こんなことは、候補作の著者各氏は承知の上で書かれているのだろう。これも途上のことだと。
受賞作の「豚の報い」は時間がよく伸びて、節目節目で、笑いの果実をつけた、と言えるのではないか。

（受賞作「豚の報い」又吉栄喜／候補作「もやし」柳美里、「森への招待」中村邦生、「三月生まれ」伊井直行、「クレオメ」原口真智子、「エクリチュール元年」三浦俊彦）

（「文藝春秋」平成八年三月号）

漂流の小説（第百十五回）

不思議と言うべきか、もはや不思議はないと言うべきか、同性の愛を描いた作品の中に、往年の恋愛小説に見られた男の恋情のやるせなさが、まるでここに辛じて保存されていたかのように、あらわれた。少年愛の微妙をめぐるものながら、男の異性愛と平行をなすと私は見る者だが、対象を異性にした場合、この時代ではおそらく、表現は成り立ち難いのだろう。舞台をいまこの時代に取っても、むずかしいかもしれない。しかし現代の彼等たちを、いささか恥じさせるところのある作品ではある。ただし末尾のバスタオルの悪臭は、「バスタオル」全篇を侵したと思われるが。
ペーパーノーチラスとは、海上を漂流する蛸が体液で作る薄い貝殻、滅びへの旅の船、それが化石となり石の中に封じこめられるのだそうだ。魅力ある表象である。このノーチラスが作中、どのような色に染まるか、これが小説の問題となる。一人の女性の肉体と重ね合わせてはある。その女性を主人公に近づけた奇妙な「習俗」のことも、それにからむ人物たちとともに、面白く哀しく、穏やかに描かれた。すべての人物に、漂流する蛸の影が落ちている、と読めないでもない。すでにすぐれた腕前の作品である。しかし一回限りの性の火が、ほのかにせよ、化石たちをどう照らしているか——それにはその「光源」があまりにも無難に、平俗に、扱われた。

ひとつの特異な感覚よりほかに、さしあたり、表現の対象にない、という場合はあるのだろう。そうなれば、もっぱらその感覚を追求するというのもその作品の立場である。蛇にたいする常人の感覚を踏んだだけの作品ではない。異性と身体のからみ合う時、それに感じると、自身ではなく、男性のほうが蛇の形を取るという。そこまで「踏んで」おきながら、作品の隅々まで蛇で満たしておきながら、文章に蛇の執念が足りないばかりに、最後で流された。

（受賞作「蛇を踏む」川上弘美／候補作「ペーパーノーチラス」塩野米松、「海鳴り」山本昌代、「天安門」リービ英雄、「バスタオル」福島次郎、「ウネメの家」青来有一）

（「文藝春秋」平成八年九月号）

転機にかかる（第百十六回）

新鋭の作家が作を重ねるにつれて、たしかに文章は整ってくるが、しかし当初に見られた、どこへ突き抜けていくのかと思わせるような混沌の力がやや弱まることがある。これは歎くべきかどうか、一概には言えない。ひとまず出力を落としてバランスを確かめ、しぼられた手答えへ向かってあらためて踏みこんでいく、転機でもあるからだ。

ようやく自分の文学を立ち上がらせた力動が文章そのものから感じ取れるのが、辻仁成の「海峡の光」である。少年のイジメ・イジメラレという、痛切ではあろうがどうしても無力感や解体感、あるいは人格不全のけだるさの支配からまぬかれられぬ関心事を、人間の「悪」の姿へと立ち上がらせた。そのために、こなしきれぬ言葉まで動員した。しばしば意味のかなり不明な表現も、支柱として打ちこんだ。イジメ・イジメラレの関係から、人間の「悪」をめぐる関係へ至るまでの、表現の距離は長い。遠大な試みとさえ言える。踏破したとは言えない。しかし独房中の男の描出は、言葉が徒労になりかけるが、空白に近い表現の緊張に支えられて、立っているではないか。とにかく立ち上がらせた。出発点である。

柳美里の「家族シネマ」はこれとは違って、同じテーマをめぐる再三の悪戦苦闘が、ここでひとまずの落着を見たように思われる。表現はよほど透明になった。それにつれてテーマの、パターンが露出してきた。しかしこれは悪いことでもない。もはや言葉を乱投入することによっては揺さぶりのきかぬところまでは、テーマは結晶した。作者としても、力技を揮う余地のすくなかったことがもどかしかったのではないか。かわりに詠歎の声がようやく作中に、静かに溢れた。これも転機のしるしである。ここを去れ、という促しかもしれない。

ほかの四作もとにかく足場を得て、足もとはまだまだ悪いが、先へ踏み出した感触が伝わってくる。いずれも佳作だと、私は思う。

（受賞作「家族シネマ」柳美里、「海峡の光」辻仁成／候補作「くっすん大黒」町田康、「いちげんさん」デビット・ゾペティ、「夜の落とし子」伊達一行、「泥海の兄弟」青来有一）

（「文藝春秋」平成九年三月号）

騒がしき背理（第百十七回）

《求道は俗世のものだ》と、藤沢周の「サイゴン・ピックアップ」の冒頭近くにある。やや押さえにくい言葉だが、これをひとつ飛躍させて、求道は俗世そのものだ、としても作品の意には添うだろう。《そして、俺は、白童、と名乗って半年になる》と、この禅の修行僧が主人公である。

修行の世界も俗界に劣らず俗である、と読者はまずその方向へ取るだろう。作品は修行者の俗も俗のところをつぶさに描いてはいるが、それで足れりとはしていない。俗に堕ちるのは求道の必然と睨んでいる。これが作品の発端である。堕ちるという言葉を私はここで使ったが、作品にたいして正当ではないだろう。作者はこの言葉を避けている。

人は俗世の虚無に感じて修行の道に入るが、この道そのものが、空や無や虚を窮める道である。求道がかりにも窮道とあるなら、修行者の内で、虚無である俗世の生命はひとたび煮詰まらずにはいない。しかもどこかで「解脱」の隙間へ、俗を抱えこんだまま、《最短の方法》を取って、滑りこもうとする。それにくらべれば、頭の核に欲をインプットされ、その欲の核には死をインプットされ、かまわず俗世の生命にひたる人間たちのほうが、《だから、奴らはとことん正しい》と主人公は思っている。

そう思い、自身の内の俗世を主張しながら、主人公は真には受けていないつもりの求道の、気味の良くない深み、どうやら宗教的であるらしい背理の中へじわじわと、惹きこまれかねない危機にさしかかっているらしい。ほかの修行僧たちはそれぞれ奇っ怪に歪んだ俗の中に安住しているようだ。ところが俗を踏んまえたその主人公こそが、求道の地雷原から足を抜きかねている。その自縄自縛の主人公が、最短の距離を衝くというだけの熱に取っ憑かれてじつは安息のあてもなさそうな俗界へ向かって走る鈍足の逃亡僧を捕まえんと追いかけて走る。やがて《十字街頭の背向》を見失って足を停める、とこれが末尾である。

背理の細い隙間に踏みこむために、騒がしく走らなくてはならぬことはある。

（受賞作「水滴」目取真俊／候補作「葡萄」佐藤亜有子、「サイゴン・ピックアップ」藤沢周、「水のみち」伊達一行、「君はこの国を好きか」鷺沢萠、「最後の息子」吉田修一）

（「文藝春秋」平成九年九月号）

見取り図の試み（第百十八回）

候補作五篇のうち四篇までが家および家族をめぐる作品だった。いずれも用意は周到である。見取り図を引くような慎重さが筆致に感じられる。書き手の現在地の確認のためだろう。その分だけ集中力も凝縮力も減じたかと思われる。見取りのための補助線を引く手続きが多いので、やむを得ない。言葉の収拾のつかなくなることをおそれる心も強いようだ。

「トライアングルズ」は、小学生の少年の、まるで成人のような、なかなか端正で透明な語りを中心に置いた。報告のスタイルである。これは不自然と言われればそれまでだが、すぐれた試みと私は読んだ。この子供の「大人語り」はおのずと、周囲の成人たちのありさまを諧謔の光で照らすはずだ。もっとじっくりと、ハレイションを避けて、照らすべきだった。

「破片」は、母なる存在を失った父と息子たちの、三人ヤモメというような、情景を表わした。下の息子の哀しい性《さが》も伝わり、佳篇となる要素も備わった。しかし作者の欲求は、好短篇をモノするというのと、別なところにあったのではないか。

「ハドソン河の夕日」は、この世に短期滞在するような幸せな息子と、それにたいする畏愛とでもいうような母親の情とを、抑えのぎりぎり利いた甘やかさで表わしたのは、今の世では作品の功徳だと私は受けた。レイプの衝撃を男親に受け止めさせたら、母子の情の美しさは、さらに残酷に浮き出したことだろう。

「砂と光」の作中の比喩の多さは半端でない。これを私は、著者と粘りくらべで、片端から吟味したところが、使い捨ての覚悟ではあるが、けっして安易なものではなかった。評価はどうあれ、何かは残った、と著者はひとまずの安堵の中にあるのではないか。少年の性の感覚の内まで、錘《おもり》は降りた。

（「文藝春秋」平成十年三月号）

（受賞作なし／候補作「トライアングルズ」阿部和重、「破片」吉田修一、「げつようびのこども」広谷鏡子、「砂と光」藤沢周、「ハドソン河の夕日」弓透子）

現在と遠方と（第百十九回）

現在を遠方へつなぐ、あるいは、遠方を現在につなぐ。遠方にもさまざまある。空間の、時間の、そして現実の、さらに「心」の、と。これはもとより文学表現の手法のひとつではあるが、その遠方へ現在をもうひとつ強く、しかもかなり細心に、振ってみるという試みが、今回の予選通過の七作に、濃淡の差はあっても、共通するところではないか。
「ブエノスアイレス午前零時」は、雪と硫黄と、温泉卵のにおいから始まる。郷里にまた閉じこめられた青年がいる。閉塞は青年にとってすでに、索漠とした細事から成りながら、限りもない反復の悪夢の様相を呈している。そこへ温泉宿の、客も通らぬはずの廊下を、片側の壁に寄り添うようにして、「女」が行く。出会いである。苦い諧謔をふくんで、筆の運びは辛抱強い。タンゴのポーズを取って、男の肋《あばら》のあたりに老女の、乳房とも、ただのドレスの膨らみともつかぬものが、かすかに触れる。現在と遠方との、「交接」である。男と女が交互に、現在になり遠方になる。
「ゲルマニウムの夜」は、人は無信心にもかかわらず――無信心の故に、とは言わない――冒瀆ということに惹かれがちなものだが、しかし「邪悪」なる共感を覚えながら、この作品を読みすすむうちに、いや、待てよ、童貞者たちは辱められ、みずから辱めさせたが、告解の奥義はその矛盾を暴かれ冒瀆されたが、その「犯されきり」はそのまま、神の存在の証しにならぬとは、かぎらないのではないか、と無信者に「危惧」させるところに、この作品の本性はあるのではないか。ほんものの冒瀆者はしょせん無力であり、無力であるかぎり、心ならずも、「敬虔」たらざるを得ないのではないか、と。作品の終りの、豚の解体の場面に、自身のものではないような、「帰依」へのおもむろな衝動に、かすかに怯える心を、私は読んだ。これも遠方のひとつである。

（受賞作「ブエノスアイレス午前零時」藤沢周、「ゲルマニウムの夜」花村萬月／候補作「けものがれ、俺らの猿と」町田康、「青山」辻章、「濁世」大塚銀悦、「ハウス・プラント」伊藤比呂美、「脳病院へまゐります。」若合春侑）

（「文藝春秋」平成十年九月号）

冒険の旅立ち（第百二十回）

なぜこのような文章を、二十歳と少々の青年が書くに至ったか、また書き得たか、その訝りにたいする解答を、読者はしばらく留保したほうがよいと思われる。早熟の才能に帰するべきではない。たとえば三島由紀夫の初期に見られる甘美の魅惑はこの「日蝕」には乏しい。むしろ、抑えられている。かわりに、文学的な感覚にはまかせぬ構築がある。

「告白の文学」ではないが、告白体を取った。冒頭でその体は定まった。エドガー・アラン・ポーの「黒猫」の冒頭にも、十六世紀のスペインの聖女テレサ・デ・アビラの、告白書であり弁明書でもある書簡の冒頭にも通じる体である。この体を復元させることに、この作品の《注文》はあったと見られる。しかしこの体を構築するに、現在の日本語の口語文を以ってすれば、体の撞着に陥ることは必至である。また、題材は一聖職者の私的な体験から発するものだが、語りそのものは、単なる回想ではなく、《魔術》にいささか関わった一身の弁明もふくむので、公的な体をはずすわけにいかない。

無論、擬体である。仮構である。小説である。ただ、西洋伝来の近代小説の、源のひとつの、その境まで振り戻して、新らたに始めるという冒険である。われわれ現代日本人の手持ちの言語を思えば、無謀に類する。しかし、とにかく、やってしまった。私などは感嘆以前に、投げあげた試みがさほどの揺らぎもなく、伸びやかな抛物線を描くのを、唖然として眺めた。

多を一に還元すれば、一から多を派生させ、しかも多を互いに交換することができる、という錬金術の奇怪なる直線上に、われわれ現代の思考はあるはずだ。脱創造への衝動も近代の胎動のひとつだったに違いない。若き博覧強記の、源への溯行の冒険は、これを見まもるよりほかない。博覧ながら、マッサラなところもある。ほんとうの成否は、まだ先のことだ。

（受賞作「日蝕」平野啓一郎／候補作「カタカナ三十九字の遺書」若合春侑、「あなたがほしい」安達千夏、「蝶のかたみ」福島次郎、「ヴァイブレータ」赤坂真理）

（「文藝春秋」平成十一年三月号）

実際の幽明（第百二十一回）

幽明の境を伝える言葉をわれわれ現代人は持たない、とまず断念すべきなのだろう。というのも、幽明の間を往来するところの、魂というものを、われわれはすでに知らない、と考えるよりほかにないからだ。魂あっての幽明である。魂は実体として感じられなくてはならない。

それでも引っ越しというようなきわめて実際の事柄でも、そしてごく日常の手続きを踏んだ上のことであっても、心境によっては、まるで亡くなった人の跡に引き移ってきたように、すくなくとも当座、感じさせられることがある。さらに移って来た人間が単独者であり、しかも自身の生命空間を囲い込む意志に掠れたところがあるとすれば、寝起きにときおり間取りが変わる。廊下の、ないはずの先に、ないはずの部屋がある、というような異なった空間感覚が錯覚というよりは長く続く。幻想とするには及ばない。これも現実なのだ。

現実であり、きわめて脱れがたく実際であるものが、人の魂とは言わず生命の消長の——何が長であり、何が消であるか、わからないのだが——その加減により、幻想のはたらきもいらず、さながら幽《かすか》になり得る。それがわれわれにとって、かろうじて人に伝えられる幽明の境なのではないか。死者の手引きによってその住まいに移った、と早くから読者に思わせるのは、得策ではなかろう。そうしてしまうと、何でもありになり、読者は生命の消長の機微を丁寧にはたどってくれない。幽なるものへ誘われた語り手にとって、移転の経緯を話すことはいかにも面倒であり、徒労にも感じられるに違いない。しかし事情を仔細に述べることにより、幽なるものはむしろあらわれる。引っ越しの手続きを踏む主人公の心は、江戸川の上空を翔ける時よりも、一段と幽だったかもしれない。

（受賞作なし／候補作「恋の休日」藤野千夜、「壺中の獄」大塚銀悦、「ラニーニャ」伊藤比呂美、「幽《かすか》」松浦寿輝、「掌の小石」若合春侑、「おっぱい」玄月、「信長の守護神」青来有一）

（「文藝春秋」平成十一年九月号）

あぶない試み（第百二十二回）

「零歳の詩人」を取りあげる。この作品を私は授賞可能の作品として推した。しかし、あぶない作品だとも思った。はたして、支持は多くなかった。その理由はある。

ボスニア戦争と括られて呼ばれた旧ユーゴースラヴィア西南部の紛争、民族浄化という名の相互殺戮の只中へ、迷いこみ、閉じこめられ、殺された日本人の十代の青年を、中心に置いた作品である。これが作者の「現地体験」から出たものでないことは、作品を読んでいるうちから分かる。初めから、あぶない試みである。争乱の実相がまだ見きわめられてはいないということを考えれば、なおさらのことだ。しかしこのあぶなさを、私は文学から排する者ではない。

クロアチアだろうと大阪だろうと、作者が現に在る時と所を現場だとすれば、その現場の体験――情報に触れる、情報に振れる、ということも、そのひとつである――からして、想像を慎重に、また想像そのものによって吟味しながら、遠隔の凄惨へ向かって繋いで行くのが、小説の道である、と人は言うだろう。それはそうに違いない。しかしまた、大阪の地と時の中で、情報によって迫られ追いつめられた想像力が、接近の手続きを踏まず、遠隔反応のように、遠い悲惨の内にいくつかの「私」の運命を想い、それを一挙に表現しようとする衝動に駆られる、ということもあるはずだ。

たしかに、それなりの手続きは踏まれているのだ。語り手を三人に分けたのも、そのひとつである。さらに第四の「語り手」もある。この第四者は誰でもなく、また誰でもある。この枠の内に、虚実の境のきわめて怪しい、映像の、宣伝の、流言の、恐怖の想像の、残虐の場面が弁別して掲げられた。流血の地の与太話を思わせるものでも、それが「兵」たちのすさんだ心と口から出たものなら、それなりの現実である。迫害を恐れる者にとっては、ほとんど現実である。

しかし枠をもっときびしくすべきだった。もう一段の峻別があれば、枠の内で集団心理はその深淵をあらわしたかもしれない。

(受賞作「蔭の棲みか」玄月、「夏の約束」藤野千夜/候補作「突風」吉田修一、「サーチエンジン・システムクラッシュ」宮沢章夫、「Tiny, tiny」濱田順子、「ミューズ」赤坂真理、「零歳の詩人」楠見朋彦)

(「文藝春秋」平成十二年三月号)

停滞のもとで（第百二十三回）

「花腐《くた》し」そして「きれぎれ」そして「楽天屋」。何の共通点もない三表題に見えるが、三作を通読すれば、互いに通底するものは感じられる。同じ時世に「壮年期」を生きる三作家の手に成るものであれば、当然のことなのだが。

「花腐し」は、卯の花くたしという古来の言葉で表わされるような、「幽《かすか》」で甘い腐臭に覆われているが、そして廃屋寸前の木造家屋やら、蒼い光の中で栽培される茸やらの臭いもまだかろうじて「幽」の境に留まってはいるが、すでに猛烈な腐臭の切迫に内外《うちそと》から脅かされている。内も外もない。時代の腐臭である。旺盛のようでも、すでに死んでいるものとも見られるのだ。

「きれぎれ」の《僕・俺》も、鼻唄まじりか引かれ者の小唄か、零落者の衣にぞろっと着換えたとたんに、蠅の大群にまつわりつかれる。「楽天屋」もまた冒頭で、作品の基調は、楽天を名乗りながら、陰と湿へ、キノコやカビの臭いのほうへ、調律されているようだ。

想念や情念の、のべつの断絶や奔逸の謂《いい》と思われる《きれぎれ》現象も、「楽天屋」のみならず、ずいぶんしんねりむっつりに見える「花腐し」の中にも読める。とくに本家の「きれぎれ」では、反私小説の行き方を極端まで取ろうとしながら、いつのまにか私小説の矛盾域、のようなところへ踏みこんだ。葛西善蔵も《きれぎれ》の境に突っ込んだ。

「楽天屋」とはいずれ韜晦と取られる、と作者も承知の上のことであり、「まあ、いいや」と主人公もそのような顔をしているが、「花腐し」の中で重々しく表白された言葉を借りれば、ブラックホールの中へ吸いこまれてしまわぬための、これも構えなのだろう。「きれぎれ」にあってはもとより、《楽天》は戒しめの合言葉になるはずだ。

（受賞作「きれぎれ」町田康、「花腐し」松浦寿輝／候補作「楽天屋」岡崎祥久、「マルコ・ポーロと私」楠見朋彦、「猫の喪中」佐藤洋二郎、「裸」大道珠貴）

（「文藝春秋」平成十二年九月号）

水の誘い（第百二十四回）

「聖水」があり、「水の紬先」があった。

どちらも、生苦病苦からの快癒を願うばかりでなく、人を生から死へやすらかに渡す霊験のひそむものと、これを現に頼む人間の在るところの、「水」の話である。前者は切支丹縁《ゆか》りの泉、から直接汲むのではなくて、その泉と通底すると見なして近くの地下水から機械で汲みあげて、地域にひろく販売される鉱水、ミネラルウォーターである。後者も山際に湧く鉱泉で、その効き目に感じた地元の建築業者が簡易な療養施設を造ると、重い病いを抱えた客たちが遠隔の地からも大勢集まる。

ビジネスにつながる。それにたいし両作品ともに、拒絶に留まらず、諧謔の乱反射にも走らず、つとめて仔細に、それなりの必然を見る。生老病死への用意の排除された世の中を生きて来たそのあげくに、人は個々、四苦の涯に追い詰められる。生死が絶対の相を剝く。そこで「霊水」に縋る。それがおのれを超えたものへの帰依であるのか、薬物薬餌によって死病をも克服しようとするこれも自助の極致なのか、その辺は微妙なところだが、とにかく救いを求める切羽詰まった人の姿がそこにある。凄まじいほどにストイックなところまで行くが、かならずしもファナティックではない。絶望と楽天がひとつに融ける。それを見て取るだけの、広い目が両作品に備っていると思われる。
　作家としての私自身にも関わって来る思案として、一、生死の境の手前で、筆の留まるべき一線があるのではないか。一閃の光を見ても、作品は闇の中へ残されるものではないか。
　二、作品は出来事の仕舞えた後から語り始めるものであるから、語り手は冒頭からして、出来事に震撼させられていなくては、ならないのではないか。
「熊の敷石」は、人がどこそこに在る、住まう、あるいは滞在する心において、二人《ににん》の間でも交差のしようもないズレがある。いや、むしろ驚くべきはそれでも時折話の通るということだ、と感じさせる作品である。

（受賞作「聖水」青来有一、「熊の敷石」堀江敏幸／候補作「もどろき」黒川創、「水の舳先」玄侑宗久、「スッポン」大道珠貴、「熱帯魚」吉田修一）

（「文藝春秋」平成十三年三月号）

穏やかな霊異（第百二十五回）

　小学校五年の男の子が、毎晩、夜中の二時頃に起き出して居間の真ん中に正座する。朝になると本人はまるで覚えがない。
　――気味が悪いんで供養していただけないでしょうか。

家族は全員二階で寝ているが、おばあちゃんが亡くなってから一週間、毎晩、誰もいない階下の部屋でテレビがひとりでにつく。
――済みませんがお祓いしていただけないでしょうか。

そんな依頼が和尚のところに持ちこまれる。坐禅の極致近くで現前してくるものすら幻覚としてしりぞける禅宗に所属するお寺である。しかし和尚は頼まれた家まで出向いて、小学校五年生の場合だと、百米ほど離れた墓地に向いた窓を全開して、廊下に祭壇を設けて施餓鬼を営む。テレビの場合だと、家族全員に家の外へ出てもらった上で、後について来るよう指図して、拍子木を叩いて般若心経と消災呪をよみながら家のまわりを一周する。

どちらも、お陰様で、ということになる。伝来のマニュアルに依ったことらしいが、霊験に首をかしげているのは和尚のほうである。

済みませんが、という頼み方がおかしい。般若心経の「色不異空。空不異色」と、夜中にひとりで騒ぎ出すテレビとの取り合わせも、考えようによってははまりすぎて、おかしい。

これは霊障になるが、霊障を病む心は、霊異を求める心でもある。そして霊異はどうしても時代の表象に染まる。和尚はおのずと霊異をめぐる穏和な困惑のコンサルタントの役を担う。そのような場に置いてこそ、この「中陰の花」は、おかしく開く。

依存の極致が、かえって依存から自由である、かのような「たたずまい」を見せる。「たたずまい」という言葉がこの際適切であるかどうかわからないが、私は目を惹かれた。それに触れて、依存と依存への拒絶とに「食」において苦しむ人間の中で、何かが壊われることはある、とも思った。

「処方箋」の中である。

（受賞作「中陰の花」玄侑宗久／候補作「ニッポニアニッポン」阿部和重、「ジャムの空壜」佐川光晴、「処方箋」清水博子、「サイドカーに犬」長嶋有、「光への供物」和田ゆりえ）

（「文藝春秋」平成十三年九月号）

「悪文」の架ける虹（第百二十六回）

新人の文章に触れて我身の文章を顧る。それがなければ選考委員の役甲斐もない。言葉を詰めこんで詰めこんでいく。文章は、真空を忌む、かのように。詰めにはならない。切り詰めるとは、無論、正反対である。悪文の見本とされる。

しかし鈴木弘樹の「グラウンド」には、苦労して読むうちに、苦労はすこしも減らなかったが、やがて関心を惹かれた。

――そう言いスーは蒸気を噴き上げるマンホールの穿孔に煙草の吸殻を捨て、微かに石鹸の香りがする。

これは何だ。「吸殻を捨てた。微かに石鹸の香りがした」これで済むではないか。ソープ街の点景として、かなり鮮やかになる。いや、済まないのだ。作者としては、おそらく、済ませてはならないのだ。推敲を見事に拒んでいる。

「色街」を描いているが、永井荷風のそれとも吉行淳之介のそれともまるで違う。主人公は享楽者でも観察者でもない。「苦界」に思いを入れる了見もない。雑誌の編集者とは言いながら、「仕事中」の身である。撮影機材を提げて急ぐ姿を、屋上から眺めるソープの女性に、変な子、とつぶやかれる。

この世界も雑多な必要と装飾を詰めに詰めた、それ自体、真空であるらしい。文章はそれに成ろうとする。一文ごとに危機である。進むごとに、無惨なような形が後に残る。しかし寒空に、冷いような虹を瞬時架けた箇所はある。路上を流れる湯気が、その延びきった先で、一人のソープの女性の足もとで砕け散るところだ。おはよう、と屋上の手摺りからもう一人の女性が声をかける。

表現することはもともと、無惨の試みなのだ。

（受賞作「猛スピードで母は」長嶋有／候補作「真夜中の方へ」石黒達昌、「南へ下る道」岡崎祥久、「グラウンド」鈴木弘樹、「ゆううつな苺」大道珠貴、「六フィート下から」法月ゆり）

（「文藝春秋」平成十四年三月号）

対者を求めて（第百二十七回）

——あ、いや。なんていうか、ベンチに座ってるとき、俺、何を見てるように見えるのかと思って……。

受賞作「パーク・ライフ」の中から聞こえる《主人公》の声である。質問である。（俺は）何を見ているように、見える？　ということになるはずだ。しかし、かと思って……が付いて、問いはすでに流れかけている。早々に撤回中である。それにたいして、石段を一歩降りたところで背後から、ピタサンドをくわえたまま首を傾げていた女性から、答えが返って来る。

──大丈夫よ。あなたが見てるものなんて、こっちからは見えないから。

これを聞いて石段を踏みはずしそうになり、あわてて脇にあった岩をつかむ。苦笑に代えて、いささかの、オーヴァーアクションではある。しかし作者は、それ以上は笑わせない。居る場所による視角視野の違い。つまり《地理》上の差なら、そりゃそうだ、と笑えるところなのだが、いましがたの女性の答えは《主人公》にとって、対者《あいて》のいない自問自答の中でも、返って来得るものに違いない。

──へぇ。あなたって、人のこと『あなた』なんて言える人なんだ？　同じ女性が《主人公》にたいして言う。作品の仕舞いのほうになる。人なんだ！　ではなくて、人なんだ？　である。《主人公》としては、女性の名前を知らないのだから、《あなた》と言うよりほかにない。しかし普段なら、対者が誰であれ、《あなた》と呼ぶよりほかにない場面に立ち至ったなら、《主人公》はおそらく質問を銜《ふく》んで口をつぐんだことだろう。始めに《あなた》なし、である。

多くの若手の作家ができるだけかるく遊んで来た、問題《プロブレム》である。しかしここでは眼がよほど綿密に、つれて重くなっている。

（受賞作「パーク・ライフ」吉田修一／候補作「イカロスの森」黒川創、「縮んだ愛」佐川光晴、「彼女のピクニック宣言」法月ゆり、「砂の惑星」星野智幸、「西日の町」湯本香樹実）

（「文藝春秋」平成十四年九月号）

意識と意志（第百二十八回）

——昨日、私は拳銃を拾った。あるいは盗んだのかもしれないが、私にはよくわからない。

候補作のひとつ、「銃」の冒頭である。新人の力のこもった作であり、私は惹かれたが、「あるいは」で始まる文は、《盗んだことになるのかもしれない》として、そこで止めておくべきではなかったか。「私にはよくわからない」とすると、主人公の意識の、踏まえが利かなくなる。読者にとっても、おそらく著者の文章にとっても。

意識の構築物と呼ぶべき作品である。主人公の意識と無意識との境まで分け入りはする。意識のあやしさ、あやうさにも行きあたる。しかしそのつど、できるかぎりの意識化を、著者は主人公に課しているではないか。主人公の意識のいくつかの段階が、書き分けられている。ある段階での意識が破れかかると、不可解な行動が表われて、次の段階へ移る。そうやって踏みあがっていく足取りは感じ取れる。積み重ねていくことへの、欲求は見える。惹かれて読む所以《ゆえん》である。しかし読み了えて、力作には感じるが、全体として同じ「騒動」の繰り返しであったような印象を否めないのはどうしたことか。

作中の破局が破局たり得ないのは現代の文学の悲喜劇であり、私などもこれを免れていないが、「銃」の結末は、かりに、《気がついたら車内は閑散として、私は降りるべき駅を遠くまで乗り過ごしていた》という一行を添えたなら、すべてがこれに掬《すく》い取られてしまいはしないか。

三島由紀夫の「金閣寺」の青年僧には、何かへ意志が見え隠れについてまわるではないか。また三島作品の主人公たちが「上機嫌」になるのは、自分の破滅を予感した時だと私には思えるが、どうか。

（受賞作「しょっぱいドライブ」大道珠貴／候補作「水死人の帰還」小野正嗣、「リトル・バイ・リトル」島本理生、「銃」中村文則、「イエロー」松井雪子、「鏡の森」和田ゆりえ）

（「文藝春秋」平成十五年三月号）

意識の文学（第百二十九回）

意識を表現することは、無意識の境に踏みこむのに劣らず、厄介なことである。意識の基盤をなすものが堅固であって、意識に添うことに節度が保たれる。そのような条件の下ならばまだしも、意識を意識する、そのまた意識を意識するというような連鎖となると、はてしもないこともさることながら、意識されたところから事柄がその必然を解かれて、自明の現実性を失っていく。無意識への「冥界くだり」にまして、暗い迷路の旅になる。

このような難儀な試みを敢えて構えて行なう若い意志を私は壮として、前回の「銃」にひきつづき、今回も選考会の評判の芳しくはなかった「遮光」を推した。前回の蒸し返しとの批判があったが、私はそうは思わない。前回と並行ではあるが、再挑戦と見た。著者の内によほど深く喰いこんだ「問題」であるらしい。前回より深みはまさっている。ただ何分にも、跳び越すべき、バーは高い。

無意識の領分へ逃げられる機はいくらでもあった。しかし著者はそのつど主人公を意識のほうへ押し返している。突き返している、と言ってもよい。無限の様相を呈しかけた意識があきらかに現実の解体の要因になっている。それを考えれば、粘り強いことだ。
どのような顚末となったのか、私には読み取れなかった。それは置いて、論述の文体を構えたらよかったのではないか、と私は考える。つまり、犯罪をおかした「被告」の論述である。人はこれを信じるかどうかわからないが、「被告」としてはこれが自分の内からぎりぎり語れる「真実」であるという小説の仮構である。これによって、語り手の「私」の腰が定まる。「争点」もしぼられる。言葉もきりつまる。再々挑戦あり。

（受賞作「ハリガネムシ」吉村萬壱／候補作「イッツ・オンリー・トーク」絲山秋子、「お縫い子テルミー」栗田有起、「夏休み」中村航、「遮光」中村文則）

（「文藝春秋」平成十五年九月号）

がらんどうの背中（第百三十回）

共通のテーマによる課題作を読んでいるような気がしたものだ。「非現実の中で」あるいは「無意味と気怠さと」。テーマはそんなところか。答案はいずれも行き届いたものだった。
「蹴りたい背中」とは乱暴な表題である。ところが読み終えてみれば、快哉をとなえたくなるほど、的中している。「私」の蹴りたくなるところの背中があらためて全篇から浮かぶ。最後に人を避けてベランダに横になり背を向けた男が振り返って、蹴りたい「私」の、足の指の、小さな爪を、少し見ている。何かがきわまりかけて、きわまらない。そんな戦慄を読後に伝える。読者の中へ伝播させる。「しろうるり」という物があるそうで、もしもそれに背中というものがあるものなら、たしかに、うしろへ回って、蹴りたくなるだろう。

若年の新人の登場を見て、文学が「暗さ」から解放されつつあるようなことを言う人があるが、「ちょっと死相出てた。ちょっと死相出てた」と、作中の「私」は男にがらんどうの瞳で見られて、息を呑んでいる。同じ男がやがて楽屋口から出てきた憧れの、いや、手前の存在理由みたいになったタレントに向かって、「目だけ」になって、突進する。蹴りたい「私」の足の指の小さな爪を振り返って、すこし見ているのも、やはり同じ目であるはずだ。しかし、沈黙が恐いばっかりに無理してバカ笑いしている目と、どちらが陰惨か。


（受賞作「蛇にピアス」金原ひとみ、「蹴りたい背中」綿矢りさ／候補作「海の仙人」絲山秋子、「生まれる森」島本理生、「ぐるぐるまわるすべり台」中村航）

（「文藝春秋」平成十六年三月号）

例話の始まり（第百三十一回）

——あそこの家の、どうしようもない息子が、どういう心境の変化だか、寝たきりのオバアチャンの世話を熱心に始めた。

——病院に置いとけばよさそうなものを、勝手に家につれもどして、そうかと思えば髪をキンキンに染めて、気まぐれもいい加減にしろと見ていたら、あんがいに続いている。

——昼間は介護サンにまかせて二階でグウタラしているらしいが、夜にはかならずオバアチャンのベッドのそばの簡易ベッドに寝て、朝まで幾度か、オムツの換えを欠かさないそうで、それは感心だが、心配して見舞いに来るオバアチャンの肉親たちには白い眼を剝いてろくに口もきかない。変なものを吸っているという噂で、目つきもなにやら、あぶない。この先、いつまでアテになるものやら。ほんとうだかどうだか、あんな孫に、じつは血もつながっていないのに、オバアチャンもなついているそうだが、なまじのこと、途中で放り出されたら、迷惑するのはまわりの者だ。

人の無責任な噂に照らせば、この「介護入門」の件はおおよそそのように現われる。しかしもしも、介護の青年、あるいは青年のなれのはての者が、古い言葉を使えば「全身全霊」を挙げて——作中には「魂」という言葉も見える——ここに掛かっているとすれば、そしてこの窮地の内にこそ、剝離解体しかけた言葉と、さらに現実を回復する足がかりを見出しつつあるとすれば、ここに今の世の、ひとつの、神話と言わず例話の、始まりがひそむ。

——《家と家族とを呪い続けた俺》から《世で最も恵まれた環境を授かった俺》への転生にして新生を遂げた場所、ＹＯ、教科書を丸暗記させられたように、無理矢理そう思い込んだんじゃねえぜ、朋輩《ニガー》、そう感じる以外に辻褄の合わぬ現実を思い知らされたのだよ。

言葉の過不足を量っていられるような境ではない。

（受賞作「介護入門」モブ・ノリオ／候補作「勤労感謝の日」絲山秋子、「オテル・モル」栗田有起、「弔いのあと」佐川光晴、「好き好き大好き超愛してる。」舞城王太郎、「日曜農園」松井雪子）

（「文藝春秋」平成十六年九月号）

尚早の老い（第百三十二回）

この選評を書くのも、私にとって十九年来のこととなった。私の場合、候補作全体の評定よりも、ひとつの作品へ宛てて書くことが多かった。しかもしばしば作者の名前を割愛させてもらった。人よりも作品への、私の内にひそむ無名の可能性からの、メッセージであった。今回もその流儀を踏む。

「目をとじるまでの短かい間」は、老境小説と読める。それらしい香りさえする。ところが主人公の医師は、どう読んでも、男盛り働き盛りの年齢にある。なぜこのように老いづいた心になるのかを訝り読むうちに、

――嫌悪が、毎日メス刃の上で必死にバランスを取っていたはずの自分の中心に鎮座している。

この箇所で立ち止まった。すると周りの時間の流れはひどくゆっくりなのに自分の時間だけが早く過ぎ、老いがすぐそこに迫っている、気がするだけでなくその通りなのだろう、と言う。

手術の場は最前線である。そこはそのつど技術の先端の伸び切るところで、その先にはあらわな運命がある。医療とは限らぬことだ。働き盛りの人間はつねに先端の場に、先端のつもりはなくても立たされ、そこに尚早の老いが迫る。さらに追うべきテーマだ。

人から追い出された悪霊が豚へ乗り移ったように、追い出された記憶が「不在の姉」に乗り移り、その姉が当人の記憶の、面倒を見る。存在と不在の境もぼやけて、肉親三人寄って物を食べる場面のなまなましさは、読後の記憶に遺った。

（受賞作「グランド・フィナーレ」阿部和重／候補作「目をとじるまでの短かい間」石黒達昌、「不在の姉」井村恭一、「野ブタ。をプロデュース」白岩玄、「メロウ1983」田口賢司、「漢方小説」中島たい子、「人のセックスを笑うな」山崎ナオコーラ）

（「文藝春秋」平成十七年三月号）

装幀　菊地信義

古井由吉（ふるい よしきち）
一九三七年東京生まれ。六八年処女作「木曜日に」発表。七一年「杳子」で芥川賞、八〇年『栖』で日本文学大賞、八三年『槿』で谷崎潤一郎賞、八七年「中山坂」で川端康成文学賞、九〇年『仮往生伝試文』で読売文学賞、九七年『白髪の唄』で毎日芸術賞を受賞。二〇一二年『古井由吉自撰作品』（全八巻）を刊行。他に『雨の裾』『ゆらぐ玉の緒』『楽天の日々』『この道』『われもまた天に』など著書多数。二〇二〇年二月永眠。

書《か》く、読《よ》む、生《い》きる

2020 年 12 月 3 日　第 1 刷発行

著者：古井由吉《ふるいよしきち》
発行者：藤田　博
発行所：株式会社草思社
〒 160-0022 東京都新宿区新宿 1-10-1
電話　営業 03（4580）7676
　　　編集 03（4580）7680
本文組版：株式会社アジュール
本文印刷：株式会社三陽社
付物印刷：株式会社暁印刷
製本所：加藤製本株式会社

造本には十分注意しておりますが、万一、乱丁、落丁、印刷不良などが
ございましたら、ご面倒ですが、小社営業部宛にお送りください。
送料小社負担にてお取替えさせていただきます。
ISBN978-4-7942-2479-8　Printed in Japan　検印省略